중학생 국어 교과서
소설 읽기

중학생 국어 교과서 소설 읽기: 중1 둘째 권

1판 1쇄 발행 2023년 10월 5일

지은이   박완서 외
펴낸이   애슐리
엮은이   조찬영
편집   강진영
추천인   김슬옹, 김윤정, 박현성, 오호윤
감수   오호윤
그린이   신병근
함께 그린이 선주리, 이혜원
발행처   가로책길
주소   서울시 중구 퇴계로 409
등록   제 2021-000097호
e-mail   garobook@naver.com
ISBN   979-11-93419-00-7(44810)
               979-11-975821-9-6(세트)

가로책길 출판사는 독자 여러분의 의견에 항상 정성껏 귀를 기울이고 있습니다. 책을 출간하는 아이디어가 있으신 분은 언제든지 이메일(garobook@naver.com)로 보내주세요. 잠재된 생각을 가지고 있으면 망설이지 말고 도전하시길 바랍니다.

중학생 국어 교과서
소설 읽기

[중1]
둘째 권

조찬영 엮음

가로책길

ᐧ'중학생 국어 교과서 소설 읽기'를 펴내며 ᐧ

《중학생 국어 교과서 소설 읽기》를 기획하고 제작한 것은 여러 면에서 큰 의미를 지닙니다. 그 의미들은 빠르게 변화하는 4차 산업혁명이라는 거대 담론 속에서 더 큰 상징성을 가집니다. 아무리 과학기술이 발달해도 결국 인간은 감정적인 존재이기 때문에 만족감과 행복은 그들의 경험에 의해 적용될 수밖에 없습니다. 그래서 산업이 변하는 패러다임을 살펴보면 결국 모든 것은 인간을 향하고 있습니다. 미래 교육도 수학과 과학 등 기술에 대한 활용만큼이나 인간을 이해하는 능력이 중요하기 때문에 소설 읽기는 현대를 살아가는 중학생들에게 사람과 세상을 이해하는 데 매우 중요한 요소입니다.

미래학자 앨빈 토플러는 "한국 학생들은 미래에 존재하지 않을 지식과 직업을 위해 하루 종일 학교나 학원에서 시간을 낭비하고 있다. 학교는 더이상 교육 공장이어서는 안 되며, 한국의 주입식 대량 교육시스템의 전면적인 변화가 필요하다."라며 대한민국 교육시스템에 일침을 가했습니다. 우리는 그가 하는 말이 무엇인지 모두 알고 있습니다. 그래서 정부는 교육개혁을 시도하고 있습니다. 창의성과 도전 정신, 바른 인성과 문제 해결 능력을 중시하는 교육을 강조하면서도 빠르게 교육시스템을 바꾸기에는 아직 혼란할 수밖에 없습니다. 하지만 미래 교육은 교육부가 강조하는 창의융합형 인재교육이라는 방향으로 점차 변화할 것입니다. 창의융합 교육과 미래교육에서 기본적으로 강조하는 것은 사람과 우리 사회를 이해하는 능력입니다. 그러기 위해서 키워야 할 첫 번째 역량이 '이해 능력'입니다. 여기에서 말하는 이해 능력은 사람, 정보, 자료 등을 이해하는 것입니다. 그리고 그 이해를 바탕으로 소통하며 미래를 예측해 올바른 선택으로까지의 전환을 의미합니다. 이러한 역량을 개발하기 위해서 먼저 해야 할 것이 바로 소설 읽기입니다. 우리가 공부를 열심히 하고 어떤 목표를 이루기 위해서는 분명 이 사회와 세상을 이해하고, 폭넓게 보는 안목이 필요하기 때문입니다. 그런 면에서 《중학생 국어 교과서 소설 읽기》는 현재의 교육과 미래의 교육을 점차 거쳐 가야 할 중학생들에게 더할 나위 없이 중요한 과정입니다. 또한 간접적으로 세상과 자기성찰을 경험하고 사회비판적인 사고능력과 의사소통능력, 공동체협업 능력을 함양하며 깊이 사고하는 방법, 의미와 상징성을 부여하는 방법, 문제해결 방법 등을 알게 하는 중요한 역할을 할 것입니다.

대학교에서 문예창작을 전공하던 시절, 〈광장〉의 저자 최인훈 교수님께 '소설론'을 배웠습니다. 그때 교수님께서 강조했던 말 중 하나가 바로 '관찰'이었습니다. 소설을 읽고 글을 쓰는 사람에게 중요한 것은 '관찰'이라는 것이었습니다. 사람의 행동을 관찰하고, 마음을 관찰하고, 사회를 관찰하고, 세상을 관찰하는 태도는 스스로 생각하는 힘을 주고, 모든 일에서 구체적이고 명확한 결과를 내어주는 과정이 된다고 하셨습니다. 그래서 소설을 읽을 때에도 경험과 함께 자연스레 세상과 나를 이해하게 된다는 것이었습니다. 또 시를 가르치셨던 오규원 교수님께서 저를 연구실로 부르시더니 '여행'이라는 과제를 주셨습니다. 아직 세상을 이해하는 글 읽기와 글쓰기에 미흡한 제게 중요한 과제였습니다. 방학 동안 여행하며 보고, 듣고, 어떤 사람들을 만났는지에 대해 잘 기억하고 기록하라고 했습니다. 세상을 더 넓게 보기 위해서는 경험도 중요하고 생각할 시간도 필요하다는 의미였습니다. 지금 돌이켜보면 교수님들은 글을 읽고 이해하며 쓸 줄 아는 능력을 높이기 위해서는 이론보다 경험과 생각으로 자신만의 철학과 가치를 가지는 것이 중요하다고 강조한 것입니다. 중학생들에게 교과서 소설 읽기는 읽기 능력을 함양하는 것을 넘어 간접경험이라는 중요한 과정을 거치고 스스로 깊이 생각하는 시간을 가지게 합니다. 그리고 소설 속에서 등장하는 인물을 이해하고, 그들이 사는 삶의 모습을 통해 공감하며 '나'를 알아가는 시간이 될 것입니다.

우리의 목표는 무엇일까요? 학생들은 학교에서 공부를 잘하는 것, 학생 스스로가 꿈을 키우는 것, 부모님들이 자녀를 올바른 길로 인도하는 것 등 모두 미래를 잘 살아가기 위한 것이라 생각합니다. 하지만 이 세상은 빠르게 변화하고 있기 때문에 시간에 따른 속도의 변화를 잘 이해하는 것도 중요합니다. 즉, 변화하는 사회 속에서 멈춰 있는 교육은 의미가 없다는 것입니다. 그래서 산업이 바뀌면 교육이 변하고, 교육이 질적으로 더 좋아지면 그 사회 산업도 더 좋게 발전합니다. 독서논술과 창의융합교육은 지금의 학생들이 사회로 진출할 때, 이 시대를 더 좋게 발전시킬 수 있는 능동적인 창의적 설계 능력을 키우기 위함입니다.

이 책에 선정된 교과서 소설들은 교육 전문가들이 교육 목표에 따라 고심해서 선별한 작품들일 것입니다. 여러 종의 교과서 작품 중에서도 특히 학생들이 사람과 사회, 세상에 대해 더 깊이 고민하고 독서 활동을 할 수 있도록 각 권마다 중학생 수준별 작품 8편씩 선별하였습니다. 그리고 현행 교육과정과 개정 교육 과정의 내용과 성취 기준을 참고하여 작품을 분석하였습니다. 또한 학교 시험과 수행평가 대비, 대입의 기초가 될 수 있도록 독서 활동을 폭넓게 준비했습니다. 소설을 읽으며 작품 속 인물들의 생각을 살피고, 나의 생각을 더하며 고민하는 순간 여러분은 이미 미래의 창의적인 인재가 될 것입니다. 차근차근 소설을 읽고, 독서 활동을 따라해 보세요. 그리고 미래가 원하는 인재상으로 크게 성장한 '나'를 발견할 수 있기를 바랍니다.

• 2023년 9월, 조찬영 씀

미래 세대, 창의융합 인재교육에 부합한 21세기 국어 학습의 역작

1988년쯤인가 제5차 고등학교 교육과정이 고시되기 이태 전인 1986년 즈음으로 기억됩니다. 예비고사 학력고사가 한창 시행되고 입시 중심 교육과 맞물려 주입식 교육이 당연시됐던 시절이었습니다. 당시 저는 면목고등학교에 국어 교사로 근무하고 있었는데, 서울시교육청에서 연례적으로 실시하는 장학지도가 있었습니다. 제일의 핵심은 장학사가 교실에 들어와 교사의 수업을 참관하고 평가받는 일이었습니다. 모든 교사가 부담되면서 걱정스러워 했습니다. 저도 예외는 아니었습니다. 일곱 명의 국어 선생님 중 저는 교사 10년 차지만 막내였습니다. 당시 평가를 받는 국어 선생님 중 지금은 고인이 되신 유명한 국어학자 빨간펜 이수열 선생님도 계셨습니다. 수업 후 장학지도 시간에 수업에 대한 평가가 있었는데, P 장학사는 선배 선생님들의 평가는 일언이폐지하고 시종 막내인 제 수업만을 예로 들며 칭찬하고 학교 전체 평가 자리에서도 거론하며 미래를 여는 수업이라며 흥분했습니다. 사실 그날 수업이 소설 감상 단원이었고 해서 저는, 대입 준비 주입식 위주 수업을 잠시 내려놓고 겁도 없이 학생 중심의 토론과 발표 수업을 했습니다. 학생의 내용이 옳고 그름을 떠나 자신의 생각을 펼치는 수업이었습니다. 창의적인 발표뿐만 아니라 엉뚱한 대답에도 칭찬과 격려를 했습니다. 큰 지적을 받겠다 싶어 욕먹을 각오를 하고 있었습니다. 그런데 평가는 예상과는 반대로 칭찬뿐이었습니다. P 장학사는 서울시교육청 장학사로 오기 전 교육부에서

새로운 제5차 교육과정을 연구하고 있었고, 그 핵심이 '개방적 사고의 학생 중심 미래 교육'이었다고 했습니다. 그런 관점으로 작심하고 참관하였는데, 그 방향에 맞게 수업하는 교사가 유일하게 존재함을 발견하고 흥분했다 했습니다. 이런 방향으로 교육이 변해가는 것이 옳다고 했지만 그 변화는 미비했고, 참으로 오랜 시간이 걸려 주입식 교육에서 창의적 인재를 바람직한 인재상으로 여기는 지금에 이르게 되었습니다. 이런 점에서 《중학생 국어 교과서 소설 읽기》는 한 단계를 뛰어넘는 미래세대에 부합한, 창의융합인재교육을 전공한 조찬영 선생님의 21세기 국어 문학 감상 교육의 역작이요, 참 지침서로 여겨집니다.

어떤 사람이 달빛도 없는 캄캄한 밤길을 더듬더듬 가고 있었습니다. 그때 또 다른 어떤 이가 맞은편에서 등불을 밝히고 천천히 걸어오고 있었습니다. 반가워 가까이 다가와 보니 앞 못 보는 노인이었습니다. "아니, 눈도 보지 못하시는 어르신께서 왜 등불을 들고 다니셔요?" 그러자 노인은 활짝 웃으며 말했습니다. "나야 밤이든 낮이든 등불이 필요 없지만, 상대편에서 오는 사람에게 밝은 길을 열어주고 싶어서라오."

이 책이 바로 이런 따뜻한 마음으로 만든 참고서로, 편집과 구성, 내용이 어두운 밤에 등불을 밝혀 길을 안내해 주는 중학생들의 진정한 소설 읽기의 과정이라 생각합니다.

학습(學習)이란 단어는 현대에 나온 단어가 아니라 공자가 최초에 한 말에서 유래합니다. 공자는 논어 [학이편]에 "學而時習之면 不亦說乎아"즉, "배우고(學) 때때로 그것을 익히면(習) 또한 기쁘지(說) 아니한가"하여 학습(學習)이 기쁘다(說=悅)고 하였습니다. 학습은 괴로운 일이고 힘든 일인데 왜 공자는 학습이 기쁘다 했을까요? 스승에게 배운(學) 뒤에는 내가 익혀야(習) 하는데 그것도 가끔이 아니라 때때로(時) 내가 열심히 익히면, 그 속에서 진리를 깨닫고 지혜가 솟아나며 실력이 쑥쑥 올라가는 걸 느끼게 됩니다. 그게 기쁨이요, 학습의 경지라는 것입니다. 이 책이 바로 중학교 9종 교과서 수록된 모든 소설을 감상하고 그것을 통해 스스로 익혀 기쁨을 느끼고 맛보도록 꼼꼼하게 정성 들여 편찬한 것임을 알고 있습니다.

1980년대 후반 5차 교육과정이 시행되고 1990년대에 1종 국정 교과서 한 종류만 있다가 검인정 교과서가 5종 이상 발행되고 참고서가 국어 상하뿐만 아니라 현대문학, 고전문학, 작문, 문법, 등 다양화되어 국어만 5종 하위 교과까지 수십 종의 참고서가 쏟아져 나왔습니다. 이에 교육부에서는 참고서의 부실을 막기 위해 참고서 인증제도를 한시적으로 시행한 적이 있었습니다. 그때 교육부 요청으로 수일 동안 호텔에 갇혀 당시 40여 가지 국어 참고서를 검토하고 심의하면서 인증 점수를 매긴 일이 있었는데, 교사 생활 중 가장 힘든 극한 작업이었습니다.

지금 중학교 교육과정 속에서 9종이나 되는 교과서와 연계한 참고서가 출판사마다 수십 곳에서 나오니 가히 홍수 출간이 아닐 수 없습니다. 그러니 참고서를 고르기가 학생은 물론이요, 학부모, 학원 교사, 학교 교사도 엄두가 나지 않을 것입니다. 그러나 저의 지난 극한 작업의 경험을 살려 보면, 조찬영, 엄인정 선생님이 편찬한《중학생 국어 교과서 소설 읽기》는 편찬자 경력에서 나온 창의가 곳곳에 묻어나 있고, 알찬 학습 안내로 공부의 즐거운 맛을 느끼게 하는 책입니다. 그래서 학생들이 주저함이 없이 이 책을 선택해 공부한다면 자기 주도적인 감상과 학습 참여를 통해 수행평가와 학교 내신에 큰 성과를 거두는 것은 물론이고, 고등학교와 연계된 상승효과를 얻어 고등학교 국어 학습에도 큰 효과를 볼 것입니다.

이 책을 보는 모든 학생이 "진실로 날로 새롭게 나날이 새롭게 또한 날로 새로워지길 바란다." "구일신(苟日新) 일일신(日日新) 우일신(又日新)" ~ 대학(大學) 중용(中庸)에서

• 2023년 9월, 오호윤 씀

(고등학교에서 39년 동안 국어교육에 헌신하고 창덕여자고등학교에서 정년퇴임을 하다.)

디지털 환경에 익숙한 세대에게
문학의 본질을 심어주는 창의적 교육 설파

조찬영 선생님은 교육을 숲과 나무로 봤을 때, 숲 전체를 살피고 좋은 환경으로 만들어 그 속에 담긴 모든 요소들을 올바르게 성장시키는 것을 최고의 교육 가치로 여기는 사람입니다. 또한 변해가는 교육 환경과 구조 속에서 교육의 본질을 추구하며 지속적이고 창의적으로 시도하는 도전적인 교육자입니다. 교육은 본질을 통해 학습자 한 사람 한 사람을 이끌어 올바른 사고와 역량을 개발해내는 것, 새로운 교육환경에서 교육자는 목적에 따라 학습 과정과 자원을 설계해 학습자가 올바르게 활용할 수 있게 하는 것입니다. 이러한 점에서 조찬영 선생님은 지난 3년 간 대학원에서 더 나은 교육 환경과 교수법을 만들기 위해 다양한 이론과 기술을 연구했습니다. 인공지능 융합교육을 활용한 독서논술 교육 프로그램 개발 연구에 몰두하면서 다양한 시행착오를 겪었고, 독서교육방법과 쓰기지도방법, 창의성 개발 프로그램 등을 차근차근 개발해가며 교육현장에서 활용했습니다.

문학 작품을 읽는 것은 인간의 삶의 방향을 이끌어 가는 아주 중요한 부분입니다. 이는 작품을 감상하고 그 속에 담긴 의미를 이해하면서 사회와 역사, 정치, 철학 등 풍부한 지식이 함양될 뿐 아니라 감수성과 공감 능력을 함양하는 데에도 큰 영향을 미칩니다. 또한 비판적 사고 능력과 창의적 사고력이 함양되며 인간관계를 이루는 데에도 큰 도움을 줍니다. 변화하는 개정 교육에서도 '전인교육'을 중시하고 있습니다. 인간이 지닌 모든 자질을 전면적이고 조화롭게 육성하려는 차원에서 소설 읽기는 그 기본이 될 수밖에 없습니다. 또한 지 · 덕 · 체(智 · 德 · 體)를 고르게 성장시켜 넓은 교양과 건전한 인격을 갖춘 인재상을 추구하는 현대를 살아가는 청소년들에게 올바른 소설 읽기 교육은 필수적입니다. 이러한 점에서《중학생 국어 교과서 소설 읽기》는 교육적 차원에서 학생들이 지녀야 할 기초지식뿐 아니라 타인을 이해하고 세상과 소통하는 데 필요한 요소를 담고 있습니다.

조찬영 선생님은 OTT(Over The Top)콘텐츠, 인공지능(AI), 메타버스, Chat GPT 등과 같이 디지털 환경에 익숙한 알파 세대에게 글의 개념과 문학적 본질을 이해하게 만드는 창의적 기법을 시도하고 있습니다. 20년 간 독서 · 논술 분야에 몸담아 교육한 경험과 학생을 공감하고자 하는 노력이 저서의 곳곳에서 드러나고 있습니다. 또한 자칫 지루한 기존의 교육 방식으로 문학에 대한 호기심을 떨어뜨리지 않도록 다양한 유형의 독서활동을 담아냈습니다.《중학생 국어 교과서 소설 읽기》를 한 장 한 장 넘기다 보면 어느새 완독하게 되고 사고가 확장되는 경험을 할 것입니다.

이 책을 통하여 우리 학생들이 현행 교육제도와 변화하는 교육과정 속에서의 내신과 수행평가, 그리고 대입에 이르기까지 기초 소양을 갖추는 것은 물론 국어 실력과 문해력이 크게 향상되기를 희망합니다. 또한 다양한 글 읽는 즐거움을 누리고 문학 작품의 본질을 꿰뚫는 역량도 함양하길 소망합니다. 이 책의 진가를 알아보는 많은 학생들에게 나침반 같은 선물이 되길 진심으로 바랍니다.

• 김윤정, 서울시립대학교 교육연구 교수/ 교육공학 박사

우리 사회의 다양한 사례들을 접목시킨
창의융합 국어교육을 선보이다!

청소년들이 학교에서 공부하는 여러 과목은 우리 말과 글로 되어 있습니다. 영어나 제2외국어도 언어라는 공통적 속성을 가지고 있어 우리 말과 글을 잘 이해하고 활용할 수 있어야 다른 언어도 잘할 수 있습니다. 즉, 국어가 제대로 공부되지 않으면 다른 여러 과목들도 이해가 힘들거나 어렵게 느껴진다는 의미입니다. 또한 국어는 학교에서 공부의 수단으로만 쓰이는 것이 아니라 세상을 살아가고 인간관계를 맺는 데 중요한 소통 수단입니다. 따라서 청소년들이 국어를 공부한다는 것은 '나와 소통'하고, '타인과 소통'하며 '세상과 소통'하는 방법을 배워 올바른 인성을 가진 사람으로 성장한다는 의미이기도 합니다.

2022 개정 교육과정 중학교 국어과 공통 교육과정 설계의 개요를 살펴보면, 국어과 교육과정에서는 '비판적 · 창의적 사고 역량, 디지털 · 미디어 역량, 의사소통 역량, 공동체 · 대인관계 역량, 문화 향유 역량, 자기 성찰 · 계발 역량'을 국어과 역량으로 설정하였습니다. 특히 문학 영역의 경우, '지식 · 이해'는 문학의 갈래와 맥락, '과정 · 기능'은 문학 작품의 이해, 해석, 감상, 비평 등 문학 활동 관련 요소, '가치 · 태도'는 문학에 대한 흥미와 타자 이해, 가치 내면화 등과 같은 정의적 요소를 중심으로 내용 요소를 구성하였습니다. 현행 2015 개정 교육과정에서 큰 틀은 유사하지만 좀 더 구체화 되었고, 국어교육에서 추구하고자 하는 방향의 강조점을 중심으로 국어 과목의 성격과 목표를 반영하였습니다. 공교육에서 추구하는 방향에 따라《중학생 국어 교과서 소설 읽기》는 새로운 개정 교육과정에서의 영역별 요소를 최대한 적용하려 했고, 변화하는 교육의 방향에 맞춰 창의적이고

깊이 있는 독서활동으로 청소년들의 문학교육에 고심한 흔적들을 살필 수 있었습니다.

특히 이 책을 엮은 조찬영 선생님은 독서·논술 교육뿐 아니라 변화하는 시대가 요구하는 인재교육을 위해 국어교육의 중요성을 강조하고 있습니다. 이에 따라 국어과 교육에서 중시하고 있는 역량 강화를 위해 구체적인 사례로 학생들의 직접체험 활동을 더하고, 우리 사회의 다양한 사례들을 접목시켜 창의융합 인재교육에 앞장서고 계십니다. '우리말을 정확히 이해하고 우리 글을 바르게 쓸 줄 알아야, 올바르게 사고하고 더 깊은 창의적 설계가 가능하다'는 조찬영 선생님의 교육 가치관에 동감합니다. 그 이유는 우리 사회가 요구하는 인재는 결국 바른 인성, 빠르게 변화하는 불확실한 상황에서의 올바른 선택을 하는 현명함, 창의적인 문제해결 능력을 갖춘 사람이기 때문에 깊이 있는 모국어 실력과 사고력이 동반되지 않을 수 없기 때문입니다. 이러한 기초 소양을 채워 나가기 위한 첫 단추가 《중학생 국어 교과서 소설 읽기》입니다.

현직 국어교사로 재직하며 학생들에게 국어공부와 문학 읽기는 내신과 수능공부는 물론이거니와 변화하는 시대에 필수적이며 의미 있는 활동이라는 점을 강조하고 있습니다. 답을 찾는 능력보다 문제를 해결해가는 과정에서의 사고와 논리가 더 중요한 시대입니다. 《중학생 국어 교과서 소설 읽기》를 탐독하며 여러분이 추구하는 목적을 재설정해보는 계기가 되기를 바라며, 그 목표가 이루어지기를 바랍니다.

• 2023년 9월, 박현성 씀

경북대 사범대 국어교육학과 졸업, 현재 상인고등학교 국어 교사로 재직 중

깊게 읽기의 즐거움
융합 독서의 의미와 가치

⊙ '문학소년, 문학소녀'의 꿈

우리는 중고등학교 때 누구나 문학소년, 문학소녀의 꿈이 있었습니다. 문학에 소질이 있든 없든 소설책이나 시집 한 권 정도는 끼고 살며 그런 꿈을 살포시 꾸곤 했습니다. 요즘 같은 영상 세대들에게는 그런 꿈이 보이질 않습니다. '유튜버 청소년'의 꿈 때문일까요? 어쩌면 유튜버의 꿈을 이루기 위해 우리는 문학적 상상력이 절실할 것입니다.

조찬영 선생은 창의·융합 독서 문해력 관련 제 수업을 들었는데, 이미 이 분야에서 오래 강의해온 전문가였습니다. 특히 요즘 흐름에 맞게 교재를 구성하는 능력이 돋보였는데 실제 그런 책을 낸다고 하니 반가웠습니다.《중학생 국어 교과서 소설 읽기》가 우리 학생들이 문학을 좋아하고 문학책을 품에 안게 하는 그런 책으로 자리 잡기를 바랍니다.

⊙ 깊게 읽기의 즐거움

영상 세대의 공통점은 유튜브 영상들이 그러하듯 빠른 시간에 많은 것을 눈 안에 담는 것이다 보니 무언가를 깊게 읽고 생각하는 여유가 없는 듯합니다. 창의융합 독서의 가장 훌륭한 방법은 깊게 읽는 태도에 달려 있습니다. 모든 책을 깊게 읽을 필요는 없지만, 교과서 수록 작품이라도 깊게 읽기를 해볼 필요가 있습니다. 학생들이 이 책을 통해 깊게 읽기를 배워서 그 어떤 문학 작품이라도 깊게 읽는 재미에 빠져들기를 바랍니다.

이 책은 다양한 방식의 발문을 통해 매우 짜임새 있게 작품을 분석하고 이해하기를 이끌고 있습니다. 객관식 방식에서 논술 방식까지를 모두 아우르는 이유도 거기에 있을 것입니다.

⊙ 융합 독서의 길

융합독서의 핵심은 맥락을 따지는 능력입니다. 이때의 융합이란 책 속의 정보나 지식을 우리 삶 속에 녹여내는 것인데 그러기 위해서는 책을 읽으면서 맥락을 따지는 태도가 중요하기 때문이죠.

그래서 융합독서는 한 책을 요리조리 깊게 읽는 태도가 중요한데 바로 맥락을 따지는 것이 깊게 읽는 지름길입니다. 사실 맥락을 따지는 게 특별한 배경지식이 필요한 게 아닙니다. 맥락은 어떤 사건이나 내용이 어떤 상황에서 어떤 배경을 가지고 일어났는가를 말합니다. 한 책의 맥락을 따진다고 한다면 책 내용뿐만 아니라 저자에 대한 맥락, 표지에 대한 맥락, 삽화에 대한 맥락 등등 모든 구성 요소 맥락을 따질 수 있습니다.

저자는 어떤 배경을 가지고 언제 어디서 왜 이 책을 썼는지를 살피는 것이 저자의 맥락이 됩니다. 이렇게 미주알고주알 맥락을 캐보다 보면 책 읽기의 책 따져묻기의 재미와 깊이가 생길 것입니다. 이 책이 그런 융합독서의 길잡이가 되길 바랍니다.

• 2023년 9월, 김슬옹 씀

한국외국어대학교 교육대학원 객원교수, 세종국어문화원 원장, 훈민정음가치연구소 소장, 간송미술문화재단 객원연구위원, 한글학회 연구위원, 세종대왕기념사업회 전문위원, 한글문화연대 운영위원, 3·1운동 100주년 기념 국가대표 33인상, 문화체육부장관상(한글운동 공로)

✦ 등장인물 주인공 소개 ✦

작품명: 〈빨간 호리병박〉

완

↳ 완은 늘 혼자 빨간 호리병박을 들고 강에서 수영해. 어느 날, 한 소녀를 만나 강에서 즐거운 시간을 보내지만 완의 순수한 호의는 소녀에게 오해를 남기고, 오해는 풀지 못한 채 완은 이사를 가지.

작품명: 〈옥상 위에 민들레꽃〉

나

↳ 궁전아파트의 비극, '나'는 할머니 죽음의 이유를 알 것 같아 말하고 싶었지만, 기회를 얻지 못해. 어리지만 경험을 통해 물질보다 더 중요한 것은 관심과 사랑임을 깨달은 지혜로운 어린이야.

작품명: 〈소나기〉

소년

↳ 순박한 시골 소년, 내성적이지만 소녀를 만난 후 적극적인 성격으로 변해. 하지만 소녀는 소녀와 이별을 하고 무척 그리워해. 그러다가 소녀가 죽었다는 소식과 소녀의 유언을 듣게 되지.

작품명: 〈하늘은 맑건만〉

문기

↳ 문기는 순진하고 양심적인 인물이야. 하지만 다소 소극적이고 용기가 부족한 인물로 묘사돼. 게다가 다른 사람 말에 잘 넘어가지. 교통사고가 나고 지난 일을 후회하며 모든 걸 고백하는 양심적인 인물이야.

작품명: 〈이상한 선생님〉

박 선생님

↳ 유난히 작은 키, 큰 머리! 성격은 옹졸하고 화를 잘 내. 조선말을 쓰면 때리거나 중한 벌을 주지. 해방 후에는 찬양하던 일본을 비난하고 미국을 칭송하게 돼. 강 선생님과 대립하다가 결국 강 선생님이 파면당하자 교장 선생님이 되는 기회주의자적인 인물이야.

작품명: 〈이상한 선생님〉

강 선생님

↳ 헌칠한 모습, 온순하고 참 잘 웃는 선생님이야. 일본말을 사용하지 말라고 강요도 하지 않으면서 학생들이 일본 말로 물어도 조선말로 대답해. 해방 소식에 매우 기뻐하면서 교장 선생님이 되지만, 박 선생님과 대립하다 파면돼.

작품명: 〈책상은 책상이다〉

나이 많은 남자

↳ 무료한 삶을 살다가 자신만의 언어로 바꿔 말하기 시작해. 자신의 세계에 빠져 다른 사람들과 의사소통이 불가능해져. 그러다가 고립되고 단절된 생활을 하게 되면서 침묵하는 인물이야.

작품명: 〈허생전〉

허생

↳ 허생은 가난하지만 학식이 뛰어나고 개혁 의지를 가진 비판적인 지식인이야. 또한 매점매석으로 큰돈을 벌지만 조선의 경제적 허약점을 비판하고 이완과 대화하며 명분뿐인 권력층을 비판하는 인물이야.

✦ 차례 ✦

✦ 옥상의 민들레꽃 ✦

나

박완서
1931~2011

1931년 경기도 개풍군에서 태어났다. 1971년 〈나목〉으로 장편소설 공모전에 당선되어 작가로 등단하였고, 그 후에도 다양한 소설과 산문을 발표했다. 한국의 전통문화와 역사를 소재로 하면서도 현대적인 감각과 풍부한 인간성을 작품에 잘 담아내는 작가로 평가받고 있다.

만화로 미리 주제 파악하기

나서기를 좋아하지만 문제의 본질을 잘 모르는 아저씨야. 물질만능주의적인 현대인의 유형을 대표하는 인물이지.

사회적인 지위를 중시하고 권위적인 사람이야. 사회적 권위를 중시하는 유형을 대표한다고 볼 수 있어.

어른들의 대책 회의에 따라와 할머니 죽음의 이유를 알 것 같지만 말할 기회를 얻지 못해. 물질보다 더 중요한 것이 있다는 것을 아는 지혜롭고 현명한 어린이 유형을 대표하는 인물이야.

젊은 아저씨

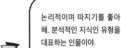

회장님

물질만능주의적이고 이기적이야. 또한 계산적이고 기회주의자적인 유형을 대표하는 인물이야.

논리적이며 따지기를 좋아해. 분석적인 지식인 유형을 대표하는 인물이야.

나

뚱뚱한 아줌마

노교수님

'국어 공신' 선생님의 감상 꿀팁!

'나'(어린아이)의 마음과 눈을 통해 이기적이고 각박한 현대인들의 모습을 어떻게 비판하고 있는지 살펴보며 감상해보자.

'국어 공신' 선생님

옥상의 민들레꽃

#돈으로 살 수 없는 것은 무엇일까?

우리 아파트 칠 층 베란다에서 할머니가 떨어져서 돌아가셨습니다.**1** 실수로 떨어지신 게 아니라 일부러 떨어지셨다니까 할머니는 자살을 하신 것입니다. 이런 일이 두 번째입니다.

그것을 제일 먼저 발견한 할머니의 며느리가 놀라서 악을 쓰는 소리를 듣고 아파트에 사는 사람들이 모두 베란다로 뛰어나갔습니다. 나도 뛰어나갔습니다. 다만 엄마가 뒤에서 내 눈을 가렸기 때문에 칠 층에서 떨어진 할머니가 어떻게 망그러졌는지 보지는 못했습니다.

"오오, 끔찍한 일이다."

딴 어른들도 끔찍한 일이야, 오오, 끔찍한 일이야 하면서 아이들의 눈을 가려서 얼른 안으로 데리고 들어갔습니다.

우리 궁전 아파트**2**는 살기가 편하고 시설이 고급이고 환경이 이름답기로 이름이 난 아파트입니다. 우리 나라에서 나는 물건은 물론 외국에서 들어온 물건까지 없는 거 없이 갖추어 놓은 슈퍼마켓도 있고, 어린이를 위한 널찍한 놀이터로 있고 아름다운 공원도 있고, 노인들을 위한 정자(경치가 좋은 곳에 놀거나 쉬기 위하여 지은 집. 벽이 없이 기둥과 지붕만 있음.)도 있고, 사람의 힘으로 만든 푸른 연못도 있습니다.

누가 너 어디 사냐? 하고 물었을 때 궁전 아파트에 산다고 하면 물은 사람의

1 사건의 발단이자, 독자의 호기심을 유발하는 첫문장이다.
2 이 소설의 '공간적 배경'이다. 경제적으로 부유한 사람들이 사는 공간으로 물질적으로 풍족한 삶을 사는 아파트로 표현했다.

'국어 굴신' 선생님

얼굴에 담빡 부러워하는 빛이 역력(자취 · 낌새 · 기억 따위가 환히 알 수 있게 또렷하다.)해집니다.
그리고 한숨을 쉬며 말합니다.

"참 좋겠다. 우린 언제 그런데 살아 보누."

그러니까 궁전 아파트에 살지 않는 사람들은 궁전 아파트에 사는 사람이 행복하다는 걸 아무도 의심하지 않나 봅니다.**3** 그렇게 믿고 있는 사람들을 실망시키지 않기 위해서도 궁전 아파트에 사는 사람들은 모두모두 행복할 수밖에 없습니다.**4**

그런데 이게 웬일입니까. 벌써 두 사람 째나 살기가 싫어서 스스로 목숨을 끊었습니다.**5** 얼마나 사는 게 행복하지 않으면 스스로 목숨을 끊고 싶어지나 궁전 아파트 사람들은 상상도 할 수 없습니다. 궁전 아파트 사람이 알 수 있는 건 앞으로 이런 일이 다시는 일어나선 안된다는 겁니다. 이런 일이 자꾸 일어나 소문이 퍼져 보십시오. 사람들은 궁전 아파트 사람들의 행복이 가짜일거라고 의심할지도 모릅니다.**6** 그렇게 되면 큰일입니다. 그런 생각만으로도 궁전 아파트 사람들은 담빡(깊은 생각이 없이 가볍게 행동하는 모양) 불행해지고 맙니다.

궁전 아파트 사람들이 여태껏 행복했던 것은 다른 사람들이 그렇게 알아주었기 때문입니다. 그것은 마치 엄마의 보석반지가 엄마를 행복하게 하는 게 보석이 아름다워서가 아니라 그 보석이 진짜라는 보석 장수의 보증 때문인 것과 같은 이치입니다.**7**

여러분, 집중해야 해요!

'국어 골신' 선생님

여태껏 굳게 믿고 있던 행복이 흔들리자 궁전 아파트 사

3 물질적 풍요로움을 행복의 기준으로 보는 현대인들의 물질만능주의적 가치관이 드러나고 있다.

4 궁전 아파트 사람들의 행복은 자신이 느끼는 진정한 행복이 아니라, 남들에게 보여지고, 또 남들이 알아 봐주기를 바라는 행복이다.

5 독자의 흥미와 호기심을 유발, 사건의 발달을 제공하는 역할을 한다.

6 물질적 풍요를 행복의 절대 기준으로 삼는 궁전 아파트 사람들의 생각을 엿볼 수 있다. 또한 경제적으로 풍요로운데 왜 자살을 하는지 이해하지 못하고 있다.

7 ①'마치'를 활용한 직유법 사용 ② '엄마의 보석반지'의 원관념은 '진짜 행복', ③'보증'의 원관념은 '다른 사람들이 궁전 아파트 사람들이 행복하다고 인정해주는 것'이다.

람들은 그 불안을 견디다 못해 한자리에 모여 의논을 하기로 했습니다. 모이는 장소는 칠십 평짜리를 두 개 터서 쓰는 사장님 댁으로 정해졌습니다.

넓은 사장님 댁은 벌써 사람들로 꽉 들어차 있었습니다. 반상회 날보다 더 많은 사람이 모여들었습니다. 반상회 날은 더러 아이들도 섞여 있었는데 오늘은 한 명도 아이들은 안 보입니다. 어른들만 모여 있으니까 회의의 분위기가 한층 엄숙(분위기나 의식 따위가 장엄하고 정숙하다.)해지는 것 같았습니다.

엄마도 그제야 내가 따라간 게 창피한 지 눈짓을 하며 나를 등뒤로 숨기려 들었습니다. 그러나 나는 엄마 등뒤에 숨을 수 있을 만큼 작은 아이가 아닙니다. 나는 모습을 보이고 싶고 참견도 하고 싶었습니다. 딴 일이라면 모를까 이번 일은 내가 꼭 참견을 해야 할 것 같았습니다.

왜냐하면 나는 그 할머니가 왜 살고 싶지 않았는지를 알고 있기 때문입니다.❽ 생전의 그 할머니와 사귄 적도, 본 적도 없었지만 그것만은 자신 있게 알고 있었습니다.

"에에또 이렇게 여러 귀빈들을 한자리에 모셔서 영광입니다. 오늘은 저희 집에 모신 만큼 제가 임시 회장이 돼서 이 회의를 진행하겠습니다. 아참, 회장이 있으려면 회 이름도 있어야겠군요. 명함에 박히려면 무슨 무슨 회 회장이라고 해야지 그냥 회장이라고 할 수 없지 않습니까?❾ 안 그렇습니까, 여러분?"

"옳습니다."

여러 사람이 다 찬성을 했습니다.

"서로 돕기회가 어떻겠습니까?"

어떤 젊은 아저씨가 말했습니다.

"안 됩니다! 그건. 서로 돕다니요? 우리가 뭐가 부족해서 서로 돕습니까? 이웃 돕기는 가난하고 불쌍한 사람들끼리 하는 겁니다.❿"

"옳소, 옳소."

❽ '나'가 회의에 꼭 참견해야 하는 이유를 밝히며 독자의 호기심을 유발하고 있다.
❾ 사회적 권위와 명성에 대한 집착을 보이며 남에게 보이는 직위가 중요하다는 것을 알 수 있다.
❿ 자신들은 가난한 사람과는 다르다는 '우월감'을 표출하고 있다.

수능에 나올 수도 있어!

'국어 금신' 선생님

여러 사람이 찬성했기 때문에 서로 돕기회는 부결(회의에 제출된 의안을 통과시키지 않기로 결정함.)이 됐습니다.

"그, 그렇지만 우리가 여기 이렇게 모인 건 서로 돕기 위해서가 아닙니까?"

서로 돕기회를 주장한 아저씨가 외롭게 대들었습니다.

"아닙니다. 이번 사고를 수습할 대책을 마련하려고 모인 겁니다."

"아, 됐습니다. 바로 그겁니다. 수습 대책 협의회가 좋겠군요. 궁전 아파트 사고 수습 대책 협의회…… 적당히 어렵고 적당히 길고…… 그걸로 정할까요?⑪"

"사장님, 아니 회장님, 그럼 그 명의로 명함을 박으실 건가요?"

"그러문요. 썩 마음에 드는 명칭입니다. 안 그렇습니까?"

"안 그렇습니다. 그건 마치 우리 궁전 아파트가 사고만 나는 아파트란 인상을 퍼뜨리는 것과 같습니다. 아파트 값이 뚝 떨어질지도 모릅니다."

아파트 값이 떨어질지도 모른다는 소리에 일제히 와글와글 들고일어나 그 이름도 부결이 됐습니다.

"여러분, 지금 급한 건 회의 이름 짓기가 아닙니다. 어떡하면 그런 사고가 다시는 안 일어나게 하나 하는 겁니다. 이번이 벌써 두 번째입니다. 이 소문이 퍼져 보십시오. 제일 먼저 영향을 받는 건 우리 아파트 값일 겁니다.⑫ 아마 한 번만 더 사고가 나면 우리 아파트 값은 당장 똥값이 될걸요."

회 이름을 서로 돕기회로 하자던 아저씨가 이렇게 말하자 장내는 조용해지고 사람들의 얼굴은 사색(죽은 사람처럼 창백한 얼굴빛)이 됐습니다.

"여러분, 우리 아파트 값을 똥값을 만들지 않기 위해 머리를 짭시다. 좋은 의견이 있으신 분은 기탄 없이 말씀해 주십시오."

"젊은 사람, 그것은 회장의 권한입니다. 좋은 의견이 있으신 분 기탄 없이 말씀해 주십시오."

회장이 젊은 아저씨로부터 말끝을 빼앗았습니다.

"저요, 저요."

⑪ 회장의 지적인 허영심과 권위적인 태도가 드러난다.
⑫ 물질적 가치를 가장 우선으로 생각하고 있다.

나는 학교에서 선생님에게 시켜 달라고 조를 때처럼 손 먼저 들면서 벌떡 일어서려는데 엄마한테 세차게 붙잡혔습니다.

"아니 여기가 어딘 줄 알고 네가 나서려고 해, 아이 창피해."

엄마의 얼굴이 홍당무가 됩니다.**[13]** 아니, 여기가 어디라고 아이를 끌고다녀? 쯧쯧, 사람들이 수군대는 소리도 들립니다. 엄마는 얼굴이 더 빨개지면서 어쩔 줄을 모릅니다.

"제가 한마디 하겠습니다."

뚱뚱한 아줌마가 몸을 일으키는 데 하도 오래 걸리니까 뒤에 앉은 사람이 영 치기 하고 큰 소리로 외치며 엉덩이를 들어주었습니다. 모인 사람들이 처음으로 웃음을 터뜨렸습니다.

"여러분, 이건 웃을 일이 아닙니다."

뚱뚱한 아줌마가 엄숙한 얼굴로 말을 시작했습니다.

"나도 조금 전까지만 해도 지금처럼 심각하지 않았습니다. 우리 집엔 노인네가 안 계시니까요. 그러나 지금은 누구 못지 않게 심각합니다. 다들 그래야만 됩니다. 노인네를 지키는 것은 노인네를 모신 집만의 골칫거리지만 아파트 값의 최고 자리를 지키는 것은 우리 모두의 일입니다.**[14]** 아시겠어요?"

장내가 물을 끼얹은 듯 조용해졌습니다.

"제일 처음 우리가 할 일은 절대로 이번 사고를 입밖에 내지 않는 겁니다. 소문만 안 나면 그런 일은 없었던 거나 마찬가집니다. 다음은 그런 일이 다시는 안 일어나게 하는 겁니다. 감쪽같이 감추는 것도 한두 번이지 자주 계속되면 소문이 안 날 수가 없게 됩니다. 왜냐하면 이사 가는 사람이 생기거든요. 나부터도 그런 사고가 한번만 더 나면 아파트 값이 뚝 떨어지기 전에 제일 먼저 팔고 이사를 갈 테니까요. 이사만 가 보세요. 뭐가 무서워 소문을 안 냅니까? 아시겠죠? 소문을 안 내는 것보다는 그런 사고가 또 다시 안 일어나게

---

[13] 어린 아이가 나설 자리가 아닌 분위기 때문에 엄마는 부끄러워 하고 있고, '나'의 태도를 이해하지 못하고 있다.

[14] 물질적 가치를 중요시하며 노인들의 자살을 대수롭지 않게 생각하고 있다. '인명경시' '물질만능주의적 사고'를 보인다.

ZAP!

국어 공산 선생님

하는 게 더 중요한 까닭을...."

모두들 말없이 고개만 끄덕였습니다. 뚱뚱한 여자는 더욱 의기양양(뜻한 바를 이루어 만족한 마음이 얼굴에 나타난 모양.)해서 연설을 계속했습니다.

"그래서 제가 연구한 사고 방지책을 지금부터 말씀드리겠어요. 조용히 하세요. 조용히……. 우리 아파트 베란다는 너무 허술(치밀하지 못하고 엉성하여 빈틈이 있다.)해요. 노인네 아니라도 아이들이 장난치다 떨어지지 말란 법도 없잖아요."

"아유 끔찍해라."

엄마가 나를 꼭 껴안았습니다. 딴 엄마들도 아이들도 떨어질 수 있다는 새로운 근심에 안절부절을 못합니다. 아이들한테만 집을 맡기고 온 엄마는 뒤로 몰래 빠져나갈 눈치를 보이기도 합니다.

"그래서 베란다에서 일제히 쇠창살을 달면 어떨까 하는 의견을 말씀드리는 겁니다. 바람은 통하되 사람은 빠져나갈 수는 없는 쇠창살 말입니다.⑮"

"옳소. 옳소."

"옳은 말씀이에요. 왜 진작 그 생각을 못했을까? 이제부터 발뻗고 자게 됐지 뭐예요."

모든 사람의 얼굴에서 근심이 걷히면서 뚱뚱한 여자의 의견에 대한 칭찬의 소리가 자자(여러 사람의 입에 오르내려 떠들썩하다.)했습니다.

"옳은 일은 서두르는 게 좋아요. 곧 쇠창살을 해 달도록 하세요. 회장의 권한으로 명령합니다.⑯"

회장님이 주먹으로 탁탁 응접 탁자를 치면서 말했습니다.

"쇠창살 주문은 내가 받겠어요. 우리 아기 아빠가 쇠붙이 회사 사장이니까요. 누구보다도 값싸게, 누구보다도 빨리해 드릴 수가 있어요. 품질은 보증하겠느냐고요? 여부(틀리거나 의심할 여지)

'국어 공산' 선생님

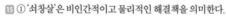

⑮ ① '쇠창살'은 비인간적이고 물리적인 해결책을 의미한다.
　② 베란다를 통해 뛰어내릴 수는 없으므로 자살을 방지할 수 있다는 단순하고 어리석은 사람들의 생각이다.
⑯ '명령'이라는 단어를 활용함으로써 회장의 권위적인 모습을 드러내고 있다.

가 있나요."

뚱뚱한 여자가 신이 나서 소리쳤습니다. 사람들은 서로 먼저 쇠창살 신청을 하려고 밀치고 아우성(여럿이 기세를 올리며 악을 써 지르는 소리.) 쳤습니다.^⑰

"여러분 침착하세요. 이런 때일수록 흥분을 가라앉히고 이성(사물의 이치를 논리적으로 생각하고 판단하는 능력.)을 되찾아 침착하게 생각해야 합니다. 과연 쇠창살이 가장 좋은 방법일까요?"

젊은 아저씨가 아우성 치는 사람들을 향해 팔을 휘두르며 외쳤습니다. 사람들은 젊은 아저씨의 다음 말을 기다리느라 잠깐 조용해졌습니다. 그 때 나는 내가 다시 나서야 할 것처럼 느꼈습니다.^⑱

나는 알고 있기 때문입니다. 베란다에서 떨어져서 그만 살고 싶은 마음을 돌이킬 수 있는 건 쇠창살이 아니라 민들레꽃이라는 걸 나만이 알고 있기 때문입니다. 내가 알고 있는 건 어른들처럼 갑자기 떠오른 날림 생각이 아니라 겪어서 알고 있는 것이기 때문에 더욱 자신이 있습니다.

"베란다에 있어야 할 것은 쇠창살이 아니라 민들레꽃이에요. 정말이에요."

그 소리를 소리 높이 외치고 싶어 목구멍이 간질간질하고 가슴이 두근거립니다. 오줌을 쌀 것처럼 아랫도리가 뿌듯하기도 합니다. 나는 참을 수가 없어서 몸부림을 치면서 엄마의 품을 벗어나려고 했습니다.

"얘가, 누구 망신을 시키려고 또 이러지?"

엄마는 입 속으로 중얼거리면서 쇠사슬처럼 꽁꽁 나를 껴안았습니다. 젊은 아저씨가 말을 계속했습니다.

"여러분, 우리 아파트가 가장 값이 비싼 것은 내부의 시설과 부대 시설이 잘 된 때문만은 아니란 걸 알아야 합니다. 우리 아파트는 겉모양이 아름답기로 소문 난 아파트입니다. 지나가던 사람도 우리 아파트를 보면 담빡 살고 싶은 생각이 들만큼 아름다운 겉모양을 하고 있습니다. 옛 궁전이나 성을 연상하고 그

⑰ 궁전 아파트의 이기적인 사람들의 모습이 드러난다.
⑱ '나'만이 문제를 해결할 최선의 방법을 알고 있다고 생각하기 때문이다.

속에 들어가 살면 왕족이나 귀족이 될 것 같은 희망이 생기기도 합니다. 그런 아파트의 베란다마다 쇠창살을 달아보세요? 사람들이 뭘 연상하겠습니까?"

"감옥이요, 감옥.⑲"

"세상에 끔찍해라. 감옥이라니."

"아파트 값이 똥값이 되고 말 거예요."

"나라면 거저 줘도 안 살 거예요."

이렇게 해서 베란다에 쇠창살을 달자는 의견은 흐지부지(끝을 분명하게 맺지 못하고 흐리멍덩하게 넘기는 모양.)되고 말았습니다.⑳

사람들의 눈길이 노교수님의 우물거리는 입가로 모였습니다.

"제 생각으로는 할머니가 두 분씩이나 왜 갑자기 살고 싶지 않아졌나, 그걸 먼저 우리는 알아야 된다고 생각합니다. 중요한 건 그분들이 목숨을 끊고 싶어서 끊었지, 베란다가 있기 때문에 끊은 것은 아니라는 겁니다. 목숨을 꼭 끊고 싶으면 베란다 아니라도 끊을 데는 얼마든지 있습니다."

"옳소, 옳소."

젊은 아저씨가 눈을 빛내면서 큰 소리로 동의했습니다.

여러분, 철저히 집중해야 해요!

'국어 공신' 선생님

"그분이 왜 목숨을 끊고 싶었을까 아는 대로 대답해 주십시오. 먼저 돌아간 할머니의 따님과 며느님."

교수님은 교수님답게 대답을 기다리지 않고 지적을 합니다. 저번에 돌아간 할머니는 따님하고 같이 사셨고, 이번에 돌아간 할머니는 아드님하고 같이 사셨답니다. 할머니의 따님과 며느리는 고개를 숙이고 눈물을 닦을 뿐 대답을 못합니다.

"무엇을 부족하게 해 드리지 않았습니까?"

교수님은 울고 있는 아주머니들을 똑바로 바라보면

⑲ '궁전 아파트는 감옥이다.'라는 의미로 '은유법'을 활용했다.
⑳ '쇠창살'을 단 궁전 아파트는 아무도 원치 않는 해결책임을 보여준다. 회의는 '부결'되었다.

서 따지듯이 말했습니다.[21]

"아니오, 그런 일 없습니다. 저의 어머니의 방 냉장고는 늘 그분이 즐기시는 음식으로 가득 채워 드렸고, 옷장엔 사시장철(사철 가운데 어느 때나 늘.) 충분히 갈아입을 수 있는 비단옷으로 가득 차 있었습니다. 그분이 돌아가신 후 그걸 다 양로원에 기부했는데 열 사람의 노인네가 돌아갈 때까지 입을 수 있을 거라고 했습니다. 필요하시다면 그분들을 증거인(증명을 하는 사람)으로 부를 수도 있습니다."

"아, 알겠습니다. 이번엔 며느님에게 변명할 기회를 드리겠습니다."

"저도 마찬가지입니다. 지금도 그분의 방이 그대로 증거로 보존(보호하고 간수해서 남김.)돼 있습니다만 부족한 건 아무 것도 없습니다. 제 방과 똑같은 크기의 방에 제 방에 있는 건 그분의 방에도 다 있습니다. 그분이 한번도 듣지 않은 전축(음반의 홈을 따라 바늘이 돌면서 받는 진동을 전류로 바꾸어, 이것을 증폭하여 확성기로 확대하여 소리를 재생하는 장치)이나 녹음기도 제 방에 있는 거기 때문에 그분 방에도 들여놓았습니다. 그랬건만 그분은 늘 불만이셨습니다.[22]

"바로 그겁니다. 그걸 말씀해 주셔야 합니다."

교수님이 마침내 유도 신문(검사나 경찰관이 범죄 혐의자를 신문할 때, 예상하는 죄상의 진술을 얻기 위해, 교묘한 질문으로 모르는 사이에 자백(自白)하도록 꾀어 묻는 일.)에 성공한 형사처럼 좋아하며 그 아주머니 앞으로 한 발 다가갔습니다.

"그분은 손자를 업어서 기르고 싶어하셨습니다.[23]"

"그건 안 되죠. 안짱다리가 되니까."

"그분은 바느질을 좋아해서 뭐든지 깁고(해진 데에 조각을 대고 꿰매다.) 싶어하셨어요. 특히 버선을 깁고 싶어하셨죠."

"점점 더 어렵군요. 요새 버선이라니? 더군다나 기워서 신는 버선을 어데 가서 구하겠소?"

ZAP!

국어 공산 선생님

[21] 일방적이고 권위적인 태도, 물질적 부족을 큰 잘못이라고 여기고 질책하는 태도를 보이고 있다.
[22] 할머니는 물질적으로 만족하지 않았다고 생각한다.
[23] 할머니는 '인간적인 정'을 느끼며 손자를 키우고 싶어했다는 것을 알 수 있다.

"그분은 또 흙에다 뭘 심고, 거름을 주고 김을 매고 싶어하셨어요. 그분은 시골에서 자란 분이거든요."

"참으로 참으로 어려운 분이셨군요."

교수님이 낙담(일이 뜻대로 되지 않아 마음이 몹시 상함.)을 합니다. 이 때 젊은 아저씨가 또 나섭니다.

"이제야 알겠습니다. 그분은 고향이 그리워서 돌아가셨군요."

"저희 어머니는 이 도시가 고향인데도 어느 날 베란다에서 떨어지셨어요."

먼저 돌아가신 할머니의 딸이 젊은 아저씨에게 대들었습니다.

"고향이 시골이 아니어도 마찬가질 겁니다. 도시에서도 사람 사는 모습이 그리워서 더 이상 살고 싶지가 않았을 겁니다. 그렇지만 제 아무리 효자라도 세월을 거꾸로 흐르게 할 수는 없습니다.

이렇게 문명된 세상에 돈 가지고 안 되는 일이 아직도 남아 있다는 건 참으로 안타까운 일입니다.[24]"

젊은 아저씨가 이렇게 결론을 내리자 장내가 숙연(고요하고 엄숙하다.)해졌습니다.

나는 이번에야말로 내가 나설 차례라고 생각했습니다. 다시 목구멍이 간질간질하고 가슴이 울렁거리고 오줌이 마려웠습니다.[25] 나는 베란다에서 떨어져 목숨을 끊고 싶은 생각을 맨 마지막으로 막아 줄 수 있는 게 쇠창살이 아니라 민들레꽃[26]이라는 걸 알고 있는 것과 마찬가지로 할머니가 살고 싶지 않아진 게 세월을 거꾸로 흐르게 할 수 없었기 때문이 아니란 걸 알고 있습니다. 둘 다 [27] 상상이나 남에게 들어서 알고 있는 게 아니라 스스로 겪어서 알고 있는 거기 때문에 확실합니다. 나는 어른이 되려면 아직 먼 어린 사람인데도 살고 싶지 않았던 적이 있습니다. 정말입니다.

수능에 나올 수 있어요!

'국어 공신' 선생님

[24] 돈으로 해결할 수 없는 일이 있다는 것에 대해 한탄하며, 물질 만능주의적 사고방식이 드러나고 있다.
[25] '나'는 말을 하고 싶었기 때문이다.
[26] '나'가 알고 있는 할머니의 죽음의 이유를 설명할 수 있는 소재이자, '나'가 생각하는 자살 방지 대책을 의미하는 소재이다.
[27] ①자살을 막을 수 있는 것은 '민들레꽃'이라는 것 ②할머니가 삶의 의욕을 잃은 이유

나는 그것을 말하고 싶은 걸 참을 수가 없어서 쇠사슬처럼 단단하게 나를 껴안은 엄마의 팔에서 드디어 벗어났습니다. 그리고 회장석이 있는 앞으로 나가려고 했습니다. 꼭꼭 끼어 낮은 어른들을 헤치려니 어떤 아저씨는 어깨를 짚었다고 눈을 부라리고 어떤 아줌마는 발가락을 밟았다고 비명을 지릅니다. 그러건 말건 나는 반장도 모르는 어려운 문제의 답²⁸을 나만이 알고 있을 때처럼 의기양양 신이 나서 사람들을 마구 밀치고 드디어 앞으로 나섰습니다.

그러나 내가 미처 입을 열기도 전에 회장이 탁자를 탁 치며 호령을 했습니다.

"누굽니까? 도대체 누굽니까? 이런 중대한 모임에 어린이를 데리고 온 분이 누굽니까?"²⁹

"죄송합니다. 미안합니다. 얘가 막내라서 버릇이 없어서."

어느 틈에 엄마가 따라 나와 나를 치마폭에 싸면서 어쩔 줄을 모릅니다.

"그 아이를 데리고 먼저 퇴장할 것을 회장의 권한^(어떤 사람이나 기관의 권리나 권력이 미치는 범위.)으로 허락합니다. 여러분 이의^(다른 의견이나 의사)가 없으시겠죠?"

회장이 말했습니다. 모두 이의 없다고, 엄마와 나의 퇴장을 찬성했습니다.

"이 회의에서 앞으로 결정된 일은 서면^(일정한 내용을 적은 문서. 서류.)으로 통지할 테니 빨리 그 애를 데리고 돌아가시오.³⁰"

저도요, 저도요, 딴 엄마들도 퇴장할 것을 회장한테 허락맞고자 손을 들었습니다. 이유는 집에 놓고 온 아이가 베란다에서 떨어질까 봐 불안해서 더 이상 회의를 지켜 볼 수 없다는 거였습니다. 회장은 그런 엄마에게도 퇴장을 허락했습니다.

엄마와 나를 선두^(첫머리)로 여러 엄마들이 회의장을 물러났습니다. 집에 돌아온 나는 엄마에게 호된 꾸지람을 들었습니다.

나는 꾸지람을 들은 것보다도 내가 알고 있는 걸 발표하지 못한 것이 억울하고 슬펐습니다. 내가 알고 있는 걸 어른들이 귀담아 들어

28 할머니들의 자살을 막을 수 있는 방법은 '쇠창살'이 아니라 '민들레 꽃'이라는 것이다.
29 회장의 '권위적인 말투와 태도'를 나타낸다.
30 회장은 격식에 따른 말하기를 좋아하고, 형식적인 것을 좋아하는 성격이다.

'국어 공신' 선생님

만 주었어도 베란다에서 사람이 떨어져 죽은 일을 미리 막는 데 적지 않은 도움이 되었을 것입니다.

내가 지금보다 더 어렸을 적입니다.[31] 학교에도 가기 전이었으니까요. 어느 날 누나와 형이 학교에서 만든 꽃을 한 송이씩 들고 왔습니다. 내일이 어버이 날이라나요.[32] 누나와 형은 또 조그만 선물 꾸러미도 마련해 놓고 있었습니다. 내일 아침 꽃과 함께 엄마 아빠께 드릴 거라고 했습니다.

그날 밤, 나도 꽃을 만들었습니다. 누나가 쓰던 색종이를 오려서 만든 꽃은 보기에도 누나나 형 것만 훨씬 못해 보였습니다만 힘들이고 정성 들여 만든 거기 때문에 엄마 아빠가 신통(무슨 일이든지 해낼 수 있는 영묘(靈妙)하고 불가사의한 힘.)해 하실 것을 믿고 가슴이 잔뜩 부풀어 있었습니다. 선물은 장만(필요한 것을 만들거나 사들여 갖춤.)하지 않았습니다. 나는 학교를 들어가기 전이라 용돈이 없으니까 그걸로 엄마 아빠가 섭섭해 할 리는 없었습니다.

어버이날 아침이 됐습니다. 아침상에서 누나가 먼저 선물과 꽃을 아빠 앞에 내놓았습니다. 아빠는 누나에게 뽀뽀하고 선물을 끌렀습니다. 넥타이핀이 나왔습니다. 아빠는 입이 귀까지 가 닿게 크게 웃으시면서 그 자리에서 넥타이핀을 넥타이에 꽂고, 꽃은 양복 깃에 달았습니다. 아빠의 얼굴이 예식장의 신랑처럼 행복하고 젊어 보였습니다.

여러분, 집중해야 해요!

'국어 골산' 선생님

다음엔 형이 꽃과 선물을 엄마한테 드렸습니다. 엄마가 형한테 뽀뽀하고 선물을 끌렀습니다. 오색 찬란한 브로치가 나왔습니다. 엄마는 까악 소리를 내면서 좋아하시더니 브로치를 당장 블라우스에 달고 꽃은 단추 구멍에 끼우셨습니다.

다음은 내 꽃을 드릴 차례입니다. 그러나 형과 누나는 내 차례는 주지도 않고 어버이날 노래를 부르기 시작했습니다. 나

[31] 사건의 전환, 시점의 전환(일인칭 관찰자 시점→일인칭 주인공 시점)이 일어난다.
[32] 학교에 다니지 않은 서술자가 '어버이 날'의 의미를 모르고 있고, 남에게 들은 정보를 전달하는 말투이다.

는 그 노래를 모르기 때문에 따라 하지 못했습니다.**③③**

형과 누나의 노래를 들으며 부끄러워하고 좋아하시는 엄마 아빠가 아무쪼록 오래오래 아름답고 젊기를 마음속으로부터 바랐습니다. 그런 마음속의 바람을 전하는 마음으로 점잖고 조용히 내 꽃을 엄마와 아빠 사이에 놓았습니다. 꽃을 두 송이 준비할 걸 하고 후회도 했습니다만 어느 분이 가져도 상관없다고 생각했습니다. 두 분이 함께 쓰는 물건이 한두 가지가 아니기 때문입니다. 두 분께 꽃을 드리고 나자 나는 뽐내고 싶은 마음보다는 부끄러운 마음이 더해서 고개를 숙이고 아침도 먹는 둥 마는 둥 했습니다.

누나와 형은 학교에 갔습니다. 아빠는 꽃을 단 채 출근했습니다. 엄마도 꽃을 단 채 노래를 부르면서 집안 일을 했습니다. 나는 놀이터에 나가 놀았습니다.

놀이에 싫증도 나고 배도 고프기도 해 집에 들어와 냉장고를 열려다 말고 나는 내 꽃을 보았습니다. 내 꽃은 식당 구석에 있는 쓰레기통 속에 과일 껍질과 밥 찌꺼기와 함께 버려져 있었습니다.**③④**

그 때 엄마는 거실에서 전화를 걸고 있었습니다. 오래간만에 소식을 알게 된 친구로부터 온 전화인가 봅니다. 아이는 몇이나 되나 친구가 물어 본 모양입니다. 엄마는 한숨을 쉬면서 대답했습니다.

"글쎄 셋이란다. 창피해 죽겠지 뭐니, 우리 동창이나 우리 아파트에 사는 사 람들을 아무리 살펴봐도 하나 아니면 둘이지 셋씩 낳은 사람은 하나도 없더 구나. 창피해 고개를 들고 다닐 수가 없단다. 어쩌다 군더더기로 막 내를 하나 더 낳아 가지고 이 고생인지, 막내만 아니면 내가 지금 쯤 얼마나 홀가분^(거추장스럽지 않고 가뿐하다.)하겠니? 막내만 아니면 내가 남부러울 게 뭐가 있니?"

> **주목!**

---

③③ 누나는 아빠의 '넥타이 핀'을, 형은 엄마의 '오색찬란한 브로치'를 주어 부모
     님이 매우 기뻐하셨지만, 형과 누나는 내가 어리기 때문에 '나'도 꽃을 준비했
     을 거란 생각을 못하고 무시하고 있다. 또한 '나'는 어려서 아직 '어버이날 노
     래'를 몰라 따라부르지 못했다.
③④ '나'가 상처 받은 이유 – '나'의 정성과 애정이 무시당한 것 같아 매우 슬퍼하
     고 상처 받았다.

'국어 공신' 선생님

그때 나는 처음으로 엄마에게 내가 필요하지 않다는 걸 알았습니다. 나에겐 내 가족이 필요한데 내 가족은 나를 필요로 하지 않는다는 건 나에겐 견디기 어려운 슬픔이었습니다.³⁵

엄마는 늘 나를 막내, 우리 귀여운 막내 하면서 끼고 돌았기 때문에 나는 한 번도 엄마가 나를 사랑한다는 걸 의심해 본 적이 없었습니다. 그러나 엄마의 사랑은 거짓이었습니다.³⁶ 나는 엄마를 진짜로 사랑했는데 엄마는 나를 거짓으로 사랑했던 것입니다.

나는 말없이 집을 나왔습니다. 계단을 오르고 또 올랐습니다. 마침내 옥상까지 올랐습니다. 옥상에서 내려다보니까 사람들이 개미처럼 작게 보였습니다. 나는 살고 싶지 않다고 생각했습니다. 확실히 그렇게 생각했습니다. 나는 사랑하는 사람들이 나를 없어져 줬으면 하고 바라고 있는데 무슨 재미로 살아가겠습니까?

> 35 '나'가 자살을 결심하게 된 이유이다.
> 36 '나'에 대한 엄마의 사랑을 의심하게 되었다.

'국어 금산' 선생님

　나는 옥상에서 떨어지기 위해 밤이 되길 기다렸습니다. 낮에 떨어지면 사람들이 금방 보게 되고 병원에 데리고 가서 살려 놓을지도 모르기 때문입니다. 나는 정말로 살고 싶지 않았기 때문에 밤까지 기다려야 했습니다.

　밤을 기다리는 동안 춥지도 않았고 배고프지도 않았습니다. 아파트 광장에 차와 사람의 움직임이 멎자 둥근 달이 하늘 한가운데 와서 옥상을 대낮같이 비춰 주었습니다. 마치 세상에 달하고 나하고만 있는 것 같은 기분이 들었습니다. 그 때 나는 민들레꽃을 보았습니다. 옥상은 시멘트로 빤빤하게 발라 놓아 흙이라곤 없습니다.[37] 그런데도 한 송이의 민들레꽃이 노랗게 피어 있었습니다. 봄에 엄마 아빠와 함께 야외로 소풍 가서 본 민들레꽃이었습니다.

　나는 하도 이상해서 톱니 같은 이파리를 들치고 밑동을 살펴보았습니다. 옥상의 시멘트 바닥이 조금 패인곳에 한 숟갈도 안 되게 흙이 조금 모여 있었습니다. 그건 어쩌면 흙이 아니라 먼지일지도 모릅니다. 하늘을 날던 먼지가 축축한 날, 몸이 무거워 옥상에 내려앉았다가 비를 맞고 떠내려가면서 움푹한 그 곳에 모이게 된 것입니다. 그 먼지 중에 민들레 씨앗이 있

[37] 생명이 자라기 어려운 삭막하고 척박한 환경임을 알 수 있다.

　'국어 굴산 선생님'

었나 봅니다. 싹이 나고 잎이 돋고 꽃이 피게 하기에는 너무 적은 흙이어서 잎은 시들시들하고 꽃은 작은 단추만 했습니다. 그러나 흙을 찾아 공중을 날던 수많은 씨앗 중에서 그래도 뿌릴 내릴 수 있는 한 줌의 흙[38]을 만난 게 고맙다는 듯이 꽃은 샛노랗게 피어서 달빛 속에서 곱게 웃고 있었습니다.[39]

도시로 부는 바람을 탄 민들레 씨앗들은 모두 시멘트로 포장한 딱딱한 땅[40]을 만나 싹 트지 못하고 죽어 버렸으련만 단 하나의 민들레 씨앗은 옹색하나마 흙을 만난 것입니다. 흙이랄 것도 없는 한 줌의 먼지에 허겁지겁 뿌리 내리고 눈물겹도록 노랗게 핀 민들레꽃을 보자 나는 갑자기 부끄러운 생각이 들었습니다. 살고 싶지 않아 하던 게 큰 잘못같이 생각되었습니다.[41]

나는 집으로 돌아왔습니다. 온 가족이 나를 찾아 헤매다 돌아와서 슬피 울고 있었습니다. 엄마는 나를 껴안고 엉엉 울면서 말했습니다.

"아무 일도 없었구나, 막내야. 만일 너에게 무슨 일이 있으면 나도 살아 있지 않으려고 했다.[42]"

엄마는 내가 무사히 돌아온 것만 반가워서 말없이 집을 나간 잘못에 대해선 나무라지도 않았습니다. 나 역시 엄마의 잘못에 대해서 말하지 않았습니다. 엄마가 나를 사랑하고 나를 필요로 한다는 것을 안 것만으로 충분했습니다. 그 일도 그렇게 끝났습니다.

말풍선: 내신 준비 철저히 하자고요!

그러나 그 일을 통해 사람은 언제 살고 싶지 않아지나를 알게 된 것입니다. 사람은 사랑하는 사람이 자기를 없어져 줬으면 할 때 살고 싶지가 않아집니다. 돌아가신 할머니의 가족들도 말이나 눈치(남의 마음이나 일의 낌새를 알아채는 힘.)로 할머니가 안 계셨으면 하고 바랐을 것이 틀림없습니다.

'국어 공신' 선생님

> [38] 삶을 유지할 수 있는 최소한의 기반이다.
> [39] '나'를 감동시킨 민들레 꽃의 생명력을 의미한다.
> [40] 인간성을 상실한 각박한 현대 사회를 상징한다.
> [41] 민들레 꽃의 질긴 생명력을 의미하며, '나'는 민들레 꽃보다 좋은 환경에서 살면서도 삶을 포기하려고 했던 것을 반성하고 있다.
> [42] '나'에 대한 엄마의 사랑을 확인하는 순간이다.

그리고 살고 싶지 않아 베란다나 옥상에서 떨어지려고 할 때 막아 주는 게 쇠 창살[43]이 아니라 민들레꽃[44]이라는 것도 틀림없습니다. 그것도 내가 겪어서 이 미 알고 있는 일이니까요.

그러나 어른들은 끝내 나에게 그 말을 할 기회를 안 주었습니다.[45]

[43] 비인간적, 각박함, 무정함, 비정함 등을 의미하는 소재이다.
[44] 삶의 소중한, 인간적, 강인한 생명력 등을 의미하는 소재이다.
[45] 물질만능주의에 빠진 어른들은 인간적인 가치를 느끼지 못하고, 인간적인 면모를 알 고 싶어 하지도 않는다. 또한 어린 아이에게는 기회조차 주지 않는 권위적이고 비인 간적인 면모를 확인할 수 있다.

내신 준비!

'국어 금신' 선생님

OOPS!

내신·수능 만점 키우기

1 작품 소개

<옥상의 민들레꽃>은 어린아이의 시선으로 물질만능주의에 젖어있는 현대인들의 이기심을 비판했다. 한 할머니의 죽음으로 같은 아파트에 사는 사람들의 이기심이 잘 드러나 있으며 '쇠창살'과 '민들레꽃'을 대비시켜 주제를 더욱 돋보이게 한다. 현대의 물질만능주의로 인해 떨어진 인간의 가치를 회복하고자 다양한 캐릭터를 선보이며 독자들에게 성찰의 시간을 보여주는 작품이다.

2 핵심 정리

○ 다음 내용에서 괄호 안에 알맞은 답을 쓰시오.

갈래	현대 소설, 단편 소설, 사회 소설
성격	사회 비판적, 교훈적, 상징적
배경	• 시대적 배경 : 1970~1980년대 • 공간적 배경 : 살기 편하고 고급지며 환경이 아름답기로 소문난 '궁전 아파트'
시점	1인칭 시점(1인칭 관찰자 시점 → 1인칭 주인공 시점)
제재	옥상의 민들레 꽃
주제	현대의 물질 만능주의에 대한 비판과 인간적 가치의 회복 강조
주제	• 현대인들의 (㉠)주의, 이기주의에 대한 비판이 드러난다. • 상징적인 의미의 '(㉡)'과 '쇠창살'을 대비시켜 주제를 강조하고 있다. • 어린아이의 순수한 눈을 통해 어른들의 (㉢) 모습을 보여주고 있다. • 특성이 뚜렷한 (㉣)을 제시하여 현대인에 대한 비판적 모습을 효과적으로 표현했다. • 살기 좋은 아파트라는 공간을 통해 인간적 (㉤)를 상실하고 물리적 가치에 치중한 현대 사회 도시인의 모습을 비판하고 있다.

3 이 글의 짜임

○ 다음 내용에서 괄호 안에 알맞은 답을 쓰시오.

발단	7층 할머니의 (㉠)로 궁전 아파트가 시끌벅적하고 혼란하다.
전개	궁전 아파트 주민들이 할머니의 자살 사건에 대해 (㉡) 회의를 하려고 모인다.
위기	주인공 어린이 '나'가 지난날 '어버이 날'에 겪은 일로, '나'가 가족에게 불필요한 존재라 생각해 상처받고 (㉢)을 생각한다.
절정	옥상에 핀 (㉣)이 '나'에게 삶의 용기와 희망을 주며 자신의 잘못을 깨닫게 한다.
결말	'나'가 (㉤)을 생각하게 되는 이유와 그것을 막을 수 있는 것은 무엇인지 알게 되며 (㉥)의 소중함과 가족의 (㉦)을 깨닫게 된다.

◈ 그래픽 구조로 글의 짜임 한 번 더 이해하기

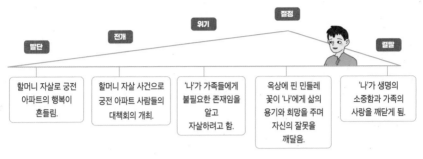

발단	전개	위기	절정	결말
할머니 자살로 궁전 아파트의 행복이 흔들림.	할머니 자살 사건으로 궁전 아파트 사람들의 대책회의 개최.	'나'가 가족들에게 불필요한 존재임을 알고 자살하려고 함.	옥상에 핀 민들레 꽃이 '나'에게 삶의 용기와 희망을 주며 자신의 잘못을 깨달음.	'나'가 생명의 소중함과 가족의 사랑을 깨닫게 됨.

4 소설의 특성과 전개 과정에 따른 변화 양상

BAAM!

1 주요 인물 소개 및 특성

○ 다음 각 인물에 대한 올바른 설명을 연결하시오.

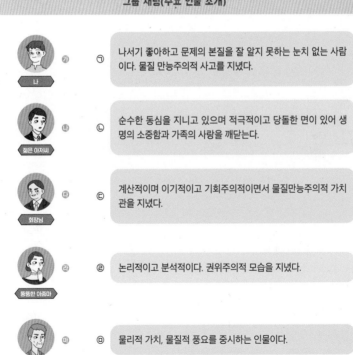

그룹 채팅(주요 인물 소개)

㉮ 나

㉠ 나서기 좋아하고 문제의 본질을 잘 알지 못하는 눈치 없는 사람이다. 물질 만능주의적 사고를 지녔다.

㉯ 젊은 아저씨

㉡ 순수한 동심을 지니고 있으며 적극적이고 당돌한 면이 있어 생명의 소중함과 가족의 사랑을 깨닫는다.

㉰ 회장님

㉢ 계산적이며 이기적이고 기회주의적이면서 물질만능주의적 가치관을 지녔다.

㉱ 뚱뚱한 아줌마

㉣ 논리적이고 분석적이다. 권위주의적 모습을 지녔다.

㉲ 노교수님

㉤ 물리적 가치, 물질적 풍요를 중시하는 인물이다.

2 사건 전개에 따른 '나'의 심리변화 살펴보기

○ 다음 '나'의 마음과 성격에 대해 SNS에서 대화하듯 작성해보세요.

그룹 채팅('나'의 심리)   Q ≡

국어 공신
할머니가 우리 아파트 7층 베란다에서 뛰어내렸다는 이야기를 듣고 마음이 어땠어?

나
할머니가 또 뛰어내렸다는 이야기를 듣고 마음이 (㉠   ). 벌써 두 번째 있는 일이었거든.

국어 공신
궁전 아파트 대책 회의를 갔을 때 분위기가 어땠어?

나
할머니의 자살로 어둡고 걱정스러운 분위기였지만, 사실 그들은 다른 사람들이 알아줘야 하는 자신들의 부유함과 행복감이 (㉡   ) 걱정하는 분위기였어.

국어 공신
그럼, '궁전 아파트' 사람들의 행복은 뭐라고 생각해?

나
진정한 행복이 아니야. 남에게 보이기 위해 (㉢   ) 행복이거든.

국어 공신
그런데, 회의 중간에 네가 회의에 참견하려고 했잖아. 왜 그런거야?

나
(㉣   ) 그 이유를 말하고 싶어서야.

국어 공신
할머니가 왜 살기 싫어 하셨는지 그 이유를 알고 있다는 거네?

나
내 생각에는 가족들이 말이나 눈치로 할머니가 (㉤   ) 하고 바랐기 때문이야.

국어 공신
그럼 이러한 할머니들의 자살을 막으려면 어떻게 해야 할까?

나
가족들의 (㉥   )이 꼭 필요해. 그리고 할머니가 '민들레꽃'을 본다면 (㉦   )의 소중함을 깨닫고 삶의 의지를 되찾지 않을까?

③ 인물과 공감하기

◎ 하늘로 떠나간 궁전아파트 7층 할머니에게 메세지를 보내봅시다.

그룹 채팅(7층 할머니 외 다수) 🔍 ≡

7층 할머니, 안녕하세요?

읽음: 오전 9 : 45

⊕ [   ] 😊 #

5 '나'의 뇌 구조

◎ 책 내용을 참고하여 '나'의 뇌 구조를 자유롭게 작성해봅시다.

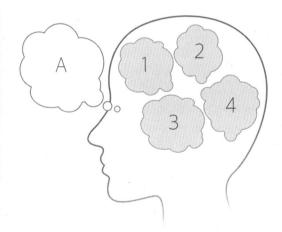

정말 꼭 말아야 해요!

Ⓐ - 사람들은 할머니가 원하는 것이 무엇인지 알까?

1 - 할머니가 원하는 것은 (㉠ [   ])!

2 - 할머니는 '민들레꽃'의 의미를 알았을 거야.

3 - 할머니가 원하는 것은 (㉡ [   ])이 아니란 걸 사람들은 모를거야.

4 - 사람들은 (㉢ [   ])의 소중함과 가족 (㉣ [   ])의 소중함을 경험해보지
못했을 거야.

1 문학 이론 살펴보기

★ 상징

1 상징이란?

상징은 눈에 보이지 않는 추상적인 의미를 눈에 보이는 구체적인 사물로 바꿔 표현하는 방법을 말합니다. 예를 들어, 〈옥상의 민들레꽃〉에서 '민들레꽃'이라는 구체적인 사물을 통해 '생명의 소중함, 인간적인 모습과 가치, 희망' 등의 추상적인 의미로 나타내는 것입니다. 이때 '민들레꽃'은 (⑦   )관념이 되고, '생명의 소중함, 인간적 모습과 가치, 희망'은 (ⓛ   )관념이 됩니다.

2 상징의 특성

상징의 특성은 구체적인 (ⓒ   )만 제시될 뿐 그 속에 담긴 (ⓔ   )는 겉으로 드러나지 않습니다. 그래서 상징은 (ⓜ   )관념은 드러내지 않고, (ⓗ   )관념만 드러나는 특성이 있습니다. 〈옥상의 민들레꽃〉도 '민들레꽃'만 소설에서 주어져 있을 뿐 그 의미가 겉으로 드러나 있지는 않습니다. 그래서 독자가 그 의미를 (Ⓐ   ) 파악해야 하는 것입니다.

3 상징의 이해

상징적 의미를 파악하는 방법은 (◎   ) 의미가 겉으로 드러나지 않는 상징적인 표현을 이해해야 하는데, 그러기 위해서는 그것이 상징하는 상황이 어떤지를 파악해야 합니다. 예를 들어, 〈옥상의 민들레꽃〉에서 상황에 기반한 상징적 의미를 파악할 수 있어야 하는데, 소설의 결말에서 잘 보여줍니다. 『살고 싶지 않아 베란다나 옥상에서 떨어지려고 할 때에 그것을 막아 주는 건 쇠창살이 아니라 민들레꽃이라는 것도 틀림없습니다.』 이 문장에서 '민들레꽃'이 '(Ⓧ   )'를 의미한다는 것을 쉽게 찾아낼 수 있습니다.

4 문학에서 '상징'의 역할

작가들은 시나 소설에서 인물이나 사건, 사물 등을 통해 특별한 상징적 의미를 띠게 합니다. 〈옥상의 민들레꽃〉에서 '민들레꽃'이 '생명을 향한 의지'를 상징하는 것처럼 말이죠. 이러한 상징적 의미를 알고 나면 그 작품에서 작가가 무엇을 말하려고 했는지 더 잘 이해할 수 있고, 작가가 의도한 (Ⓩ   )가 훨씬 더 부각되는 효과를 얻을 수 있습니다.

2 작품 살펴보기 (서·논술형)

❶ '궁전 아파트' 사람들의 행복이란 무엇인가요?

> ✎

❷ '쇠창살'의 상징적 의미는 무엇인가요?

> ✎

❸ '민들레꽃'의 상징적 의미는 무엇인가요?

> ✎

8 토론하기

○ 다음 논제를 파악한 후 주장과 근거를 서술하시오.

[논제] : 인간의 삶에서 물질은 중요하다. 찬성(중요하다.) VS 반대(중요하지 않다.)

논제	찬성(중요하다.)	반대(중요하지 않다.)
주장		
근거		

간단히 내용 파악하기

○ 다음 문제를 읽고 올바른 내용에는 O, 틀린 내용에는 X 표시를 하시오.

1 사건의 발단은 할머니, 할아버지 두 분이 돌아가신데에서 시작된다. [O | X]

2 궁전 아파트 사람들은 물질적인 부분이 충족되어야 '행복'을 얻는다고 생각한다.
[O | X]

3 회장님의 성격은 권위적이고 격식을 중요시 여기며, 허영심이 가득하다.
[O | X]

4 궁전 아파트 사람들의 가치관은 물질적 가치를 중시하는 사고방식, 남에게 보여지는 외면적인 것을 중시하는 가치관을 지녔다. [O | X]

5 '노교수'의 성격은 애정 많고 따뜻한 성격을 지녔다. [O | X]

○ 다음 문제를 읽고 올바른 답을 간단히 서술하세요.

1 '나'가 민들레꽃을 보고 부끄러움을 느낀 이유는 무엇인가요?

2 '시멘트', '한 줌의 흙', '한 줌의 먼지'가 의미하는 바는 각각 무엇인가요?

3 이 소설은 1인칭 관찰자 시점에서 1인칭 주인공 시점으로 변화합니다. 그 이유는 무엇인가요?

4 이 소설에서 '뚱뚱한 여자'의 성격은 어떠한가요?

5 이 소설의 주인공을 '어린아이'로 설정한 이유는 무엇인가요?

실전 문제로 작품 정리하기 --------------

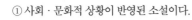

1 <옥상의 민들레꽃>과 같은 글에 대한 설명으로 옳지 <u>않은</u> 것은?

① 사회 · 문화적 상황이 반영된 소설이다.

② 실제로 일어날법한 일을 소재로 했다.

② 사건이 시간의 흐름에 따라 일어나고 있다.

② 작가가 직접 체험한 일로, 자신의 경험을 바탕으로 한 자전적 소설이다.

② 삶의 진정한 의미를 찾으려고 하고, 바람직한 현대인의 모습을 강조하고 있다.

2 '궁전 아파트'에 대한 설명으로 틀린 것은?

① 환경이 좋고 시설이 고급져 살기 좋은 아파트다.

② 이웃간 따뜻한 정이 넘치고, 즐거움이 가득한 아파트다.

③ 외국에서 들어온 물건까지 온갖 물건이 갖춰진 슈퍼마켓이 있다.

④ 어린이를 위한 널직한 놀이터, 아름다운 공원, 노인들을 위한 정자도 있고 푸른 연못도 있다.

⑤ 경제적으로 부유한 사람들이 모여 살고, 물질적 풍요가 그들에게는 곧 '행복'이라는 가치관을 가지고 있다.

3 "우리가 뭐가 부족해서 서로 돕습니까? 이웃 돕기는 가난하고 불쌍한 사람들끼리 하는 겁니다."젊은 아저씨의 말에서 알 수 있는 사실 <u>두 가지는?</u>

① 자신들은 가난한 사람과 다르다는 우월감에 차 있음을 알 수 있다.

② 자신들이 부자이므로 다른 도움을 받을 일 없다는 이기적인 모습을 볼 수 있다.

③ 부자에 대한 열등감으로 차있어 실제로는 가난하지만 자신들은 부자라 생각한다.

④ 부자에 대한 오해와 잘못된 인식으로 부자는 도와서는 안 된다고 생각하고 있다.

⑤ 서로 돕는 것은 가난한 사람들끼리나 하는 행위지 부자는 가치가 떨어지므로 절대로 서로를 도와서는 안된다고 생각 한다.

4 <옥상의 민들레꽃>에 대한 설명으로 옳지 않은 것은?

① '쇠창살'은 소통의 단절과 고립을, '민들레꽃'은 생명력과 인간적인 정을 의미한다.

② '딸과 며느리'는 물질적으로 풍족한 할머니에 대한 봉양을 충분히 했다고 생각한다.

③ 이 소설의 시점은 1인칭 주인공 시점에서 1인칭 관찰자 시점으로 바뀌며 주인공의 마음을 더욱 구체화 하고 있다.

④ 이 소설에서 과거 어린 '나'의 심리가 구체적으로 보이며 '나'가 자살하려는 이유에 대해 설명하고 있다.

⑤ 이 소설의 주제는 '현대인의 물질 만능주의에 대한 비판과 인간적 가치 회복의 강조'라 할 수 있다.

글쓰기

○ 다음 글쓰기 논제를 읽고, 한 편의 글을 완성하세요.

보기 ㉠의 의미를 반성하고 우리가 삶을 어떻게 사는 것이 옳은지 논리적으로 설명하세요.

보기

〈옥상의 민들레꽃〉은 한 부유한 아파트에서 삶을 스스로 마감한 할머니 사건으로 시작된다. 하지만 동네 사람들은 이 사건으로 자신들의 아파트값이 떨어지는 것에 대해 매우 예민하게 반응하고, 대책 회의도 사건의 본질을 꿰뚫는 이야기가 아닌 자신들의 이익과 가치에만 집중한다. 특히 대책 회의를 한다고 모인 사람들은 '서로 돕기회', '사고 수습 대책 협의회'등 어렵고 그럴듯한 이름을 지어 명함에 직위를 넣어야 한다고 한다. '쇠창살 달기'라는 사고 방지책을 의논하자 뚱뚱한 여자는 남편이 쇠붙이 회사 사장인데 값싸게 빨리 해드릴 수 있다며 잇속을 챙기려 한다. 또한 '노인네들 지키는 것은 노인네를 모신 집만의 골칫거리지만 최고의 아파트값을 지키는 것은 우리 모두의 일입니다.'라며 노인들의 자살을 대수롭지 않게 여긴다. 한편 젊은 아저씨는 ㉠'우리가 뭐가 부족해서 서로 돕습니까? 이웃 돕기는 가난하고 불쌍한 사람들끼리 하는 겁니다.'라며 목소리를 높였고, 돌아가신 할머니의 딸은 '저희 어머니의 방 냉장고는 늘 어머니께서 즐기시는 음식으로 가득 채워져 있었고, 옷장엔 사시장철 충분히 갈아입을 수 있는 비단옷으로 가득 차 있었습니다.'라며 돌아가신 원인을 찾지 못하고 있었다. 그리고 며느리는 '부족한 것은 없었습니다. 제 방과 똑같은 크기, 제 방에 있는 건 그분의 방에도 다 있습니다. 그분이 한 번도 듣지 않는 전축이나 녹음기도 제 방에 있는 것이기 때문에 그분 방에도 들여놓았습니다.'라며 부족함이 없음을 강조했다.

— 박완서 '옥상의 민들레꽃' 중

✦ 물질만능주의를 벗고, 인간성 회복을 위한 노력 ✦

꼭
읽어주세요!
〈옥상의 민들레꽃〉은 1980년대 서울 '궁전 아파트'를 배경으로 하고 있습니다. 어린 '나'를 주인공으로 하여 어린이의 시선으로 '물질만능주의와 상실한 현대인의 인간성에 대해 비판'하며 할머니가 왜 돌아가셨는지 독자들에게도 그 이유를 묻습니다.

'궁전 아파트'는 살기 편하고 시설 좋은 아파트입니다. 주변 사람들이 늘 부러워하던 그 아파트에 어두운 사건이 발생합니다. '할머니의 자살 사건'입니다. 그것도 두 번이나 말이죠. 이 사건으로 아파트 사람들은 주민 회의를 하게 되는데, 모두가 하나같이 사건의 본질을 꿰뚫지 못하고 이기적인 모습들만 보입니다.

어른들은 아파트 값이 떨어질 것을 걱정하며 주민들이 자살하는 것을 예방해야 한다고 논의합니다. 그러면서 내놓은 의견들은 참 기가 찹니다. 뚱뚱한 아주머니는 창문에 '쇠창살'을 달자는 의견을 냅니다. 자신의 남편이 쇠붙이를 만드는 공장을 하기 때문에 저렴하고 빠르게 쇠창살을 만들어 납품할 수 있다는 것이죠. 한편 노교수는 자살한 할머니의 며느리와 딸은 물질적으로 풍족했다며 자신들의 책임은 결코 아니라는 모습을 보입니다. 그러나 노교수는 물질이 중요한 것이 아니며, 손자를 업어 키우고 싶어 하셨고 버선을 깁고 싶어 하셨으며 흙에다가 뭘 심고, 거름 주고, 김매고 싶어 하셨다며 고향이 그리워 돌아가신 것이라고 합니다. 즉, 중요한 것은 물질이 아니라는 의미를 전달합니다.

어린 '나'는 할머니가 돌아가신 이유를 말하고 싶었습니다. 그러나 어른들은 기회를 주지 않았습니다. 그리고는 자신이 학교에 입학 하기 전, 경험한 두 가지 일에 대해서 이야기를 시작합니다. 어버이날 만들어 드린 꽃이 쓰레기통에 쳐박힌 사건, 엄마가 친구와 통화하면서 막내가 태어나 후회스럽다고 말한 사건 등에서 '나'는 결코 있어야 할 존재를 느끼지 못한 채 옥상으로 올라갑니다. 그곳에서 시멘트 바닥에서 뚫고 올라온 민들레꽃을 발견합니다.

〈옥상의 민들레꽃〉은 인간성을 상실한 현대인의 모습을 단적으로 잘 보여줍니다. 그리고 척박하고 삭막한 현대 도시인들의 인간성 회복을 위해서 우리는 무엇을 어떻게 해야 할 것인지 다시금 생각해보게 하는 시간과 기회를 줍니다. 여러분은 물질보다 더 중요한 것이 무엇이라고 생각하나요? 그리고 인간성을 회복하기 위해 중요한 것은 무엇이라고 생각하나요? 천천히 생각해보며 작품을 감상해봅시다.

✦ 소나기 ✦

소년

작가에 대해 알아볼까요?

황순원
1915~2000

황순원(1915~2000)은 17세 때인 1931년 『동광』에 〈나의 꿈〉, 〈아들아 무서워 말라〉 등을 발표하며 작품활동을 시작하였다. 이후 1934년 『삼사문학』 동인으로 참가하면서 소설 작품도 함께 창작하기 시작했다. 주요 작품으로 단편 〈별〉, 〈목넘이마을의 개〉, 〈그늘〉, 〈기러기〉, 〈독 짓는 늙은이〉, 〈소나기〉 등이 있다.

만화로 미리 주제 파악하기

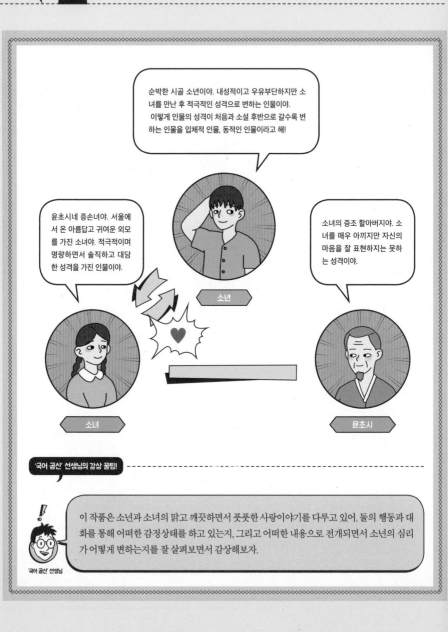

순박한 시골 소년이야. 내성적이고 우유부단하지만 소녀를 만난 후 적극적인 성격으로 변하는 인물이야.
이렇게 인물의 성격이 처음과 소설 후반으로 갈수록 변하는 인물을 입체적 인물, 동적인 인물이라고 해!

윤초시네 증손녀야. 서울에서 온 아름답고 귀여운 외모를 가진 소녀야. 적극적이며 명랑하면서 솔직하고 대담한 성격을 가진 인물이야.

소녀의 증조 할아버지야. 소녀를 매우 아끼지만 자신의 마음을 잘 표현하지는 못하는 성격이야.

소년

소녀

윤초시

'국어 공신' 선생님의 감상 꿀팁!

이 작품은 소년과 소녀의 맑고 깨끗하면서 풋풋한 사랑이야기를 다루고 있어. 둘의 행동과 대화를 통해 어떠한 감정상태를 하고 있는지, 그리고 어떠한 내용으로 전개되면서 소년의 심리가 어떻게 변하는지를 잘 살펴보면서 감상해보자.

'국어 공신' 선생님

소나기

이처럼 맑고 순수한 사랑이 또 있을까?

1.

소년은 개울가에서 소녀를 보자 곧 윤 초시(한문을 좀 아는 유식한 양반을 높여 이르던 말) 네 증손녀(曾孫女)딸이라는 걸 알 수 있었다. 소녀는 개울에다 손을 잠그고 물장난을 하고 있는 것이다. 서울서는 이런 개울물을 보지 못하기나 한 듯이.

벌써 며칠째 소녀는, 학교에서 돌아오는 길에 물장난이었다. 그런데, 어제까지 개울 기슭에서 하더니, 오늘은 징검다리 한가운데 앉아서 하고 있다.■

소년은 개울둑에 앉아 버렸다.❷ 소녀가 비키기를 기다리자는 것이다.

요행(뜻밖으로 운수가 좋게) 지나가는 사람이 있어, 소녀가 길을 비켜 주었다.

다음 날은 좀 늦게 개울가로 나왔다.

이 날은 소녀가 징검다리 한가운데 앉아 세수를 하고 있었다. 분홍 스웨터 소매를 걷어올린 목덜미가 마냥 희었다.❸

한참 세수를 하고 나더니, 이번에는 물 속을 빤히 들여다 본다. 얼굴이라도 비추어 보는 것이리라. 갑자기 물을 움켜 낸다. 고기 새끼라도 지나가는 듯.

소녀는 소년이 개울둑에 앉아 있는 걸 아는지 모르는지 그냥 날째게 물만 움켜 낸다. 그러나, 번번이 허탕이다. 그대로 재미있는 양, 자꾸 물만 움킨다(움

■ 소녀는 소년과 친해지고 싶어한다. 적극적인 소녀의 성격을 볼 수 있다.
❷ 소년은 소녀에게 비켜달라고 말은 못하고 비켜주기를 기다린다. 소년의 소극적인 성격을 볼 수 있다.
❸ 소녀의 외양묘사로 인물을 간접적으로 소개하고 있다. 소녀가 서울에서 왔다는 것을 짐작할 수 있는 문장이다.

내신 준비!

'국어 공신' 선생님

키다: 손가락을 오므려 물건을 힘 있게 잡다.). 어제처럼 개울을 건너는 사람이 있어야 길을 비킬 모양이다.

그러다가 소녀가 물 속에서 무엇을 하나 집어 낸다. 하얀 조약돌❹이었다. 그리고는 벌떡 일어나 팔짝팔짝 징검다리를 뛰어 건너간다.

다 건너가더니만 홱 이리로 돌아서며,

"이 바보."

조약돌이 날아왔다.

소년은 저도 모르게 벌떡 일어섰다.

단발 머리를 나풀거리며 소녀가 막 달린다. 갈밭 사잇길로 들어섰다. 뒤에는 청량한 가을 햇살 아래 빛나는 갈꽃뿐.

이제 저쯤 갈밭머리로 소녀가 나타나리라. 꽤 오랜 시간이 지났다고 생각됐다. 그런데도 소녀는 나타나지 않는다. 발돋움을 했다. 그러고도 상당한 시간이 지났다고 생각됐다.

저 쪽 갈밭머리에 갈꽃❺이 한 옴큼 움직였다. 소녀가 갈꽃을 안고 있었다. 그리고, 이제는 천천한 걸음이었다. 유난히 맑은 가을 햇살이 소녀의 갈꽃머리에서 반짝거렸다. 소녀 아닌 갈꽃이 들길을 걸어가는 것만 같았다.

소년은 이 갈꽃이 아주 뵈지 않게 되기까지 그대로 서 있었다. 문득, 소녀가 던진 조약돌을 내려다보았다. 물기가 걷혀 있었다. 소년은 조약돌을 집어 주머니에 넣었다.

다음 날부터 좀더 늦게 개울가로 나왔다. 소녀의 그림자가 뵈지 않았다. 다행이었다.

그러나, 이상한 일이었다. 소녀의 그림자가 뵈지 않는 날이 계속될수록 소년의 가슴 한 구석에는 어딘가 허전함이 자리 잡는 것이었다.❻ 주머니

❹ '하얀 조약돌'은 소녀가 소년에 대한 관심을 보이는 소재이면서 둘 사이를 이어주는 매개체 역할을 한다.
❺ '갈꽃'의 원관념은 '소녀'이다.
❻ 소녀에 대한 소년의 마음을 알 수 있다. 이 문장은 '전지적 작가 시점'으로 표현된 문장이다.

'국어 공신' 선생님

속 조약돌을 주무르는 버릇이 생겼다.

그러한 어떤 날, 소년은 전에 소녀가 앉아 물장난을 하던 징검다리 한가운데에 앉아 보았다. 물 속에 손을 잠갔다. 세수를 하였다. 물 속을 들여다보았다. 검게 탄 얼굴이 그대로 비치었다. 싫었다.

소년은 두 손으로 물 속의 얼굴을 움키었다. 몇 번이고 움키었다. 그러다가 깜짝 놀라 일어나고 말았다. 소녀가 이리로 건너오고 있지 않느냐.

'숨어서 내가 하는 일을 엿보고 있었구나.' 소년은 달리기를 시작했다. 디딤돌을 헛디뎠다. 한 발이 물 속에 빠졌다. 더 달렸다.

몸을 가릴 데가 있어 줬으면 좋겠다. 이 쪽 길에는 갈밭도 없다. 메밀밭이다. 전에 없이 메밀꽃 냄새가 짜릿하게 코를 찌른다고 생각됐다. 미간이 아찔했다. 찝찔한 액체가 입술에 흘러들었다. 코피였다.

소년은 한 손으로 코피를 훔쳐내면서 그냥 달렸다. 어디선가 '바보, 바보' 하는 소리가 자꾸만 뒤따라오는 것 같았다.

토요일이었다.

개울가에 이르니, 며칠째 보이지 않던 소녀가 건너편 가에 앉아 물장난을 하고 있었다. 모르는 체 징검다리를 건너기 시작했다. 얼마 전에 소녀 앞에서 한 번 실수를 했을 뿐, 여태 큰길 가듯이 건너던 징검다리를 오늘은 조심스럽게 건넌다.

"애."

못 들은 체했다. 둑 위로 올라섰다.

"애, 이게 무슨 조개지?"

자기도 모르게 돌아섰다. 소녀의 맑고 검은 눈과 마주쳤다. 얼른 소녀의 손바닥으로 눈을 떨구었다.

"비단조개."

여러분, 집중해야 해요!

'국어 금신' 선생님

7 소녀의 하얀 것과 반대되는 본인 모습을 마음에 안 들어하고 있다. 특히 '싫었다'는 표현에서 소년의 열등감을 표현했고, 소년의 심리가 직접적으로 드러나면서 전지적 작가 시점으로 표현됨을 알 수 있다.

"이름도 참 곱다."

갈림길에 왔다. 여기서 소녀는 아래편으로 한 삼 마장쯤, 소년은 우대로 한 십 리 가까운 길을 가야 한다.

소녀가 걸음을 멈추며,

"너, 저 산 너머에 가 본 일 있니?"

벌 끝을 가리켰다.

"없다."

"우리, 가 보지 않으련? 시골 오니까 혼자서 심심해 못 견디겠다."

"저래 봬도 멀다."

"멀면 얼마나 멀기에? 서울 있을 땐 사뭇 먼 데까지 소풍 갔었다."

소녀의 눈이 금세 '바보, 바보,' 할 것만 같았다.

논 사잇길로 들어섰다. 벼 가을걷이하는 곁을 지났다.

허수아비가 서 있었다. 소년이 새끼줄을 흔들었다. 참새가 몇 마리 날아간다. '참, 오늘은 일찍 집으로 돌아가 텃논의 참새를 봐야 할걸.' 하는 생각이 든다.

"야, 재밌다!"

소녀가 허수아비 줄을 잡더니 흔들어 댄다. 허수아비가 자꾸 우쭐거리며 춤을 춘다. 소녀의 왼쪽 볼에 살포시 보조개가 패었다.

저만큼 허수아비가 또 서 있다. 소녀가 그리로 달려간다. 그 뒤를 소년도 달렸다. 오늘 같은 날은 일찍 집으로 돌아가 집안일을 도와야 한다는 생각을 잊어버리기라도 하려는 듯이.

'수능에 나올 수 있어!'

8 '비단조개'는 소년과 소녀가 대화를 나누게 된 계기이자, 본격적인 사건의 시작을 알리는 소재이다.

9 '갈림길'이 의미하는 바는 소년과 소녀가 헤어져야 하는 상황을 암시하면서 소년과 소녀가 산으로 놀러가게 되는 계기가 된다.

10 허수아비는 소녀의 즐거운 마음을 간접적으로 표현하면서 향토적인 느낌을 주는 소재이다.

11 소년의 '내적갈등'을 보이는 부분이다. 소녀와 놀고 싶기도 하면서 텃논의 참새를 봐야 한다는 것으로 소년은 내면적 갈등을 겪고 있다.

'국어 골신' 선생님

소녀의 곁을 스쳐 그냥 달린다.[12] 메뚜기가 따끔따끔 얼굴에 와 부딪친다. 쪽빛으로 한껏 갠 가을 하늘이 소년의 눈앞에서 맴을 돈다. 어지럽다. 저놈의 독수리, 저놈의 독수리, 저놈의 독수리가 맴을 돌고 있기 때문이다.

돌아다보니, 소녀는 지금 자기가 지나쳐 온 허수아비를 흔들고 있다. 좀 전 허수아비보다 더 우쭐거린다.

논이 끝난 곳에 도랑[13]이 하나 있었다. 소녀가 먼저 뛰어 건넜다.

거기서부터 산 밑까지는 밭이었다.

수숫단을 세워 놓은 밭머리를 지났다.

"저게 뭐니?"

"원두막."

"여기 참외, 맛있니?"

"그럼, 참외 맛도 좋지만 수박 맛은 더 좋다."

"하나 먹어 봤으면."

소년이 참외 그루에 심은 무우밭으로 들어가, 무우 두 밑을 뽑아 왔다. 아직 밑이 덜 들어 있었다. 잎을 비틀어 팽개친 후, 소녀에게 한 개 건넨다. 그리고는 이렇게 먹어야 한다는 듯이, 먼저 대강이를 한 입 베물어 낸 다음, 손톱으로 한 돌이 껍질을 벗겨 우쩍 깨문다.[12]

소녀도 따라 했다. 그러나, 세 입도 못 먹고,

"아, 맵고 지려."

하며 집어던지고 만다.

"참, 맛 없어 못 먹겠다."

소년이 더 멀리 팽개쳐 버렸다.[14]

산이 가까워졌다.

---

[12] 소년의 성격 변화를 나타낸다.
[13] 이 소설의 '복선'으로 소나기 때문에 물이 불어서 소녀를 업게 되고 진흙이 묻든다. 소녀는 나중에 진흙이 묻은 이 분홍 스웨터를 같이 묻어달라는 유언을 남긴다.
[14] 소년은 소녀와 더 친해지고 싶었기 때문에 이러한 행동을 했다. 소녀의 생각에 공감한다는 뜻에서 소녀와 같은 행동을 한 것이다.

'국어 공신' 선생님

단풍이 눈에 따가웠다.

"아아!"

소녀가 산을 향해 달려갔다. 이번은 소년이 뒤따라 달리지 않았다. 그러고
도 곧 소녀보다 더 많은 꽃을 꺾었다.

"이게 들국화, 이게 싸리꽃, 이게 도라지꽃,……."

"도라지꽃이 이렇게 예쁜 줄은 몰랐네. 난 보랏빛이 좋아!…… 그런데, 이
양산 같이 생긴 노란 꽃이 뭐지?"

"마타리꽃."

소녀는 마타리꽃을 양산 받듯이 해 보인다. 약간 상기된 얼굴에 살포시 보
조개를 떠올리며.

다시 소년은 꽃 한 움큼을 꺾어 왔다. 싱싱한 꽃가지만 골라 소녀에게 건넨
다.🅖

그러나 소녀는

"하나도 버리지 마라."

산마루께로 올라갔다.

맞은편 골짜기에 오순도순 초가집이 몇 모여 있었다.

누가 말할 것도 아닌데, 바위에 나란히 걸터앉았다.🅗 유달리 주위가 조용해
진 것 같았다. 따가운 가을 햇살만이 말라가는 풀 냄새를 퍼뜨리고 있었다.

"저건 또 무슨 꽃이지?"

적잖이 비탈진 곳에 칡덩굴이 엉키어 꽃을 달고 있었다.

"꼭 등꽃 같네. 서울 우리 학교에 큰 등나무가 있었단다. 저 꽃을 보니까 등
나무 밑에서 놀던 동무들 생각이 난다."

　　소녀가 조용히 일어나 비탈진 곳으로 간다. 꽃송이가 많이 달린
줄기를 잡고 끊기 시작한다. 좀처럼 끊어지지 않는다. 안간힘을 쓰다
가 그만 미끄러지고 만다. 칡덩굴을 그러쥐었다.

🅖 소년의 성격 변화를 나타낸다.
🅗 둘의 사이가 가까워졌음을 알 수 있다.

'국어 공신' 선생님

소년이 놀라 달려갔다. 소녀가 손을 내밀었다. 손을 잡아 이끌어 올리며, 소년은 제가 꺾어다 줄 것을 잘못했다고 뉘우친다. 소녀의 오른쪽 무릎에 핏방울이 내맺혔다. 소년은 저도 모르게 생채기에 입술을 가져다 대고 빨기 시작했다. 그러다가, 무슨 생각을 했는지 홱 일어나 저 쪽으로 달려간다.

좀 만에 숨이 차 돌아온 소년은

"이걸 바르면 낫는다."

송진을 생채기에다 문질러 바르고는 그 달음으로 칡덩굴 있는 데로 내려가, 꽃 많이 달린 몇 줄기를 이빨로 끊어 가지고 올라온다. 그리고는,

"저기 송아지가 있다. 그리 가 보자."

누렁송아지였다. 아직 코뚜레도 꿰지 않았다.

소년이 고삐를 바투 잡아 쥐고 등을 긁어 주는 체 훌쩍 올라탔다. 송아지가 껑충거리며 돌아간다.

소녀의 흰 얼굴이, 분홍 스웨터가, 남색 스커트가, 안고 있는 꽃과 함께 범벅이 된다. 모두가 하나의 큰 꽃묶음 같다.[17] 어지럽다. 그러나, 내리지 않으리라. 자랑스러웠다. 이것만은 소녀가 흉내 내지 못할, 자기 혼자만이 할 수 있는 일인 것이다.

"너희, 예서 뭣들 하느냐?"

농부(農夫) 하나가 억새풀 사이로 올라왔다.

송아지 등에서 뛰어내렸다. 어린 송아지를 타서 허리가 상하면 어쩌느냐고 꾸지람을 들을 것만 같다.

그런데, 나룻(성숙한 남자 입 주변이나 턱 또는 뺨에 나는 털)이 긴 농부는 소녀 편을 한 번 훑어 보고는 그저 송아지 고삐를 풀어 내면서,

"어서들 집으로 가거라. 소나기가 올라."

참, 먹장구름(먹빛같이 시커먼 구름) 한 장이 머리 위에 와 있다. 갑자기 사면이 소란스러워진 것 같다. 바람이 우수수 소리를 내며 지나간다. 삽시간에

[17] 꽃을 든 소녀의 모습이 큰 꽃묶음같이 아름다워 보였다.

주위가 보랏빛으로 변했다.[18]

산을 내려오는데, 떡갈나무 잎에서 빗방울 듣는 소리가 난다. 굵은 빗방울이었다. 목덜미가 선뜻선뜻했다. 그러자, 대번에 눈앞을 가로막는 빗줄기.

비안개 속에 원두막이 보였다. 그리로 가 비를 그을 수밖에.

그러나, 원두막은 기둥이 기울고 지붕도 갈래갈래 찢어져 있었다. 그런대로 비가 덜 새는 곳을 가려 소녀를 들어서게 했다.

소녀의 입술이 파아랗게 질렸다.[19] 어깨를 자꾸 떨었다.

무명 겹저고리를 벗어 소녀의 어깨를 싸 주었다. 소녀는 비에 젖은 눈을 들어 한 번 쳐다보았을 뿐, 소년이 하는 대로 잠자코 있었다. 그리고는, 안고 온 꽃묶음 속에서 가지가 꺾이고 꽃이 일그러진 송이를 골라 발 밑에 버린다.[20] 소녀가 들어선 곳도 비가 새기 시작했다. 더 거기서 비를 그을 수 없었다.

밖을 내다보던 소년이 무엇을 생각했는지 수수밭 쪽으로 달려간다. 세워 놓은 수숫단 속을 비집어 보더니, 옆의 수숫단을 날라다 덧세운다. 다시 속을 비집어 본다. 그리고는 이쪽을 향해 손짓을 한다.

수숫단 속은 비는 안 새었다. 그저 어둡고 좁은 게 안 됐다. 앞에 나앉은 소년은 그냥 비를 맞아야만 했다. 그런 소년의 어깨에서 김이 올랐다.

소녀가 속삭이듯이, 이리 들어와 앉으라고 했다.[21] 괜찮다고 했다. 소녀가 다시, 들어와 앉으라고 했다. 할 수 없이 뒷걸음질을 쳤다. 그 바람

'국어 공신' 선생님

[18][19][20][22] 이 소설의 복선으로 이 소설의 비극적 결말을 암시하며 위기감을 조성한다.
[21] 소녀의 외향적이고 적극적인 성격이 수동적이고 소극적으로 변하는 장면이다.

에, 소녀가 안고 있는 꽃묶음이 망그러졌다.[22] 그러나, 소녀는 상관없다고 생
각했다. 비에 젖은 소년의 몸 내음새가 확 코에 끼얹혀졌다. 그러나,
고개를 돌리지 않았다. 도리어 소년의 몸기운으로 해서 떨리던 몸이 적이 누
그러지는 느낌이었다.

소란하던 수숫잎(수수의 잎) 소리가 뚝 그쳤다. 밖이 멀개졌다.(무엇인가 맑지 않고 약간 흐린듯 하다.)

수숫단 속을 벗어 나왔다. 멀지 않은 앞쪽에 햇빛이 눈부시게 내리붓고 있었다. 도랑 있는 곳까지 와 보니, 엄청나게 물이 불어 있었다. 빛마저 제법 붉은 흙탕물이었다. 뛰어 건널 수가 없었다.

소년이 등을 돌려 댔다. 소녀가 순순히 업히었다. 걷어올린 소년의 잠방이까지 물이 올라왔다. 소녀는 '어머나'소리를 지르며 소년의 목을 끌어안았다.[23]

개울가에 다다르기 전에, 가을 하늘이 언제 그랬는가 싶게 구름 한 점 없이 쪽빛으로 개어 있었다.[24]

그 뒤로 소녀의 모습은 뵈지 않았다. 매일같이 개울가로 달려와 봐도 뵈지 않았다.[25]

학교에서 쉬는 시간에 운동장을 살피기도 했다. 남 몰래 5학년 여자 반을 엿보기도 했다. 그러나, 뵈지 않았다.

그날도 소년은 주머니 속 흰 조약돌만 만지작거리며 개울가로 나왔다.[26] 그랬더니, 이 쪽 개울둑에 소녀가 앉아 있는 게 아닌가.

소년은 가슴부터 두근거렸다.

"그 동안 앓았다."

어쩐지 소녀의 얼굴이 해쓱해져 있었다.

"그 날, 소나기 맞은 탓 아냐?"

소녀가 가만히 고개를 끄덕이었다.

"인제 다 났냐?"

"아직도…….."

"그럼, 누워 있어야지."

수능에 나올 수 있어요!

[23] 소년과 소녀의 가까워진 관계를 가장 극적으로 보여주는 내용이다.
[24] 소년과 소녀의 순수한 사랑을 돋보이게 하는 배경이다.
[25] 소년이 소녀를 그리워하고 있다.
[26] '조약돌'은 소녀에 대한 그리움을 드러내는 소재이고, 소년이 소녀를 매우 그리워하고 있음을 알 수 있다.

"하도 갑갑해서 나왔다. ……참, 그 날 재밌었어……. 그런데 그 날 어디서 이런 물이 들었는지 잘 지지 않는다."

소녀가 분홍 스웨터 앞자락을 내려다본다. 거기에 검붉은 진흙물 같은 게 들어 있었다.

소녀가 가만히 보조개를 떠올리며,

"그래 이게 무슨 물 같니?"

소년은 스웨터 앞자락만 바라보고 있었다.

"내, 생각해 냈다. 그 날, 도랑을 건너면서 내가 업힌 일이 있지? 그 때, 네 등에서 옮은 물이다."

소년은 얼굴이 확 달아오름을 느꼈다.[27]

갈림길에서 소녀는

"저, 오늘 아침에 우리 집에서 대추를 땄다. 넬 제사 지내려고……."

대추 한 줌을 내준다. 소년은 주춤한다.

"맛봐라. 우리 증조(曾祖)할아버지가 심었다는데, 아주 달다."

소년은 두 손을 오그려 내밀며,

"참, 알도 굵다!"

"그리고 저, 우리 이번에 제사 지내고 나서 좀 있다 집을 내주게 됐다."

소년은 소녀네가 이사해 오기 전에 벌써 어른들의 이야기를 들어서, 윤 초시 손자(孫子)가 서울서 사업에 실패해 가지고 고향에 돌아오지 않을 수 없게 되었다는 걸 알고 있었다. 그것이 이번에는 고향 집마저 남의 손에 넘기게 된 모양이었다.[28]

"왜 그런지 난 이사 가는 게 싫어졌다.[29] 어른들이 하는 일이니 어쩔 수 없지만……."

전에 없이, 소녀의 까만 눈에 쓸쓸한 빛이 떠돌았다.[29]

---

[27] 소년이 소녀를 업었던 기억에 부끄러움을 느낀다. 이는 소년의 순박한 성격을 간접적으로 제시하고 있는 부분이다.

[28] 설상가상(雪上加霜) : 난처한 일이나 불행한 일이 잇따라 일어남을 의미한다.

[29] 소년과 헤어지고 싶지 않은 소녀의 마음을 나타낸다.

'국어 공산 선생님'

소녀와 헤어져 돌아오는 길에, 소년은 혼잣속으로, 소녀가 이사를 간다는 말을 수없이 되뇌어 보았다. 무어 그리 안타까울 것도 서러울 것도 없었다.[30] 그렇건만, 소년은 지금 자기가 씹고 있는 대추알의 단맛을 모르고 있었다.

이 날 밤, 소년은 몰래 덕쇠 할아버지네 호두밭으로 갔다.

낮에 봐 두었던 나무로 올라갔다. 그리고, 봐 두었던 가지를 향해 작대기를 내리쳤다. 호두송이 떨어지는 소리가 별나게 크게 들렸다. 가슴이 선뜩했다. 그러나 다음 순간, 굵은 호두야 많이 떨어져라, 많이 떨어져라, 저도 모를 힘에 이끌려 마구 작대기를 내리 치는 것이었다.

돌아오는 길에는 열 이틀 달이 지우는 그늘만 골라 디뎠다.[31] 그늘의 고마움을 처음 느꼈다.

불룩한 주머니를 어루만졌다. 호두송이를 맨손으로 깠다가는 옴이 오르기 쉽다는 말 같은 건 아무렇지도 않았다. 그저 근동에서 제일가는 이 덕쇠 할아버지네 호두[32]를 어서 소녀에게 맛보여야 한다는 생각만이 앞섰다.

그러다, 아차 하는 생각이 들었다. 소녀더러 병이 좀 낫거들랑 이사 가기 전에 한 번 개울가로 나와 달라는 말을 못해 둔 것이었다. 바보 같은것, 바보 같은것.[33]

이튿날, 소년이 학교에서 돌아오니, 아버지가 나들이옷으로 갈아입고 닭 한 마리를 안고 있었다.

어디 가시느냐고 물었다.

그 말에도 대꾸도 없이, 아버지는 안고 있는 닭의 무게를 겨냥해 보면서,

"이만하면 될까?"

어머니가 망태기를 내주며,

"벌써 며칠째 '걀걀'하고 알 날 자리를 보던데요. 크진 않아도 살은 쪘을 거

수능에 나올 수 있어요!

'국어 공산 선생님

30 반어적 표현으로 무척 안타깝고 서러움을 표현한 것이다.

31 죄책감과 죄의식 때문이다. 이와 관련한 속담으로 '도둑이 제 발 저리다.'로 표현할 수 있다.

32 '호두', '얼룩수탉'은 소녀를 위한 소년의 마음이 드러난 소재이다.

33 다시 만날 것을 약속하지 못한 것에 대한 자책이 드러난다.

여요."

소년이 이번에는 어머니한테 아버지가 어디 가시느냐고 물어 보았다.

"저, 서당골 윤 초시 댁에 가신다. 제삿상에라도 놓으시라고……."

"그럼, 큰 놈으로 하나 가져가지. 저 얼룩수탉[32]으로……."

이 말에, 아버지는 허허 웃고 나서,

"임마, 그래도 이게 실속이 있다."

소년은 공연히 열적어(좀 겸연쩍고 부끄럽게), 책보를 집어던지고는 외양간으로 가, 쇠잔등을 한 번 철썩 갈겼다. 쇠파리라도 잡는 체.

개울물은 날로 여물어 갔다.

소년은 갈림길[34]에서 아래쪽으로 가 보았다. 갈밭머리에서 바라보는 서당골 마을은 쪽빛 하늘 아래 한결 가까워 보였다.

어른들의 말이, 내일 소녀네가 양평읍으로 이사 간다는 것이었다. 거기 가서는 조그마한 가겟방을 보게 되리라는 것이었다.

소년은 저도 모르게 주머니 속 호두알을 만지작거리며, 한 손으로는 수없이 갈꽃을 휘어 꺾고 있었다.

그 날 밤, 소년은 자리에 누워서도 같은 생각뿐이었다. 내일 소녀네가 이사하는 걸 가 보나 어쩌나. 가면 소녀를 보게 될까 어떨까.

그러다가 까무룩 잠이 들었는가 하는데,

"허, 참 세상일도……."

마을 갔던 아버지가 언제 돌아왔는지,

"윤 초시 댁도 말이 아니야, 그 많던 전답을 다 팔아 버리고, 대대로 살아오던 집마저 남의 손에 넘기더니, 또 악상까지 당하는걸 보면……."

남폿불 밑에서 바느질감을 안고 있던 어머니가,

"증손(曾孫)이라곤 계집애 그 애 하나뿐이었지요?"

[34] 소년과 소녀의 이별을 암시한다.

국어 공산 선생님

"그렇지, 사내 애 둘 있던 건 어려서 잃어버리고……."

"어쩌면 그렇게 자식복이 없을까."

"글쎄 말이지. 이번 앤 꽤 여러 날 앓는 걸 약도 변변히 못써 봤다더군. 지금 같아서 윤 초시네도 대가 끊긴 셈이지……. 그런데 참, 이번 계집앤 어린 것이 여간 잔망스럽^(보기에 몹시 약하고 가냘픈 데가 있다.)지가 않아. 글쎄, 죽기 전에 이런 말을 했다지 않아? 자기가 죽거든 자기 입던 옷을 꼭 그대로 입혀서 묻어 달라고……. 𝟛𝟝"

𝟛𝟝 소녀의 소년에 대한 애정, 추억을 간직하고 싶은 소망을 유언으로 남긴 부분, 말줄임표를 활용한 생략법으로 감동과 여운을 남기고 독자의 상상력을 불러일으켰다.

OOPS!

내신·수능 만점 키우기

1 작품 소개

<소나기>는 한 시골 농촌의 소년과 서울에서 온 소녀의 아름다운 사랑과 우정을 그려낸 작품이다. 소설의 배경인 가을 농촌의 모습을 아름답게 묘사하고 등장인물의 행동 묘사를 통해 인물의 심리를 감성적으로 잘 그려냈다. 또한 조약돌, 호두, 얼룩 수탉, 꽃묶음, 허수아비, 얼룩진 분홍 스웨터, 소나기, 갈림길 등과 같은 소재에 의미와 상징을 투영하여 내용을 더욱 풍부하고 깊이 있게 다룬 작품이다.

2 핵심 정리

◎ 다음 내용에서 괄호 안에 알맞은 답을 쓰시오.

갈래	현대 소설, 단편 소설, 순수 소설, 성장 소설
성격	서정적, 향토적
배경	여름~가을까지의 어느 (**1**)
시점	작가 관찰자 시점(부분적으로 전지적 작가 시점)
문체	어린 시절 순박한 동심을 잘 드러내는 간결하고 평이한 문체
제재	(**2**)
주제	소년과 소녀의 (**3**)
	• 소설의 배경인 가을 농촌의 모습을 (**4**)으로 묘사함 • 등장인물의 (**5**)가 주로 행동을 통해 간접적으로 일어남 • 간결한 문체가 돋보임

3 이 글의 짜임

◎ 다음 내용에서 괄호 안에 알맞은 답을 쓰시오.

발단	소년과 소녀가 (**1**)에서 만난다.
전개	소녀는 소년에게 산 너머에 갈 것을 제안한다. 소년과 소녀가 함께 놀면서 서로 친해지자 소년의 성격은 (**2**)으로 변한다.
위기	소년과 소녀는 산에서 (**3**)를 만나고 가까스로 피하게 된다.
절정	소녀의 이사 때문에 소년과 소녀는 (**4**)을 앞둔다.
결말	소년은 소녀가 (**5**)소식을 듣게 된다.

4 소년과 소녀의 마음을 표현해주는 소재의 의미 파악하기

● 다음 표에서 '의미'를 읽고 '소재'에 들어갈 알맞은 단어를 쓰세요.

소재	의미
(**1**)	소년에 대한 소녀의 관심을 표현하는 소재이자 둘 사이를 이어주는 매개체 역할을 하는 것이다. 또한 전개이후에서는 소녀에 대한 소년의 그리움을 상징하는 소재이기도 하다.
(**2**)	소녀를 좋아하는 마음을 적극적으로 표현한 것임을 알 수 있다. 소년이 마타리꽃을 꺾어 선물하자 소녀는 약간 상기된 얼굴에 살포시 보조개를 떠올리며 꽃 한 움큼 꺾어서 싱싱한 꽃가지만 골라 소녀에게 건넸다.
(**3**)	소년과 소녀가 서로를 위하는 마음이 드러난 소재이다. 호두는 소년이 소녀에게 마음을 표현한 것이고 대추는 소녀가 소년에게 마음을 표현한 소재이다.
(**4**)	소녀를 위하는 소년의 마음이 담겨 있는 소재이다. 소년의 아버지가 윤 초시댁(소녀네 집)에 간다고 하자 소년이 '얼룩 수탉'이라도 한 마리 가져가라고 하는 것은 소녀에게 먹이고 싶은 마음이 담겨 있는 것이다.
(**5**)	소년과 소녀의 추억이 깃든 소재이다. 이 옷을 입혀 묻어 달라고 한 것에서 소년과의 순수한 사랑을 죽어서도 영원히 간직하고 싶은 소녀의 마음을 느낄 수 있는 소재이다.

5 소설의 특성과 전개 과정에 따른 변화 양상

1 주요 인물 소개 및 특성

● 다음 각 인물에 대한 올바른 설명을 연결하시오.

그룹 채팅(주요 인물 소개)

㉮ 소년 ｜ ㉠ ｜ 윤 초시네 증손녀. 서울에서 온 아름답고 귀여운 소녀. 적극적이고 명랑하며 솔직하고 대담함. 정적인 인물

㉯ 소녀 ｜ ㉡ ｜ 순박하기만 한 시골 소년. 내성적이고 우유부단하지만, 소녀를 만난 후 적극적으로 변함. 동적인 인물

2 사건 전개에 따른 '소년'의 심리 변화

○ 다음 소년과 소녀의 행동에서 간접적으로 소년의 심리를 알 수 있는 부분을 이야기해 보자.

| 그룹 채팅('소년'의 심리) | Q ≡ |

국어 공신

개울가에서 소년이 소녀의 행동을 따라하고 조약돌을 만진 것은 어떤 의미라 생각해?

1

소년

국어 공신

소년은 검게 탄 자신의 얼굴을 싫어했어. 여기에서 알 수 있는 소년의 심리는 무엇일까?

2

소년

국어 공신

소년이 소녀의 행동을 흉내낸 것을 소녀에게 들키자 달려서 도망갔어. 왜 도망간 걸까?

3

소년

국어 공신

소녀가 '저 산너머에 가보자'라고 했고, 소년이 '저래 봬도 멀다'고 말하니까 소년은 어디선가 '바보, 바보'하는 소리가 들린 것 같다고 생각했어. 왜 그런 마음이 들었을까?

4

소년

⊕   ☺ #

3 인물과 공감하기

◎ 죽은 소녀에게 짧은 메세지를 남겨봅시다.

6 '소년'의 뇌 구조

◎ 책 내용을 참고하여 '소년'의 뇌 구조를 자유롭게 작성해봅시다.

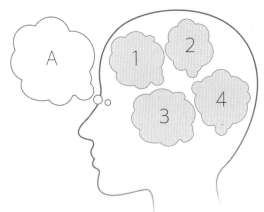

Ⓐ - 소녀와의 추억을 떠올려보자.

1 - 개울가에서는 처음 만났지. 소녀가 나에게 [㉠   ]을 던지며 관심을 보였어.

2 - 소녀와 산에 올라갔고, 소녀가 넘어져 무릎에 [㉡   ]가 나자 입으로 상처를 빨고 송진을 발랐어. 그리고 꽃을 꺾어[㉢   ]을 주기도 했지.

3 - 소나기가 갑자기 내리자, 소녀와 함께 [㉣   ]에 몸을 피하고, 소녀가 추워하자 나는 [㉤   ]을 가져다 덧세워주었어.

4 - 도랑을 건너며 [㉥   ]에 내 등에서 진흙물이 옮기도 했었어.

1 문학 이론 살펴보기

> ★ 인물의 성격 제시 방법
>
> **1** 직접 제시하기 (말하기 방식)
>
> 서술자, 즉 말하는 이가 등장인물의 성격, 특성, 심리 상태 등을 직접 설명하는 방법이다.
>
> ※ 예를 들면, 〈자전거 도둑〉에서 '수남이는 착하고 현명하다.'라고 표현한 부분이 바로
> 직접 제시하기로 서술자가 말하기 방식을 통해 인물의 성격을 표현했다.
>
> **2** 간접 제시하기 (보여주기 방식)
>
> 인물의 대화나 행동을 보여 주어 독자가 인물의 성격이나 심리 상태 등을 미루어 짐
> 작할 수 있도록 하는 방법이다.
>
> ※ 〈소나기〉에서 소녀 · 소년의 성격을 간접적으로 제시한 부분을 찾아 정리하세요.

2 작품 살펴보기 (서·논술형)

❶ <소나기>에서 나타난 '갈림길'의 의미를 서술하세요.

❷ <소나기>에서 나타난 '도랑'의 역할에 대해 서술하세요.

✎

❸ <소나기>에 나타난 '소나기'의 역할과 의미에 대해 서술하세요.

✎

8 토론하기

○ 다음 논제를 파악한 후 주장과 근거를 서술하시오.

논제 : 소녀는 행복했다 VS 소녀는 불행했다.

논제	소녀는 행복했다.	소녀는 불행했다.
주장		
근거		

간단히 내용 파악하기 ------------------------------>

○ 다음 문제를 읽고 올바른 내용에는 O, 틀린 내용에는 X 표시를 하시오.

1 이 작품은 맑고 깨끗한 시골 마을을 배경으로 하여 순진하고 순박한 시골 소년과 도시에서 온 한 소녀의 순수한 사랑을 그리고 있다. [O | X]

2 이 작품의 발단에서 소년의 성격은 적극적이지만 소녀는 징검다리에 앉아 가만히 있는 것으로 보아 소극적이라고 할 수 있다. [O | X]

3 소년이 '주머니 속 조약돌을 던진 버릇'은 소녀를 그리워하는 마음 때문이다.
[O | X]

4 소년이 검게 탄 자신의 얼굴을 싫어하는 까닭은 자신이 못났다는 죄책감 때문이다.
[O | X]

5 소년이 소녀의 죽음을 알게 된 것은 마을을 지나가는 꽃 상여를 봤기 때문이다.
[O | X]

○ 다음 문제를 읽고 올바른 답을 단답형으로 작성하시오.

1 물방울이 거세게 퍼붓듯이 시작되어 짧게 끝나는 자연 현상으로, 이 소설에서는 소년과 소녀의 짧은 사랑을 상징하는 소재로 쓰인다. 무엇인가요?(   )

2 소년과 소녀가 대화를 나누게 된 계기는 (   ) 때문이다.

3 소년과 소녀가 헤어져야 하는 상황을 상징하고, 소년과 소녀가 산으로 놀러 가게 되는 계기가 되는 소재는 무엇인가요?

[   ]

4 소설의 전개 중 위기에서 비극적 결말을 암시하는 복선을 찾아 두 가지 이상 작성하세요.

[   ]

5 이 소설의 결말의 특징을 서술하세요.

[   ]

실전 문제로 작품 정리하기 ----------------------

1 <소나기>를 읽는 방법으로 적절하지 <u>않은</u> 것은?

① 인물의 갈등 양상에 주목하며 읽는다.

② 장면을 구체화하여 상상하며 읽는다.

③ 사실과 의견, 묘사와 진술 등을 구분하여 읽는다.

④ 등장인물의 심리와 소재의 상징성을 파악하며 읽는다.

⑤ 작품에 쓰인 문학작품의 표현 방식이 어떻게 쓰였는지 확인하며 읽는다.

2 <소나기>에 대한 설명으로 옳지 <u>않은</u> 것은?

① 소년은 소녀에게 관심을 보이며 적극적인 인물로 변했다.

② 소년과 소녀는 '비단조개'를 계기로 대화를 하게 되었다.

③ 소년은 도랑에 물이 차자 소녀를 업고 도랑을 건넜다.

④ 소녀는 분홍 스웨터에 진흙물이 물들자 기분이 나빴을 것이다.

⑤ 소녀가 이사를 간다고 한 것은 자신이 아프다는 것을 밝히고 싶지 않았기 때문이다.

3 다음 보기에서 소재의 의미와 역할에 대한 설명으로 옳지 <u>않은</u> 것은?

① 조약돌 : 발단에서 소녀에 대한 소년의 그리움, 전개 이후에는 소년에 대한 소녀의 관심

② 허수아비 : 소녀의 즐거운 마음 표현

③ 칡덩굴 : 소년과 소녀가 더욱 가까워지는 계기

④ 먹장구름 : 어둡고 불안한 분위기를 통한 위기감, 긴장감 조성

⑤ 얼룩진 분홍 스웨터 : 소년과 소녀의 아름다운 추억을 상징

4 <소나기>에에 사용된 '복선'에 대한 설명으로 옳지 <u>않은</u> 것은?

① 앞으로 일어난 사건이나 다가올 상황에 대해 암시하는 장치이다.

② '도랑'은 소나기 때문에 물이 불어서 소년이 소녀를 업게 된다.

③ '보랏빛'은 밝고 상쾌한 느낌을 주는 것으로 소년과 소녀의 맑고 순수한 사랑을 상징한다.

④ '망그러진 꽃묶음'은 불행한 결말, 즉 소녀의 죽음을 암시한다.

⑤ '소녀의 파란 입술'은 비극적 결말을 암시하는 것으로 소녀의 죽음을 나타낸다.

◎ <소나기>의 결말에 이어 새로운 내용을 만드는 '상상하는 글쓰기'를 해보자.

정답 예시

오류중학교 1학년 3반 김민서

"자기가 죽거든 자기 입던 옷을 꼭 그대로 입혀서 묻어달라고……."
시간은 빠르게 흘러 눈이 녹고 새파란 새싹이 올라왔다. 산에 올라간 소년은 먹구름을 보며 그날의 추억과 두려움을 떠올렸다. '소나기가 오려나? 또 그놈의 소나기……' 소녀가 떠올랐다. 아직 소년의 주머니엔 하얀 조약돌이 있었다. 소년은 조약돌을 만지작거렸다.
산을 내려오는데 떡갈나무 잎에서 빗방울 부딪히는 소리가 났다. 비가 더 거세게 오자 소년은 소나기를 피하기 위해 원두막으로 갔다. 비가 그치길 기다리며 원두막에 누워있었다. 수숫단을 덮고 잠시 비가 그치길 기다렸다.
소년이 깜박 잠이 들었다 깨어나보니 날은 금세 맑아졌다. 그런데 눈앞에 믿기 힘든 광경이 나타났다. 소년이 깨어난 곳은 개울가였다. 그리고 한 소녀가 징검다리에 앉아 소년에게 말했다.
"얘, 이게 무슨 조개지?"
소년이 대답했다.
"어? 비...비... 비단조개"
"이름도 참 곱다."
소년은 과거의 일과 너무 똑같아 당황스러웠다. 또 소녀의 죽음을 보기는 싫었다. 이번에는 꼭 소녀를 살리겠다고 다짐했다. 소녀의 손을 잡고 산으로 달려갔다. 소녀에게 한 웅큼 약초를 캐서 선물했다. 꼭 이 약초를 달여 먹어야 한다고 당부했다. 소녀의 얼굴엔 환한 미소만 남아 있을 뿐 그 어떤 말도 하지 않았다. 소년은 소녀의 손을 잡고 산을 내려오다가 물이 불은 도랑을 만났다. 소년은 소녀를 업었다. 그 순간을 소년은 잊을 수 없이 행복했다.
다음 날, 소년은 더 많은 약초를 캐서 소녀의 집으로 갔다. 소년은 문틈으로 집안을 살펴보았다. 마당에서 소녀가 분홍 스웨터를 입고 고무줄 놀이를 하고 있었다. 문을 두드렸지만 그 어떤 기척도 들을 수 없었다. 문틈으로 다시 소녀의 모습을 보았지만 소녀는 금세 분홍 벚꽃 잎으로 변하더니 하늘로 잎이 사라져갔다. 소년은 문을 더 세차게 두드렸다. 하지만 문은 열리지 않았다.
그때 갑자기 '소나기'가 내렸다. 순식간에 내린 빗방울이 소년의 얼굴을 때렸다. 정신이 없었다. 혼미한 정신을 가다듬고 정신을 차려보니 수숫단을 덮고 원두막에 누워 있었다. 그런데, 내 손에 한 웅큼 약초들이 쥐어 있었다. 소나기는 금세 멈췄고, 저 멀리 노을이 아름답게 펼쳐지고 있었다. 소녀의 아름다운 얼굴이 노을 속으로 사라져 가고 있었다.
한 순간의 꿈은 지난 소년과 소녀의 아름다운 추억을 되새기기에 너무나 짧은 시간이었다. 소년은 눈물을 머금고 다시 산을 내려갔다.

✦ 맑고 순수한 사랑이야기, 그러나 비극적인… ✦

〈소나기〉는 소년과 소녀의 맑고 순수한 사랑이야기다. 이 작품은 늦여름에서 초가을로 넘어가는 농촌의 맑고 깨끗한 모습을 통해 향토적 분위기를 자아내며 소년과 소녀의 사랑을 한 편의 풍경화처럼 담아냈다. 하지만 보랏빛 분위기, 망가진 꽃묶음, 파란 입술 등의 복선을 통해 점차 비극적인 결말을 암시하는 장치들은 점차 안타까운 마음을 들게 한다. 작가는 이 소설에서 두 인물에 초점을 맞추고 있다. 그러면서 자연물에 상징과 의미를 두었고, 감각어의 이미지를 통한 상징을 다각적으로 보여준다.

우선, 〈소나기〉에서 가장 큰 상징성을 갖는 것은 '소나기'이다. '소나기'는 원두막에서 소년과 소녀가 서로 밀착하는 계기가 되면서 도랑에서 소년의 등에 소녀가 업히는 계기가 되기도 한다. 두 인물 사이를 가깝게 만드는 소재이며, 소녀를 더욱 병들게 하여 아프게 했다. 그리고 소년에게서 영원히 떼어 놓는 소재이기도 하다. 이러한 점에서 '소나기'는 상생을 나타내기보다는 파괴적인 의미가 더 큰 자연적 소재로 볼 수 있다.

'조약돌'은 작품 초반부터 끝까지 작품 전체를 관통하게 하는 소재이다. 소녀가 조약돌을 던지는 행위, 소년이 주머니에서 조약돌을 만지작거리는 행위에서 다양한 상징적 의미와 인물의 심리를 깊게 보여준다.

한편, 지금까지 크게 다루지 않았던 장치들도 있다. 소녀에 대한 다양한 부정적 장치들이 있다. 소설 끝에서 소년의 부모님의 대화에서 집약적으로 소녀에 대한 부정적 장치, 몰락의 장치, 비극적 장치들이 있다. 윤 초시 댁의 그 많던 전답을 다 팔고, 대대로 살아오던 집마저 남의 손에 넘기게 된 것, 사내애 둘 마저 잃은 것, 윤 초시 댁에 대가 끊긴 것, 서울서 사업 실패해 고향으로 온 것 등 윤 초시 댁의 가정의 몰락, 소녀를 둘러싼 부정적 장치들은 모두 비극적 결말을 보여주기 위해 마련한 것이라면 소나기, 조약돌, 호두와 대추, 분홍 스웨터 등 교과서에서 중요하게 다룬 소재들 외에 작가의 섬세함은 대단하다고 여길 수밖에 없다.

이처럼 소나기는 짧은 단편 소설이기는 하지만, 그 안에서 다룰 수 있는 상징적 소재들이 너무도 다양하다. 특히 색채어를 통한 작품의 전반적 분위기 연출도 놓칠 수 없는 감상 포인트다. 그 외에 작품을 이해하고 감상할 수 있는 여러 관점을 찾아보며 다시 한 번 작품을 읽어보는 것은 어떨까?

빨간 호리병박

완

작가에 대해 알아볼까요?

차오원쉬엔
1954~

차오원쉬엔(1954~)는 중국의 저명한 아동 문학가이면서 북경대 중문학과 교수이다. 그는 청소년 시기에 놓인 청춘들에 관한 소설과 청소년기의 애정을 바탕으로 한 심리를 서술하는 소설들을 주로 쓰는 작가이다. 그의 작품은 영국, 프랑스 등에서 번역되어 소개되었으며, 2004년에는 안데르센 상의 후보에도 오르기도 했다. 주요 작품으로는 〈빨간 기와〉, 〈바다소〉, 〈아추〉, 〈미꾸라지〉 등이 있다.

여기서 잠깐!

친구가 없어 외로이 생활하는 사춘기 소년이야. 그래서 늘 강가에 나와 혼자 수영을 하지. 수영을 참 잘하는 친구야. 완이 아버지는 아주 유명한 사기꾼이라는 소문이 났어.

완이에게 관심을 보이는 사춘기 소녀야. 완이 강에서 호리병박을 빼앗은 것에 대해 큰 오해를 하게 돼서 원망해. 하지만 뒤늦게 그것이 자신을 위한 일임을 깨닫고 미안해 해.

완

뉴뉴

'국어 공신' 선생님의 감상 꿀팁!

이 작품은 '뉴뉴'와 '완'이의 맑고 순수한 우정을 다룬 이야기야. 사춘기 아이들의 감정을 잘 느껴보며 감상하는 것이 포인트! 또한 그들이 서로를 대하는 태도와 변화하는 심리, 뉴뉴가 물에 빠지기 전과 후의 그들의 관계 변화가 어떻게 일어나는지 꼼꼼하게 살펴보며 감상하자.

'국어 공신' 선생님

빨간 호리병박

두려움은 맞설 때 극복할 수 있다는 걸 뒤늦게 깨달아.

대문만 나서면 뉴뉴는 언제나 완이라는 남자아이가 선명한 빨간 호리병박을 품에 안고 헤엄치는 모습을 볼 수 있었다. 하지만 뉴뉴는 언제나 완을 보고도 못 본 척했다. 집을 나선 뉴뉴의 눈에 완의 모습이 들어오면, 그녀는 고개를 돌려 울타리를 기어 올라가는 오이 덩굴이나 작은 나뭇가지에 매달린 동글동글한 새집에 눈길을 주곤 했다.

하지만 뉴뉴의 귀만큼은 완이 물장구를 치는 힘찬 소리에 귀를 기울일 수밖에 없었다. 그리고 그 소리에 이끌려 그녀의 눈길도 어느덧 물장구를 치는 완에게 향하곤 했다. 물론 완을 쳐다보면서도 표정은 언제나 무관심을 가장하고 있긴 했지만 말이다.

뉴뉴는 완에 대해 아는 것이 거의 없었다. 알고 있는 것이라고는 완의 아버지가 근방 100여 리에서 아주 유명 한 사기꾼이라는 사실뿐이었다.❶

매일 해가 뜰 무렵이면, 완은 갈대숲을 가르며 강가에 나타났다.❷ 그는 먼저 빨간 호리병박을 강물 속에 던져 넣은 후, 이내 물 속으로 뛰어들었다. 물은 조금 차가웠다. 완은 과장된 몸짓으로 온몸을 떨더니 하늘을 향해 한껏 소리를 질렀다. 그러고는 자맥질 치며 물 속으로 들어가서는, 있는 힘껏 손과 발을 저으며 첨벙대는 소리를 냈다.

> **내신 준비!**
>
> ❶ 완이 고독하게 지내는 주요한 이유이다.
> ❷ 완은 강가에서 늘 수영을 한다.
>
> '국어 금산' 선생님

푸른 물 위에 떠 있는 **빨간 호리병박**(박과의 한해살이 넝쿨풀로 그릇으로 많이 쓰인다.)은 갓 솟아오른 작은 태양처럼❸ 반짝거렸다. 이 고장의 아이들은 항상 햇볕에 잘 말린 커다란 호리병박을 손에 쥐고 헤엄을 쳤다. 그것은 말하자면 도시 아이들이 사용하는 튜브와도 같은 것이었다. 배에서 살아가는 아이들의 허리춤에도 언제나 호리병박이 매달려 있었다. 실수로 물에 빠졌을 때를 대비하기 위해서였다. 호리병박에 새빨간 칠을 해 놓은 것도 눈에 잘 띄어 쉽게 찾도록 하기 위해서였다. 물위에 떠 있는 빨간 호리병박은 너무나도 눈부시게 반짝거려서 똑바로 쳐다볼 수 없을 정도였다.

완이 헤엄치는 모습은 근사했다.❹ 두 손으로 힘껏 물살을 헤쳐 나갈 때면 하늘 높이 물보라가 튀어올랐고, 재빨리 몸을 틀어 방향을 바꿀 때면 커다란 파문이 일면서 물결이 둥그렇게 그를 감싸안았다. 하늘로 솟구친 물보라는 얇디얇은 폭포를 이루었는데, 그 폭포는 햇살 아래서 무지갯빛으로 반짝였다.❺

뉴뉴의 새까만 눈동자는 그 모습과 그 소리, 그리고 그 아름다운 색깔들이 뿜어 내는 유혹을 차마 떨쳐 버릴 수가 없었다. 그녀는 강 쪽을 바라볼 수밖에 없었다. 뉴뉴는 무지개빛 폭포❻에서 눈길을 뗄 수가 없었고, 발가벗은 완의 모습과 그의 빨간 호리병박에서 눈길을 뗄 수가 없었다.

완은 강가에 있는 한 쌍의 눈동자가 언젠가는 자신을 쳐다보리라는 사실을 알고 있었다. 그래서 그는 더욱더 힘차게 자신의 수영 실력을 과시하곤 했다. 완은 발가벗은 모습으로 물 위에 누웠다. 한 팔은 팔베개를 하고 다른 한 팔로는 호리병박의 허리춤을 단단히 틀어쥔 채로 누워 있으니, 마치 큰 침대에 누워 잠을 자는 것처럼 온몸이 편안했다. 그는 온몸에 부딪히는 잔잔한 강물의 흐름을 만끽하며 물결과 함께 천천히 흘러갔다.

그 모습을 본 뉴뉴는 알지 못할 어떤 경이로움(놀랍고 신기한 느낌)에 사로

❸ 호리병박을 직유를 통해 비유적으로 표현하고 있다.
❹ 완의 뛰어난 수영 실력을 서술자가 논평하고 있다.
❺ 완의 수영하는 모습을 시각적으로 형상화하고 있다.
❻ 완이 수영을 하며 일으키는 물살을 비유적으로 표현한 것이다.

'국어 공신' 선생님

잡혔다. 하지만 그녀는 자신이 느끼는 경이로움이 저 강물이 보여주는 부력
(중력 반대로 작용하는 위로 뜰리는 힘) 때문인지, 아니면 저렇게 편안하게 물 위에 누워 있을
수 있는 완의 수영 실력 때문인지는 알 수 없었다.

〈중략 부분 줄거리〉
　뉴뉴는 완의 모습을 처음으로 가까이서 목격하게 되었다. 그는 잘생기지도 않
은 평범한 외향을 가진 인상이 좋지는 않은 인물이었다. 완은 뉴뉴가 자신을 보고
있다는 것을 의식하여 한층 더 멋지게 수영하려는 노력을 한다. 뉴뉴가 강가로 다
가가자, 완은 잠수를 하게 되었다. 뉴뉴는 완이 물에서 나오지 않아 놀라 엄마를
불렀다. 엄마를 부른 찰나 완이 물에서 나오게 되고, 그녀는 안심을 하며 엄마와
돌아간다.

　그 후 며칠 동안 완은 뉴뉴를 볼 수 없었다. 아무리 첨벙첨벙 물소리를 내
도, 아무리 소리를 질러도 뉴뉴는 강가로 나오지 않았다.

　뉴뉴가 나와 주기를 포기할 즈음, 완은 빨간 호리병박을 안고 예전에 자주
가던 강 한가운데 작은 섬으로 향했다.

　그 섬은 정말 작디작았다. 그 섬은 뉴뉴를 만나기 전까지만 해도
완 혼자서 하루 종일 시간을 보내던 곳이었다.[7] 그가 거기서 도대
체 뭘하며 시간을 보내는지는 아무도 알 수 없었다. 한편 강가
에 나오지는 않았지만 뉴뉴는 언제나 문 뒤에 숨어서 완이 하
는 모든 행동을 지켜보았다. 그리고 자신이 강가에 나오기를
완이 바라고 있다는 사실도 알고 있었다.

　그렇게 또 며칠이 지났다. 이제는 완도 뉴뉴가 강가에 나
오리라고는 기대하지 않게 되었다. 강가로 나온 완은 조금

여러분,
집중해야 해요!

'국어 금산' 선생님

[7] 완은 이곳에서 혼자 지내며 외로움을 달래왔다.

도 머뭇거리지 않고 곧장 작은 섬으로 향했다. 그런데 그때 뉴뉴가 대나무 작대기 하나를 들고 강가에 나타났다. 빨간 윗도리를 입은 뉴뉴는 바지자락을 무릎까지 걷어올리고 있었다.**8**

맞은편 강가에 앉아 있던 완은 빨간 호리병박을 옆에 둔 채 뉴뉴를 바라보았다.

강가로 걸어 나온 뉴뉴가 대나무 작대기를 마름(물에서 자라는 식물로 먹을 수 있는 열매가 생긴다.) 잎사귀들을 뒤적거리자, 마름 열매가 모습을 드러냈다. 뉴뉴는 작대기를 이용해서 마름을 자기 쪽으로 끌어당긴 뒤, 빨간 마름 열매를 땄다. 하지만 대부분의 마름들은 대나무 작대기로도 닿지 않는 먼 곳에 있었다. 발꿈치를 들고 한껏 팔을 뻗어 가며 한참 애를 쓴 후에야, 뉴뉴는 마름 열매 몇 개를 손에 넣을 수 있었다.

확실히 완은 깡마른 체구였다. 가슴 양쪽으로 나란히 드러난 갈비뼈가 선명하게 보일 정도였다. 게다가 햇볕에 그을려 아주 새까맣게 보였다. 마른 체구에 새까만 완의 모습은 정말 보잘 것 없었다. 완은 뉴뉴를 향해 마름 열매가 든 두 손을 내밀었다.**9** 하지만 뉴뉴는 손을 내밀지 않았다.**10** 완은 마름 열매를 뉴뉴의 발 아래 가만히 내려놓고는 뒤돌아 강 쪽으로 걸어가 버렸다. 뉴뉴는 가냘픈 그의 등을 바라보며 꼼짝 않고 서 있기만 했다. 빨간 호리병박을 안고 있는 완의 눈동자에는 뭔지 모를 진심이 가득 차 있는 것만 같았다. 뉴뉴는 천천히 무릎을 꿇고 앉아 두 손으로 연잎을 받쳐 들었다.**11** 그 순간 완의 눈동자가 감격으로 빛났다.**12**

"뉴뉴!" 엄마가 부르는 소리에 뉴뉴는 대답하지 않았다. "뉴뉴!"

엄마가 자신을 찾으려고 이쪽으로 오고 있었다. 뉴뉴는 손위

수능에 나올 수 있어!

8 뉴뉴가 강가에서 새로운 행동을 할 것임을 짐작할 수 있다.
9 뉴뉴에게 관심표현을 하고 있다.
10 완의 호의에 머뭇거리고 있는 뉴뉴이다.
11 뉴뉴는 끝내 완의 호의를 받아들였다.
12 자신의 호의를 받아들인 뉴뉴에 감격했다.

'국어 공신' 선생님

에 놓인 마름 열매만 쳐다보면서 어쩔줄 몰라했다. "뉴뉴, 어디 있지?"

뉴뉴는 마름 열매를 원래 있던 자리에 다시 내려놓고는 몸을 돌려 엄마에게 소리쳤다. "저 여기 있어요!"

"뉴뉴, 어서 와라. 엄마랑 외할머니 댁에 가게."

강기슭을 기어 올라가던 뉴뉴는 고개를 돌려 완을 한 번 쳐다보고는 다시 고개를 숙인 채[13] 엄마에게로 걸어갔다. 집으로 들어가면서 뉴뉴는 엄마에게 물었다.

"엄마, 쟤네 아빠가 정말로 사기꾼이에요?" "누구 말이니?"

뉴뉴는 손가락으로 강 건너편을 가리켰다.

"걔네 아빠는 감옥에 들어간 지가 벌써 삼 년이나 됐어."

뉴뉴가 다시 고개를 돌려 강 쪽을 바라보았을 때는 완이 저만치서 헤엄치는 모습만 보였다. 완은 빨간 호리병 박을 안고 강 한가운데 있는 작은 섬을 향해 가고 있었다.[14]

〈중략 부분 줄거리〉
무더운 7월의 여름, 뉴뉴는 완을 따라 강물로 뛰어들고 싶은 마음이 생긴다. 완은 그러한 뉴뉴에게 강속에 들어올 것을 권유한다.

뉴뉴는 강의 유혹을 떨칠 수가 없었다. 강물 속으로 뛰어들 생각에 뉴뉴의 가슴은 마구 뛰었다. 따가운 햇볕에 발갛게 달아오른 뉴뉴의 얼굴은 더욱 빨개졌다.

완은 뉴뉴에게 물 속이 얼마나 상쾌하고 편안한지를 보여주기 위해 한껏 애쓰고 있었다. 뉴뉴는 손을 뻗어 강물에 담가 보았다. 시원한 기운이 손가락

내신 준비!!

[13] 완과 헤어져 아쉬운 뉴뉴이다.
[14] 완이 혼자만의 시간을 보내러 섬으로 향하고 있다.

'국어 공신' 선생님

에서부터 온몸으로 퍼져나갔다.

"어서 들어와. 이 호리병박 너한테 줄게."⑮

뉴뉴는 여전히 망설였다. "무서워할 것 없어. 내가 있잖아."

그 말에 뉴뉴의 마음이 흔들리며 눈동자가 반짝반짝 빛났다. 하지만 발걸음은 여전히 머뭇거리고 있었다.

그 순간 완이 뉴뉴를 향해 갑자기 물세례를 퍼부었다. 달궈진 뉴뉴의 몸에 차가운 물방울이 닿자 뉴뉴는 온몸을 떨며 옆으로 물러섰다. 완은 더 대담하게 물세례를 퍼붓기 시작했다. 뉴뉴는 수줍게 윗도리를 벗어 한쪽에 가지런히 개켜 놓고는 조심조심 물속으로 들어갔다. 물속으로 천천히 들어간 뉴뉴는 우선 무릎을 꿇고 앉아 보았다. 그러고는 두 손으로 물가에 자라난 갈대 줄기를 움켜쥐고 살며시 엎드려 보았다. 두 발로 물을 차자 물방울이 사방으로 튀었다.

물은 확실히 사람을 매혹시키는 힘이 있었다.⑯ 일단 한 번 물에 들어가자 뉴뉴는 다시는 물에서 나오고 싶지 않았다. 뉴뉴가 물에 들어오자 완은 어떤 책임감 같은 것을 느꼈다. 이제 그는 더 이상 헤엄을 치지 않고 뉴뉴를 보호하는 데만 신경을 썼다.⑰

여러분, 집중해야 해요!

'국어 공신' 선생님

물은 두 아이 사이의 낯섦과 거리감을 모두 녹여 버렸다. 두 아이는 갈대수풀 사이에서 우렁이를 잡기도 하고, 얕은 물가를 뛰어다니고 엎어지기도 하며 놀았다. 한 번은 깊은 물 속까지 들어가 얼굴만 내밀고 마주 서 있어 보기도 했다. 두 아이에겐 그 순간이 가장 멋진 시간이었다. 강물은 이상하게도 고요했다. 두 아이는 한참 동안 서로의 눈동자를 바라보며 말없이 서 있었다.⑱

⑮ 망설이는 뉴뉴를 안심시키려는 완이다.
⑯ 물이 사람을 끌어들이는 속성을 드러낸 '서술자적 논평'이다.
⑰ 뉴뉴에게 관심을 기울이는 완이다.
⑱ 서로에 대한 관심을 확인하고, 유대를 쌓았음을 알 수 있다.

〈중략 부분 줄거리〉
물에 익숙해진 뉴뉴는 완이 놀던 작은 섬에 갔다. 그곳에서 뉴뉴는 완이 나무에 반 친구들의 이름을 붙이고 노는 것을 확인한다.

"납작코야, 이리와! 안 오면 똥 ~ 개!" 완은 꼭 미친 사람처럼 나무 사이를 뛰어다녔다. 한참을 뛰어다니느라 온몸에 땀이 흥건히 베이고 숨을 헐떡이던 완은 마침내 땅바닥에 쓰러졌다. 그러더니 손으로 얼굴을 가리며 이렇게 말했다.

"쌴건, 쌴건, 이제 그만! 아야! 그만 때리라니까!"

몸을 일으킨 완은 무언가를 끌어안듯이 하면서 땅바닥을 뒹굴었다.

뉴뉴는 완을 묵묵히 쳐다보고 있었다. 뉴뉴의 발치까지 굴러온 완은 뉴뉴를 보자 그제서야 환상에서 깨어났다. 완은 당혹스러웠다.

"아이들이 너랑 안 놀아 주니? 그런거야?" 뉴뉴가 물었다.

완은 눈빛이 멍해지면서 우울한 빛[19]을 보였다. 얼굴을 돌린 완은 백양나무 사이로 보이는 아득한 하늘을 바라보았다. 나중에 생각해 보니 그 때 완은 울고 있었던 것 같았다.

〈중략 부분 줄거리〉
뉴뉴와 완은 작은 섬에서 그들의 집을 만들면서 즐거운 시간을 보낸다. 뉴뉴 엄마는 뉴뉴에게 강물에 들어가지 말 것을 당부한다.

곡식도 익어 가고 뜨겁게 타오르던 태양도 사그라들었다. 열기가 휩쓸던 하늘에도 이젠 서늘한 바람이 불기 시작했다. 여름이 끝

[19] 학교에서 완의 생활이 힘겨움을 알 수 있다.

'국어 공신' 선생님

나 가고 있었던것이다. 하지만 뉴뉴는 아직도 빨간 호리병박 없이는 수영을 할 수 없었다.[20]

"내년 여름에도 나한테 수영을 가르쳐 줘야 해!" 뉴뉴가 말했다.

"사실 지금도 넌 수영할 수 있어. 네가 겁을 먹어서 못할 뿐이지."

"그래도 내년에 또 가르쳐 줘!"

그러던 어느 날 오후, 뉴뉴가 얕은 물가에서 물장구를 치고 있을 때였다.

"우리 강 건너까지 한번 가 보자. 넌 호리병박을 안고 가면 될 거야."

줄곧 꼼짝 않고 앉아 있던 완이 뉴뉴에게 제안을 했다.

"무서워."

"내가 있잖아."

"그래도 무서워."

"내가 널 꼭 잡고 있을게. 그래도 안 돼?"

"그럼 좋아. 절대로 날 놓으면 안돼!"

완은 고개를 끄덕였다. 강 한가운데 이르자 뉴뉴는 자신이 강 양족으로부터 아득히 멀리 떨어져 있다는 생각이 들었다. 그 순간 뉴뉴는 갑자기 두려워지기 시작했다. 그때 완은 뉴뉴를 보고 씽긋 웃어 보였다. 그의 웃음은 의미심장했다. 꼭 무슨 음모를 감추고 있는듯했다.[21]

사방이 온통 강물로만 둘러싸여 있었다. 뉴뉴는 이 강이 너무나 크다는 사실을 처음으로 깨달았다.[22] 뉴뉴는 다시 완을 쳐다보았다. 완은 무표정한 얼굴로 앞만 바라보고 있었다.

"우리 돌아가자!"

"앞으로 가나 돌아가나 멀기는 마찬가지야."

"그래도 무서워." 완은 그래도 계속 앞쪽만 바라보고 있었다. 그는 무언가 결단을 내린 듯했다.[23]

[20] 아직도 물에 대한 두려움이 존재함을 알 수 있다.
[21] 계획한 일이 일어날 것을 암시한다.
[22] 뉴뉴의 강에 대한 두려움의 이유이다.

'국어 공산 선생님'

"무섭다니까……."

"무섭긴 뭐가 무서워!"

갑자기 완이 뉴뉴를 꼬옥 끌어안더니 뉴뉴의 손에 들린 호리병박을 낚아챘다. 뉴뉴는 날카로운 비명을 지르며 물속으로 가라앉았다.

공포에 떨며 두손으로 물을 움켜쥐면서 뉴뉴는 완을 향해 소리쳤다.

"호리병박! 호리병박!"

하지만 완은 미소지으며 뉴뉴에게서 멀어져 가기만 했다.

뉴뉴는 계속 물속으로 가라앉았다. 2초 정도 물속에 잠겨 있던 뉴뉴가 물 위로 튀어오르더니 겁에 질려 미친 듯이 소리를 질렀다.

"살려줘!"

그때 강가에 나와 있던 뉴뉴의 엄마가 그 모습을 보았다. 엄마는 순간적으로 넋이 빠져 쳐다보다가 이내 주위를 향해 소리치기 시작했다.

"사람 살려!"

뉴뉴의 입으로 물이 쏟아져 들어왔다. 벌컥벌컥 물을 삼키던 뉴뉴는 정신없이 목구멍을 타고 넘어가는 물에 숨이 막혀 고통스럽게 기침을 해 댔다. 그래도 완은 뉴뉴를 건져 주지 않았다.[24]

〈중략 부분 줄거리〉

완의 예상과 달리 뉴뉴는 물속에 계속 가라앉는다. 당황한 완은 뉴뉴를 물가로 꺼내준다. 믿어왔던 완이 자신을 구해주지 않아 뉴뉴는 완을 원망하며 사기꾼이라고 말한다. 완은 상심하고 미안한 마음이 드나, 뉴뉴에게 자신의 마음을 전달하지 못한다.

며칠 뒤 황혼녘, 강 한가운데 있는 작은 섬에서 불길이 솟구쳤다.

[23] 뉴뉴가 가지고 있는 호리병박을 낚아챌 것임을 암시한다.

[24] 완이 예상했던 바와는 달리, 뉴뉴는 물속에서 상당한 어려움을 겪고 있다.

'국어 공신' 선생님

검푸른 연기가 공중으로 날아오르더니 이내 물 위를 뒤덮고는 천천히 흩어져 무(無)로 돌아갔다.[25]

> 〈중략 부분 줄거리〉
> 뉴뉴는 더 이상 강가로 가지 않고, 할머니댁에서 여름을 보내기로 한다. 할머니댁에서 옛날, 할아버지가 할머니 스스로 수영할 수 있다는 사실을 알려주기 위해 할머니를 물에 빠트린 이야기를 듣게 된다. 이 이야기를 듣게 된 후, 뉴뉴는 완이 자신이 혼자의 힘으로 수영할 수 있다는 사실을 일깨워주기 위해 자신을 빠트렸다는 사실을 깨닫게 된다.

뉴뉴는 그 길로 곧장 강까지 달려갔다.

강에는 아무것도 보이지 않았다. 고개를 숙여 보니, 물가 갈대밭에 빨간 호리병박이 걸려 있었다. 호리병박은 예전과 다름없이 선명하게 반짝이고 있었다.

뉴뉴는 가만히 앉아 기다렸다. 하지만 강 건너에서는 인기척이라고는 전혀 없었다. 태양이 서서히 저물어 갈 무렵, 뉴뉴의 눈은 뭔가를 간절히 찾고 있었다.[26]

여름도 지나가고, 강 위로는 벌써 새파란 가을 하늘이 찾아 들었다. 반쯤 마른 연잎 위에는 어디서 왔는지 청개구리 한 마리가 조용히 앉아 있었다. 마른 연잎은 강물을 따라 흘러내려가고 있었다.

끝없는 정적이 흘렀다. 끝없는 정적만이…….

뉴뉴는 모든 것을 잊고 물속으로 뛰어들어 헤엄쳐 나아갔다. 그녀는 가라앉지 않았을 뿐만 아니라 헤엄도 아주 잘 쳤다. 그녀의 수영 실력은 벌써부터 강을 건널 수 있을 정도였던

'국어 공산' 선생님

---

[25] 완이 뉴뉴와 지냈던 집을 태웠다.
[26] 뉴뉴는 완을 찾고 있다.

것이다.[27]

　그녀는 처음으로 맞은 편 초가집[28]에 가 보았다. 하지만 그 집의 대문은 단단한 자물쇠로 채워져 있었다.[29]

　소를 치는 한 아이가 뉴뉴에게 말해 주었다. 완은 전학을 갔다고. 엄마를 따라 여기서부터 300리나 떨어진 외갓집으로 이사를 갔다고.

　개학하기 전날 황혼녘, 뉴뉴는 갈대숲에 걸려 있던 빨간 호리병박을 풀어 주었다. 그리고 빨간 호리병박은 반짝 반짝 빛을 내면서 그렇게 황혼 속으로 떠내려갔다.[30]

수능에 나올 수 있어요!

[27] 완의 생각이 맞았음을 확인한다.
[28] 완이 거주하는 집이다.
[29] 완이 이사했음을 짐작할 수 있다.
[30] 완과의 추억을 흘려 보내는 모습이다.

'국어 굴산 선생님'

내신·수능 만점 키우기

1 작품 소개

<빨간 호리병박>은 소년 '완'과 소녀 '뉴뉴'의 순수한 사랑과 우정을 다룬 작품이다. 사춘기 소년과 소녀들의 감정과 행동이 대사로 잘 표현되었고, 서정적인 분위기로 소년과 소녀의 감정을 잘 살렸다. 한편, 소년과 소녀는 서로의 오해를 풀지 못한다. 결국 소녀 '뉴뉴'는 완의 의도를 이해하고 미안한 마음을 호리병박을 흘려보내며 추억으로 남긴다. 글을 읽는 모두가 마음속에 타인에 대한 미안함은 무엇이 있었는지 생각하며 읽어볼 작품이다.

2 핵심 정리

○ 다음 내용에서 괄호 안에 알맞은 답을 쓰시오.

갈래	현대 소설, 단편 소설, 성장 소설, 애정 소설
성격	서정적, 감각적, 상징적
배경	· 시간적 배경 : 1960 ~ 1970년대 중국 · 공간적 배경 : 중국 강주변의 시골 마을
시점	· 전지적 작가 시점
제재	· 빨간 호리병박
주제	· 소년과 소녀의 우정과 사랑
특징	· 사춘기의 풋풋한 소년, 소녀의 감정을 행동과 대사로 잘 묘사했다. · 서정적인 문체의 사용으로 작품의 배경과 분위기를 형성한다. · 섬, 호리병 박과 같은 상징적 소재들이 사용되며 서사가 전개된다.

3 이 글의 짜임

○ 다음 내용에서 괄호 안에 알맞은 답을 쓰시오.

발단	뉴뉴와 완이 서로에게 (**1**)을 보인다.
전개	완이 뉴뉴가 (**2**)속에 들어가는 것을 도우며 친분을 쌓는다.
위기	완이 뉴뉴가 물에 들어있을 때 (**3**)을 빼앗는다.
절정	뉴뉴가 완을 (**4**)하며 서로를 더 이상 보지 않는다.
결말	뉴뉴는 (**5**)가 아버지께 수영을 배운 이야기를 통해 완의 행동을 이해하고 찾아가지만 완이는 이미 떠나고 (**6**)을 강에 흘려보낸다.

◈ 그래픽 구조로 글의 짜임 한 번 더 이해하기

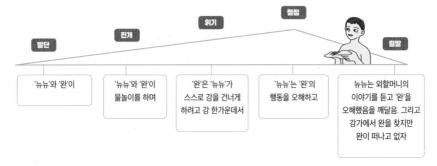

발단 | '뉴뉴'와 '완'이

전개 | '뉴뉴'와 '완'이 물놀이를 하며

위기 | '완'은 '뉴뉴'가 스스로 강을 건너게 하려고 강 한가운데서

절정 | '뉴뉴'는 '완'의 행동을 오해하고

결말 | 뉴뉴는 외할머니의 이야기를 듣고 '완'을 오해했음을 깨달음. 그리고 강가에서 완을 찾지만 완이 떠나고 없자

4 소설의 특성과 전개 과정에 따른 변화 양상

1 주요 인물 소개 및 특성

○ 다음 각 인물에 대한 올바른 설명을 연결하시오.

그룹 채팅(주요 인물 소개)

완 ㉮

㉠ 강가에서 수영을 하는 완에게 관심을 보인다. 그와 친해지며 같이 놀지만, 그의 행동을 오해하여 원망한다. 나중에는 그의 행동의 의도를 알고 마음을 푼다.

뉴뉴 ㉯

㉡ 외할아버지가 자신을 물에 빠트린 이야기를 뉴뉴에게 들려준다. 이 이야기를 통해 뉴뉴는 완에 대한 오해를 푼다.

엄마 ㉰

㉢ 뉴뉴에게 관심을 보인다. 친구가 없어 강가를 건너 있는 작은 섬에서 자신의 상상속 친구들과 논다. 뉴뉴에게 오해를 산 후, 이사를 간다.

외할머니 ㉱

㉣ 자신의 딸이 완과 노는 것을 탐탁지 않게 여기는 인물이다. 딸을 물에 빠트린 완을 원망한다.

2 사건 전개에 따른 뉴뉴의 심리 변화

○ 다음은 사건에 따른 뉴뉴의 심리 변화이다. 카톡 대화를 하듯 ①~②의 알맞은 답변을 쓰시오.

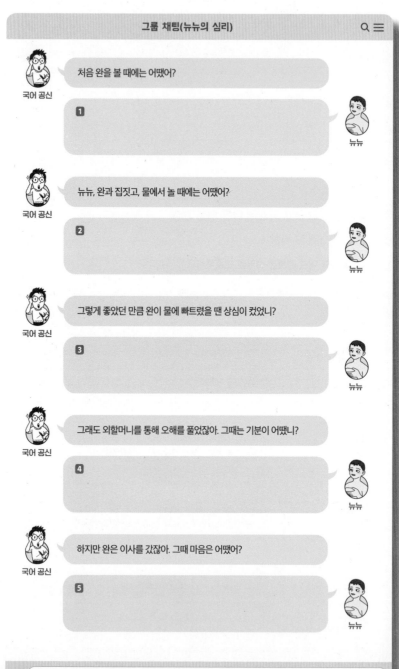

그룹 채팅(뉴뉴의 심리)

국어 공신: 처음 완을 볼 때에는 어땠어?

뉴뉴: ①

국어 공신: 뉴뉴, 완과 집짓고, 물에서 놀 때에는 어땠어?

뉴뉴: ②

국어 공신: 그렇게 좋았던 만큼 완이 물에 빠트렸을 땐 상심이 컸었니?

뉴뉴: ③

국어 공신: 그래도 외할머니를 통해 오해를 풀었잖아. 그때는 기분이 어땠니?

뉴뉴: ④

국어 공신: 하지만 완은 이사를 갔잖아. 그때 마음은 어땠어?

뉴뉴: ⑤

❸ 인물과 공감하기

○ 이사를 간 완에게 뉴뉴의 입장에서 메세지를 보내봅시다.

5 '뉴뉴'의 뇌 구조

○ 책 내용을 참고하여 '뉴뉴'의 뇌 구조를 자유롭게 작성해봅시다.

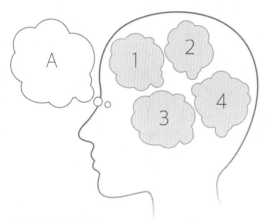

정말
꼭 알아야 해요!

Ⓐ - 완은 어떤 아이일까?

❶ - 완이 (㉠　　　　　　) 모습은 근사한데?

❷ - 늘 혼자서 하루 종일 시간을 보내는 완에게 (㉡　　　　　　)을 가르쳐
　　달라고 할까?

❸ - 완은 완전 (㉢　　　　　)이야. 그렇게 믿었는데, (㉣　　　　　)을 빼
　　앗아 가서 물에 빠트리다니!

❹ - 수영에 대한 (㉤　　　　　)을 없애고 '나' 스스로 수영할 수 있다는
　　걸 알려주려고 했구나!

6 작품 깊이 이해하기

1 문학 이론 살펴보기

★ 서술자 및 시점에 대해 알아볼까요?

❶ 서술자란? 소설에서 작품의 인물, 사건, 배경을 바라보고 독자에게 이야기를 전달하는 이를 말합니다. 소설의 서술자가 등장인물이나 사건을 어떤 태도로 바라보느냐에 따라 작품의 주제나 분위기가 달라질 수 있기 때문에 서술자의 관점에 주목해서 소설을 읽는 것은 중요합니다.

❷ 시점이란? 소설에서 인물이나 사건을 바라보는 서술자의 시각, 태도, 관점 등을 말합니다. 시점은 서술자가 작품 안에 있는지(1인칭 시점), 밖에 있는지(3인칭 시점), 서술자가 인물의 내면 심리까지 꿰뚫어 보고 있는지(1인칭 주인공 시점 / 3인칭 전지적 작가 시점), 관찰하여 서술하고 있는지(1인칭 관찰자 시점 / 3인칭 관찰자 시점)에 따라 나뉩니다.

❸ 시점의 종류에 대해 알아 봅시다.
① 1인칭 주인공 시점: 서술자인 (㉠   )가 주인공으로 등장하여 이야기를 (㉡   ) 서술한다.(㉔ 그 소녀를 본 순간 내 마음은 알 수 없는 감정에 휩싸였다.)
② 1인칭 관찰자 시점: 서술자인 (㉢   )가 작품 속에 등장하여 주인공의 이야기를 들려준다. 그래서 '나'가 전해주는 내용을 통해 주인공의 (㉣   )이나 (㉤   ) 등을 추측할 수 있다.(㉔ 나는 그곳이 무엇을 하는 곳이냐고 물었다. 그는 나의 물음에 큰 반응없이 하던 일을 묵묵히 하고 있었다. 나는 재차 그에게 질문을 했다.)
③ 3인칭 전지적 작가 시점: 서술자가 작품 밖에서 (㉥   )의 진행 상황과 인물의 (Ⓐ   ) 심리 등을 모두 전해 주며, 때로는 인물을 (◎   )하기도 한다.(㉔ 영찬은 사람의 말을 들어준다는 나무가 궁금했다. 이사 오던 날 그곳을 지나며 잠깐 봤을 뿐인데, 그 나무가 하나도 낯설지 않았다. 나무에게 무슨 말을 들어달라고 해야 할지 한껏 들떠있었다.)
④ 3인칭 관찰자 시점: 서술자가 작품 밖에서 인물의 내면 심리를 제외하고 인물의 행동이나 사건 등 관찰한 내용을 전해준다. 관찰한 내용만 전해주기 때문에 서술자의 태도가 (㉧   )이다.

② 작품 살펴보기 (서·논술형)

❶ 소설 속에서 강물의 의미 변화를 뉴뉴의 입장에서 파악해 봅시다.

❷ 이 소설의 결말에서 뉴뉴는 갈대숲에 걸려 있던 빨간 호리병박을 풀어줍니다. 뉴뉴
에게 빨간 호리병박을 풀어준 것의 의미를 서술하세요.

7 토론하기

BAAM!

○ 다음 논제를 파악한 후 주장과 근거를 서술하시오.

논제 : 호리병박을 흘려보낸다. VS 호리병박을 간직한다.

논제	호리병박을 흘려보낸다.	호리병박을 간직한다.
주장		
근거		

○ 다음 문제를 읽고 올바른 내용에는 O, 틀린 내용에는 X 표시를 하시오.

1 이 작품에서 빨간 호리병박을 허리춤에 매단 이유는, 실수로 물에 빠졌을 때를 대비하기 위한 것이고, 빨간색으로 칠한 이유는 눈에 잘 띄어 쉽게 찾도록 함이다.
[O | X]

2 완은 강가에 있는 한 쌍의 눈동자가 언젠가는 자신을 쳐다보리라는 사실을 알고 있었다. 하지만 그는 깡마른 체형에 가슴 양쪽이 나란히 드러난 갈비뼈가 선명해 보일 정도여서 자신감을 잃고 살았다. [O | X]

3 뉴뉴는 강의 유혹을 떨칠 수가 없어서 강물 속으로 뛰어들 생각에 가슴이 마구 뛰었다. 한편 완은 뉴뉴에게 물속이 얼마나 상쾌하고 편안한지를 보여주기 위해 한껏 애쓰고 있었다. [O | X]

4 완은 눈빛이 멍해지면서 '우울한 빛'을 보였다고 했다. 이때 '우울한 빛'은 가정에서 안 좋은 일이 일어났음을 짐작하게 하는 표현이다.
[O | X]

○ 다음 문제를 읽고 올바른 답을 단답형으로 작성하시오.

1 이 고장의 아이들은 항상 햇볕에 잘 말린 커다란 호리병박을 손에 쥐고 헤엄을 쳤다. 그것은 말하자면 도시 아이들이 사용하는 [   ]와도 같은 것이었다.

2 뉴뉴는 완의 모습을 처음으로 가까이 목격하게 되었을 때 어떻게 느꼈나요?
[   ]

3 완이 섬에서 꼭 미친 사람처럼 나무 사이를 뛰어다니고 땅바닥에 쓰러지고, 얼굴을 가리며 "싼건, 싼건, 이제 그만! 아야! 그만 때리라니까!"라고 말하는 상황은 완이 [   ]속에서 친구들과 노는 모습이다.

4 완이 뉴뉴에게 강물속에서 호리병박을 빼앗은 것에 대해 상심하고 미안한 마음이 드나, 뉴뉴에게 자신의 마음을 전달하지 못했다. 며칠 뒤, 완은 어떤 행동을 했나요?
[   ]

실전 문제로 작품 정리하기 ------------------

1 <빨간 호리병박>과 같은 글에 대한 설명으로 가장 적절한 것은?

여러분 꼭
알아야 해요!

① 객관적 사실을 바탕으로 정보전달을 목적으로 한다.

② 주장과 근거를 토대로 설득을 목적으로 한다.

③ 서술자의 경험이나 생각을 토대로 깨달음과 교훈을 준다.

④ 서술자가 전달하고자 하는 바를 함축적 언어로 표현하고 있다.

⑤ 현실에서 있을만한 일을 상상적 허구를 통해 다양하게 표현하고 있다.

2 뉴뉴와 완이 친해지고 싶은 마음이 담긴 소재를 바르게 고른 것은?

① 호리병박

② 마름 열매

③ 갈대숲 오솔길

④ 작은 섬의 집

⑤ 우울한 빛

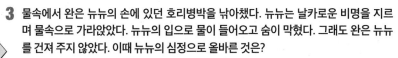

3 물속에서 완은 뉴뉴의 손에 있던 호리병박을 낚아챘다. 뉴뉴는 날카로운 비명을 지르며 물속으로 가라앉았다. 뉴뉴의 입으로 물이 들어오고 숨이 막혔다. 그래도 완은 뉴뉴를 건져 주지 않았다. 이때 뉴뉴의 심정으로 올바른 것은?

① 화가나면서도 한편으로는 걱정했다.

② 황당하면서도 침착함을 잃지 않았다.

③ 어이가 없어 웃음이 절로 나왔다.

④ 두려움과 고통스러움이 몰려왔다.

⑤ 놀람과 안도감이 동시에 밀려왔다.

4 이 작품에 대한 설명으로 옳지 <u>않은</u> 것은?

① 인물들의 행동을 통해 심리를 드러내고 있다.

② 사춘기 아이들의 우정을 아름답고 서정적으로 표현했다.

③ 서정적인 문체로 배경과 인물의 심리 묘사가 뛰어난 작품이다.

④ 작품 속 서술자가 주인공의 이야기를 전달하며 내적 갈등을 보여준다.

⑤ 배경은 1960~70년대 농촌의 한 시골 마을이고, 사춘기 아이들의 아픔과 성장을 다뤘다.

◉ (가)와 (나)의 내용을 읽고 <빨간 호리병박>과 어떻게 연결되는지 질문에 답해보세요.

가

한스 기벤라트는 낚시를 즐기고 자연을 사랑하는 섬세한 감정의 소년이다. 어머니를 일찍 여의고 가부장적인 아버지 밑에서 자란다. 한스의 취미는 낚시와 자연을 즐기는 것이지만 답답하고 힘들 때마다 강에서 수영을 하는 것이다. 한스는 자신이 가장 행복할 때가 바로 물이 자신의 몸을 감싸고, 강에 누워 하늘을 바라볼 때라고 한다. 그렇게 답답함을 해소할 때마다 강물을 찾은 한스, 그는 어렵고 힘든 신학교 시험에 합격하고 입학하지만 주입식 교육과 가혹한 규율이 자신을 더욱 괴롭힌다고 생각한다. 특히 힌딩거라는 친구의 죽음과 하일러와의 이별은 한스를 더욱 힘들게 한다. 결국 학교 생활에 적응하지 못하고 고향으로 돌아온 한스는 강물에 몸을 담그며 그동안의 힘든 시기를 풀어내고 싶었다. 하지만 무기력과 우울증 속에서 방황하다 엠마라는 여자를 사랑하게 되는데 짧은 만남으로 끝이나며 좌절감을 느낀다. 마음을 다잡고 기계공으로 취업하지만 고된 노동과 갈등 속에서 첫 주를 보낸다. 처음 맞는 회식, 그날 만취한 채 혼자 귀가하다가 결국 강물에 빠져 죽는다. (한스의 죽음이 자살인지 실족사인지, 타살인지 불분명하다.)

- 「수레바퀴 아래서」 (헤르만 헤세)

나

'나(구윤희)'는 초등학생 시절 옛 사건을 회상한다. 1970년대, 짝을 정하던 날, 나는 가정형편이 넉넉지 않아 지저분하고 냄새나는 수택이와 짝꿍이 된다. 수택이와 짝이 된 것이 부끄럽고 창피했지만 '나'는 '착한 어린이상'을 받아 짝을 바꿔달라고 하지 못한다. 어느 날, 도시락을 먹다가 수택이의 부실한 도시락 반찬을 보고 '나'는 수택이에게 깍두기를 건넨다. 수택이는 '나'에게 고마움을 느끼고 신문을 건네준다. 하지만, 이 사건으로 학교 친구들에게 사귄다는 소문이 나고 친구들의 놀림에 화가난 '나'는 그만, 수택이가 준 신문을 수택이 앞에서 난로에 던져버린다. 바로 겨울방학이 되고 수택이는 시골 친척집으로 이사를 간다. '나'는 그런 수택이에게 사과하지 못한 채 헤어진 것이 내내 마음에 남았다. 그리고 어른이 된 지금 신문만 보면 수택이가 생각난다. '나'는 수택이가 가슴 아픈 기억을 지우고 잘 지내기를 바란다.

- 「보리방구 조수택」 (유은실)

❶ (가)의 '한스'와 <빨간 호리병박>의 '완'의 공통점을 서술하고 '완'이 친척집으로 떠난 것과 달리 '한스'는 죽음을 맞이한다. 만약 '한스'가 자살을 선택한 것이라면 그 이유는 무엇일지 추론해보자.

❷ (나)의 '나(구윤희)'와 <빨간 호리병박>의 '뉴뉴'의 공통점과 차이점을 서술하세요.

오해에서 진심을 알기까지, 그 깨닫는 시간은 참 길다.

우리는 살면서 많은 오해와 진실 사이를 오갑니다. 오해를 통해 진실을 알기까지 그 당사자들 사이에는 고된 시간이 흐르기도 하죠. 많은 이야기들 속에서 오해와 갈등, 그 해결을 통한 아름다운 결말로 이어지기도 하지만, 가슴 먹먹하게 풀지 못한 채 결말을 맺기도 합니다. 독자나 관람객들도 그 이야기와 함께 동화되며 인물 간 오해가 생길 때에는 함께 안타까워하기도 하고, 갈등이 발생하면 해결해주고 싶기도 합니다. 또한 오해가 아름답고 행복하게 풀린다면 보는 이들도 안도의 한숨을 내쉽니다. 하지만 안타까운 결말로 끝이 나면 보는 이들의 가슴도 먹먹해집니다. 이렇게 작품 속에서처럼 우리가 사는 삶도 다르지 않아 작품에 크게 공감하며 슬픔과 기쁨을 함께 합니다. 그래서 실제 우리 삶에서 오해와 갈등이 발생하면 슬픔과 기쁨을 함께 공감해온 작품들 속에서 때론 그 해결 과정을 배우기도 하고 의미를 부여하기도 합니다.

우리는 〈빨간 호리병박〉을 통해 '뉴뉴'와 '완'의 갈등과 오해를 보며 안타까움을 느낍니다. 이 작품에서는 사춘기 소녀와 소년들의 심리를 잘 표현한 부분들이 많습니다. 특히 '완'이 빨간 호리병박을 뉴뉴에게서 빼앗자 자신의 예상과 달리 뉴뉴가 물 속으로 가라앉았고, 뉴뉴는 믿었던 완에게 크게 실망해 사기꾼이라 말하고 사라집니다. 하지만 완은 그 의도가 아니라고 말을 하지 못하고 상심한 채 미안함을 느낍니다. 그리고 작은 섬에 뉴뉴와 함께 만든 집을 불태우는 내용은 완의 심리를 구체적으로 잘 보여주며 독자들을 매우 안타깝게 합니다. 한편, 뉴뉴는 완의 의도를 이해하지 못한 채 외할머니댁에서 여름방학을 보냈고, 그곳에서 할머니의 이야기를 들으며 완의 의도를 한 순간에 이해하며 완전히 다른 전개를 보여줍니다. 이러한 사춘기 인물들의 심리 변화는 이 작품을 이해하는 가장 중요한 요소가 되는 부분이기도 합니다.

마지막으로 뉴뉴가 빨간 호리병박을 강물에 띄어 흘려 보낼 때에는 독자들에게 빨간 호리병박에 다양한 의미를 생각할 수 있도록 여운을 남깁니다. 여러분도 뉴뉴가 흘려 보내는 빨간 호리병박에 어떠한 의미를 담아볼 수 있는지 생각해보며 작품을 감상해봅시다.

✦ 하늘은 맑건만 ✦

문기

작가에 대해 알아볼까요?

현덕
1909~?

북한의 소설가 · 아동문학가. 1938년 《조선일보》 신춘문예에 소설 《남생이》가 당선되었고, 이 때부터 1940년까지 본격적으로 소설과 동화를 발표하였다. 작품 전반에 사회에 대한 비판의식이 강하게 배어나오며 《집을 나간 소년》, 《토끼 삼형제》외 다수의 작품을 두었다.

여기서 잠깐!

만화로 미리 주제 파악하기

문기의 학교 친구, 적극적인 성격이면서 자신의 욕심을 중요하게 생각해서 끈질기고, 집요하면서 영악하며 계산적인 인물이지. 겁이 없고 나쁜 짓도 서슴없이 저지르는 인물이야.

수만

순박하지만 다른 사람의 말에 잘 넘어가는 귀가 얇은 성향이야. 소극적이면서 용기가 부족한 인물이야.

아랫집에서 일하는 심부름꾼이야. 문기 때문에 돈을 훔친 범인으로 오해받아서 쫓겨나는 인물이야.

문기를 맡아서 보살펴. 책임감이 강하고 따뜻한 마음을 가졌지만 사리분별은 뚜렷한 사람이야.

점순

문기

삼촌

'국어 공신' 선생님의 감상 꿀팁!

이 작품은 주인공 문기의 행동으로 인해 '양심에 어긋나는 일을 해서는 안 된다'는 교훈적인 주제를 담고 있어. 이 작품의 제목인 '하늘은 맑건만'이 나타내는 상징적 의미가 무엇인지, 주인공의 심리변화가 어떻게 일어나는지 생각해보면서 감상해보자.

'국어 공신 선생님'

하늘은 맑건만

지금 눈앞의 이익이 중요할까? 아니면 정직하게 말할까?

중문(대문 안에 또 세운 문) 안 안반(떡을 칠 때 쓰는 두껍고 넓은 나무 판) 뒤에 숨겨 둔 공이 간 데가 없다. 팔을 넣어 아무리 더듬어도 빈탕(실속이 없는 것을 비유적으로 이르는 말)이다. 문기는 가슴이 두근거리기 시작하였다.

'혹 동네 아이들이 집어 갔을까?'

도리어 그랬으면 다행이다. 만일에 그 공이 숙모 손에 들어가거나 했으면 큰일이다.**❶**

문기는 아무 일 없는 태도로 전날과 다름없이 안마당에서 화초분에 물을 준다. 그러면서 연해(행위나 현상이 끊이지 않고 계속 이어짐) 숙모의 눈치를 살핀다. 숙모는 부엌에서 저녁을 짓는다. 마루로 부엌으로 오르고 내릴 때 얼굴이 마주치는 것이나, 문기는 자기를 보는 숙모 눈에 별다른 것이 없다 싶었다. 문기는 차츰 생각을 고친다.

'필시 공은 거지나 동네 아이들이 집어 갔기 쉽지. 그렇잖으면 작은어머니가 알고 가만 있을 리가 있나.**❷**'

조금 후, 문기는 아랫방으로 내려갔다.

그리고 책상 서랍을 열어 보았을 때 문기는 또 좀 놀랐다. 서랍 속에 깊숙이 간직해 둔 쌍안경이 보이질 않는다.**❸** 그것뿐이 아니다. 서랍 안이 뒤죽박죽이

> 내신 준비!
>
> **❶** 공을 얻게 된 과정이 올바르지 않았음을 보여준다.
> **❷** 숙모가 특별한 반응을 보이지 않자 문기는 안심하고 있다. 주인공의 '독백'을 표현하고 있다.

'국어 금신' 선생님

고 누가 손을 댔음이 분명하다.

'인제 얼마 안 있으면 작은아버지가 회사에서 돌아오시겠지. 그리고 필시 일은 나고 말리라.'

문기는 책상 앞에 돌아앉아 책을 펴 들었다.

그러나 눈은 아물아물 가슴은 두근두근 도시 글이 읽히질 않는다.

며칠 전 일이다.❹ 문기는 저녁에 쓸 고기 한 근을 사 오라고 숙모에게 지전❺ 한 장을 받았다. 언제나 그맘때면 사람이 붐비는 삼거리 고깃간이다. 한참을 기다려서 문기 차례가 왔다. 문기는 지전을 내밀었다. 뚱뚱보 고깃간 주인은 그 돈을 받아 둥구미(짚으로 둥글고 울이 깊게 결어 만든 그릇. 주로 곡식이나 채소 따위를 담는 데 쓰인다.)에 넣고 천천히 고기를 베어 저울에 단 후 종이에 말아 내밀었다. 그리고 그 거스름돈으로 지전 아홉 장과 그 위에 은전 몇 닢을 얹어 내주는 것이 아닌가.❻

문기는 어리둥절하였다.❼ 처음 그 돈을 숙모에게 받을 때와 고깃간 주인에게 내밀 때까지도 일 원짜리로만 알았던 것이다. 문기는 돈과 주인을 의심스레 쳐다보았다.

허나 그는 다음 사람의 고기를 베느라 분주하다.

문기는 주빗주빗하는(송구스럽게 망설이며 자꾸 머뭇머뭇하다.) 사이 사람에게 밀려 뒷줄로 나오고 말았다. 그러나 다시 생각하면 정말 숙모가 일 원짜리를 준 것인지 아닌지 모르겠다. 아니라면 도리어 큰일이 아닌가. 하여튼 먼저 숙모에게 알아볼 일이었다.

문기는 집을 향해 돌아가면서도 연해 고개를 기웃거리며 그 일을 생각하였다. 내가 잘못 본 것인가 고깃간 주인이 잘못 본 것인가 하고.

골목 모퉁이를 꺾어 돌아섰다. 서너 간 앞을 서서 동무 수만이가 간다. 문기

'국어 공신' 선생님

❸ 쌍안경은 가족에게 들키면 안되는 물건이다.
❹ '며칠 전'은 과거회상, 즉 '현재'에서 '과거'로 가는 시점이다. 역순행적 구성임을 보여준다.
❺ '지폐'로 1930년대 시대적 배경을 나타낸다.
❻ 고깃간 주인이 거스름돈을 잘못 주었다. '거스름돈'은 사건의 원인이자, 갈등을 유발하는 소재이다.
❼ 생각보다 많은 거스름돈을 받아왔기 때문이다.

는 쫓아가 그와 나란히 서며,

"너 집에 인제 가니?"

하고 어깨에 손을 걸고,

"이거 이상한 일 아냐?"

"뭐가 말야?"

"고길 사러 갔는데 말야. 난 일 원짜리로 알구 냈는데 십 원으로 거슬러 주니 말야."

"정말야? 어디 봐."

문기는 손바닥을 펴 돈과 또 고기를 보였다.

수만이는 잠시 눈을 끔벅끔벅 무슨 궁리를 하는 듯 문기 얼굴을 보고 섰더니,

"너 이렇게 해 봐라."

"어떻게 말야?"

"먼저 잔돈만 너희 작은어머니에게 주는 거야.❽"

"그리고 어떡해?"

"그리고 아무 말 없거든 내게로 나와. 헐 일이 있으니."

"무슨 헐 일?"

"글쎄, 그러구만 나와. 다 좋은 일이 있으니."

마침내 문기는 수만이가 이르는 대로 잔돈만 양복 주머니에서 꺼내 놓았다. 숙모는 그 돈을 받아 두 번 자세히 세어 보고 주머니에 넣고는 아무 말 없이 돌아서 고기를 씻는다.❾

그래도 문기는 한동안 머뭇머뭇 눈치를 보다가 슬며시 밖으로 나갔다. 그리고 문밖엔 수만이가 이상한 웃음으로 그

여러분, 집중해야 해요!

'국어 공신' 선생님

❽ 거스름돈을 제대로 받았는지 확인할 방법을 알려주는 수만이다. 즉, 숙모가 문기에게 심부름할 돈을 얼마 주었는지 떠보기 위한 방법을 알려준다. 수만이의 영악함을 알 수 있다.

❾ 숙모가 문기에게 준 돈이 일 원이 맞았음을 짐작할 수 있다.

를 맞이하였다.

수만이가 있다던 좋은 일이란 다른 것이 아니었다. 거리에서 보고 지내던 온갖, 가지고 싶고 해 보고 싶은 가지가지를 한번 모조리 돈으로 바꾸어 보자는 것이다.⑩ 그러나 문기는,

"돈을 쓰면 어떻게 되니?"

"염려 없어. 나 하는 대로만 해."

하고 머뭇거리는 문기 어깨에 팔을 걸고 수만이는 우쭐거리며 걸음을 옮긴다.

하긴 문기 역시 돈으로 바꾸고 싶은 것이 없지 않은 터, 그리고 수만이가 시키는 대로 하기만 하면 남이 하래서 하는 것이니까 어떻게 자기 책임은 없는 듯싶었다. 그리고 수만이는 수만이대로 돈은 문기가 만든 돈, 나중에 무슨 일이 난다 하여도 자기 책임은 없으니까 또 안심이었다.⑪ 이래서 두 소년은 마침내 손이 맞고(함께 일할 때 생각, 방법 따위가 서로 잘 어울리다.) 말았다.

그래도 으슥한 골목을 걸을 때에는 알 수 없는 두려움에 가슴이 두근거렸으나 밝은 큰 행길로 나오자 차차 다른 기쁨으로 변했다.⑫ 길 좌우편 환한 상점 유리창 안의 온갖 것이 모두 제 것인 양 손짓해 부르는 듯했다. 드디어 그들은 공을 샀다. 만년필을 샀다. 쌍안경을 샀다. 만화책을 샀다.⑬ 그리고 활동사진(영화의 옛 용어.) 구경도 갔다. 다니며 이것저것 군것질도 했다.

그리고 그 나머지 돈으로 또 한 가지 즐거운 계획이 있었다. 조그만 환등 기계(그림, 사진, 실물 등에 강한 불빛을 비추어 그 반사광을 렌즈에 의해 확대해서 영사하는 조명 기구) 한 틀을 사자는 것이다. 이것을 놀려 아이들에게 일 전씩 받고 구경을 시킨다. 그리고 여기서

수능에 나올 수 있어!

'국어 공신' 선생님

⑩ 수만이가 문기에게 이야기했던 '좋은 일'과 수만이의 대담한 성격을 엿볼 수 있는 문장이다.

⑪ 문기는 수만이가 하는 대로 따라하면 자신의 행동을 합리화 할 수 있다고 생각하고 있다. 반면, 수만이는 문기가 만들어 온 돈이므로 자신의 행동을 합리화 할 수 있다고 생각하고 있다.

⑫ '알 수 없는 두려움'은 죄책감으로, '다른 기쁨'은 평소 갖고 싶었던 것을 갖게 되었다는 기쁨과 기대감으로 나타난다.

⑬ 만년필, 쌍안경, 만화책은 숙모에게 들키면 안되는 물건들이다.

나오는 것으로 두고두고 용돈에 주리지 않도록 하자는 계획이다, 하고 오늘 저녁부터 그 첫 착수(어떤 일에 손을 댐. 또는 어떤 일을 시작함.)를 하자는 약조였다.⑭

그러나 이 즐거운 계획을 앞두고 이내 올 것은 오고 말았다.⑮ 안방에서 저녁상을 받고 앉았던 삼촌은 문기를 불렀다. 두 번 세 번 문기야 소리가 아랫방 창을 울린다. 방 안에서 문기는 못 들은 양 대답하지 않는다. 그러나 네 번째는 안방 미닫이를 열고 삼촌은,

"문기 아랫방에 없니?"

댓돌 위에 신이 놓여 있는데 없는 양 할 수는 없다. 기어이 문기는 그 삼촌 앞에 나가 무릎을 꿇고 앉지 않을 수 없었다.

삼촌은 잠잠히 식사를 계속한다. 그 상 밑에 안반 뒤에 숨겨 두었던 공이 와 있다. 상을 물릴 임시(정해진 시간에 다다름. 또는 그 무렵)에 삼촌은 입을 열었다.

"너 요새 학교에 매일 갔었니?"

"네."

삼촌은 상 밑에 그 공을 굴려 내며,

"이거 웬 공이냐?"

"수만이가 준 공예요."⑯

"이것두?"

하고 삼촌은 무릎 밑에서 쌍안경⑰을 꺼내 들었다.

"네."

"수만이란 얼마나 돈을 잘 쓰는 아인지 몰라두 이 공은 오십 전은 줬겠구나. 이건 못 줘도 일 원은 넘겨 줬겠구."

그리고 삼촌은,

"수만이란 뭣 하는 집 아이냐?"

'국어 급신' 선생님

⑭ '오늘부터'는 며칠 전 사건에서 다시 현재로 돌아오는 부분이다. - 수만이의 꼬임에 빠져 돈을 쓰는 문기.

⑮ 문기가 저지른 잘못에 대한 삼촌의 꾸중이 시작된다.

⑯ 삼촌이 '공'에 대해 묻자, 수만이는 삼촌에게 혼날까봐 거짓말을 한다. 갈등이 심화되는 부분이다.

⑰ 들킬까 봐 염려했던 물건이다. (공, 쌍안경 등)

문기는 고개를 숙이고 앉아 말이 없다. 삼촌은 숭늉을 마시고 상을 물렸다.

"네 입으로 수만이가 줬다니 네 말이 옳겠지. 설마 네가 날 속이기야 하겠니? 하지만 남이 준다고 아무것이고 덥적덥적 받는다는 것두 좀 생각해 볼 일이거든."

삼촌은 다시 말을 계속한다.

"말 들으니 너 요샌 저녁두 가끔 나가 먹는다더구나. 그것두 수만이에게 얻어먹는 거냐?"

문기는 벌겋게 얼굴이 달아 수그리고 앉았다.**18** 삼촌은 잠시 묵묵히 건너다만 보고 있더니 음성을 고쳐 엄한 어조로,

"어머님은 어려서 돌아가시구 아버지는 저 모양이시구, 앞으로 집안을 일으킬 사람은 너 하나야. 성실치 못한 아이들하고 얼려^(어울려) 다니다 혹 나쁜 데 빠지거나 하면 첫째 네 꼴은 뭐구, 내 모양은 뭐냐? 난 너 하나는 어디까지든지 공부도 시키구 사람을 만들어 주려구 애쓰는데 너두 그 뜻을 받아 주어야 사람이 아니냐."

그리고 삼촌은 어떻게 뒤뚱^(큰 물체나 몸이 중심을 잃고 한쪽으로 기울어지는 모양) 맘 한 번 잘못 가졌다가 영 신세를 망치고 마는 예를 이것저것 들어 말씀하고는 이후론 절대 이런 것 받아들이지 말라는 단단한 다짐을 받은 후 문기를 내보냈다.**19**

여러분, 집중해야 해요!

'국어 굥신' 선생님

문기는 아랫방에 내려와 혼자 되자 삼촌 앞에서보다 갑절 얼굴이 달아올랐다. 지금까지 될 수 있는 대로 생각지 않으려고 힘을 써 오던 그편에 정면으로 제 몸을 세워 놓고 보지 않을 수 없었다.**20** 그러자 자기라는 몸은 벌써 삼촌의 이른바 나쁜 데 빠지고 만 것이었다. 그야 자기는 수만이가 시켜서 한 일이니까

18 자신을 믿는 삼촌에게 거짓말을 해서 죄책감을 느낀다.
19 문기는 삼촌에게 훈계를 듣는다.
20 자신의 잘못을 양심에 비추어 다시 생각해 보게 되었고, 바르게 살아야겠다고 다짐한다.

잘못이 없다는 것이지만 당초에 그것은 제 허물(잘못 저지른 실수.)을 남에게 밀려는 알미운 구실이 아니고 뭐냐. 그리고 문기는 이미 삼촌을 속이었다. 또 써서는 아니 될 돈을 쓰고 말았다.

아아, 일찍이 어머니를 여의고, 아버지란 사람은 일상 천 냥 만 냥 하고 허한 소리만 하면서 남루한(옷 등이 낡아 해지고 차림새가 너저분하다.) 주제에 거처가 없이 시골, 서울로 돌아다니는 사람이고, 어려서부터 문기를 길러 낸 사람이 삼촌이었다. 그리고 조카의 장래를 자기의 그것보다 더 중히 알고 염려하며 잘되어 주기를 바라는 삼촌이었다. 그 삼촌의 기대에 어그러지지 않는 인물이 되어 보이겠다고 엊그제도 주먹을 쥐고 결심하던 문기가 아니냐. 생각할수록 낯이 뜨거워지는 일이다.

마침내 문기는 공과 쌍안경을 집어 들고 문밖으로 나갔다. 어둑어둑 저물어가는 행길이다. 문기는 골목으로 들어섰다. 대낮에 많은 사람 가운데에서 거리낌 없이 가지고 놀던 그 공이 지금은 사람이 드문 골목 안에서도 남이 볼까 두려워졌다. 컴컴해질수록 더 허옇게 드러나 보이는 커다란 공을 처치하기에 곤란해 문기는 옆으로 꼈다 뒤로 돌렸다 하며 사람의 눈을 피한다. 쌍안경이 든 불룩한 주머니가 또 성화다. 골목 하나를 돌아서 나올 즈음, 문기는 모르고 흘리는 것인 양 슬며시 쌍안경을 꺼내 길바닥에 떨어뜨렸다.²¹ 그리고 걸음을 빨리 건너편 골목으로 들어간다.

개천가 앞에 이르렀다. 거기서 문기는 커다란 공을 바지 앞에 품고 앉아서 길 가는 사람이 없기를 기다린다.

자전거가 가고 노인이 오고 동(언제부터 언제까지의 동안.)이 뜬 그 중간을 타서 문기는 허옇게 흐르는 물 위로 공을 던져 버렸다.²² 이어 양복 안주머니에 간직해 두었던 나머지 돈을 꺼내 들었다. 그것도 마저 던져 버리려다가 문득 들었던 손을 멈춘다. 그리고 잠시 둥실둥실 물을 따라 떠나가는 공을 통쾌한 듯 바라보다가는 돌아서 걸음을 옮긴다.

²¹~²² 문기가 양심을 되찾으려는 행동이다.

내신
준비해요!

'국어 공산' 선생님

문기는 삼거리 고깃간을 향해 갔다. 그리고 골목으로 돌아가 나머지 돈을 종이에 싸서 담 너머로 그 집 안마당을 향해 던졌다.[23]

그제야 문기는 무거운 짐을 풀어 놓은 듯 어깨가 거뜬했다.[24] 아까 물 위로 둥실둥실 떠가던 그 공, 지금은 벌써 십 리고 이십 리고 멀리 떠갔을 듯싶은 그 공과 함께 문기는 자기의 허물도 멀리 사라져 깨끗이 벗어난 듯 속이 후련했다. 그리고,

"다시는, 다시는……."

하고 문기는 두 번 다시 그런 허물을 범하지 않겠다고 백번 다지며 집을 향해 돌아간다.[25]

그러나 문기는 그것만으로는 도저히 자기 허물을 완전히 벗을 수 없었다. 그가 자기 집 어귀에 이르렀을 때 뜻하지 않은 것이 기다리고 있다 나타났다.[26]

"너 어디 갔다 오니?"

하고 컴컴한 처마 밑에서 수만이가 튀어나오며 반긴다.

"지금 느이 집에 다녀오는 길이다."

그리고 문기 어깨에 팔 하나를 걸고 행길을 향해 돌아서며,

"어서 가자."

내신 준비
철저히 하자고요!

'국어 공신' 선생님

약조한 환등 틀을 사러 가자는 것이다. 극장 앞 장난감 가게에 있는 조그만 환등 틀을 오고 가는 길에 물건도 보고 금(시세나 흥정에 따라 결정되는 물건의 값)도 보아 두었던 것이다. 그리고 오늘 낮에도 보고 온 것이건만 수만이는,

"그새 팔리지나 않았을까?"

하고 걸음을 재촉한다. 문기는 생각 없이 몇 걸음 끌려가다

---

[23] 문기가 양심을 되찾으려는 행동이다.
[24] 문기는 자신의 죄책감에서 벗어나 마음이 편안해졌다.
[25] 양심을 다시는 속이지 않겠다는 문기의 다짐이 엿보인다. 또한 문기의 내적 갈등이 일시적으로 해소되는 부분이다.
[26] 새로운 사건이 전개될 것, 즉 수만이와의 갈등이 시작됨을 암시한다.

가는 갑자기 그 팔을 쳐 내리며 물러선다.

"난 싫다.[27]"

수만이는 어리둥절해 쳐다본다.

"뭐 말야? 환등 틀 사기 싫단 말야?"

"난 인제 돈 가진 것 없다."

"뭐?"

하고 수만이는 의외라는 듯 눈이 둥그레지다가는 금세 능청스런 웃음을 지으며[28]

"너 혼자 두고 쓰잔 말이지? 그러지 말구 어서 가자."

"정말 없어. 지금 고깃간 집 안마당으로 던져 주고 오는 길야. 공두 쌍안경 두 버리구."

하고 문기는 증거를 보이느라고 이쪽저쪽 주머니를 털어 보이는 것이나 수만이는 흥 하고 코웃음을 친다.

"누군 너만 못 약을 줄 아니?"

그리고 연신 빈정댄다.

"고깃간 집 마당으로 던졌다? 아주 핑계가 됐거든."

"거짓말 아니다. 참말야."

할 뿐, 문기는 어떻게 변명할 줄을 몰라 쳐다보기만 하다가 고개를 떨어뜨리고 울상을 한다.

주목!

"오늘 작은아버지에게 막 꾸중 듣구. 그리고 나두 인젠 그런 건 안 헐 작정이다.[29]"

"그래도 나하고 약조헌 건 실행해야지. 싫으면 너는 빠져도 좋아. 그럼 돈만 이리 내."

[27] 더 이상 양심을 속이는 일을 하지 않겠다고 다짐했기 때문이다.
[28] 수만이는 문기가 돈을 혼자 쓰려고 생각하고 있다. 수만이의 음흉한 성격을 알 수 있다.
[29] '양심을 속이는 짓'을 하지 않겠다는 것이다.

'국어 끝산' 선생님

하고 턱밑에 손을 내민다.

"정말 없대두 그래."

수만이는 내밀었던 손으로 대뜸 멱살을 잡는다.[30]

"이게 그래두 느물거려^(말이나 행동을 자꾸 능글맞게 하다.)"

이런 때 마침 기침을 하며 이웃집 사람이 골목으로 들어서자 수만이는 슬며시 물러선다. 그러나,

"낼은 안 만날 테냐, 어디 두고 보자."

하고 피해 가는 문기 등을 향해 소리쳤다.

이튿날 아침이다.[31] 학교를 가는 길에 문기가 큰 행길로 나오자 맞은편 판장^(널빤지로 친 울타리)에 백묵으로 커다랗게 '김문기는' 하고 그 밑에 동그라미 셋을 쳐 '○○○ 했다' 하고 쓰여 있다.[32] 그리고 학교 어귀에 이르러 삼거리 잡화상 빈 지판^(한 짝씩 끼웠다 때었다 할 수 있게 만든 문을 이루는 판.)에도 같은 것이 쓰여 있는 것이다.

문기는 이번에도 무춤하고^(놀라거나 어색한 느낌이 들어 갑자기 하던 짓을 멈추다.) 보다가는 얼른 모자를 벗어서 이름자만 지워 버렸다.

그러는 것을 건너편 길모퉁이에서 수만이가 일그러진 웃음으로 보고 섰다. 그리고 문기가 앞으로 지나가자,

"왜 겁이 나니? 지우게."

하고 뒤를 오면서 작은 소리로,

"그래, 정말 돈 너만 두고 쓸 테냐? 그럼 요건 약과다.[33]"

그리고 수만이는 추근추근하게^(성질이나 태도가 질기고 끈덕지다.) 쫓아다

여러분, 집중해야 해요!

'국어 공신' 선생님

[30] 문기와 수만이의 갈등이 본격적으로 시작되는 부분이다.
[31] 시간적 배경의 변화를 나타냄으로써 새로운 사건이 전개될 것을 드러내고 있다.
[32] 수만이가 문기를 협박하기 위한 행동이다.
[33] 수만이가 문기를 괴롭히는 이유이면서, 거스름돈을 돌려주었다는 문기의 말을 믿지 않고 앞으로도 더 괴롭힐 것임을 알 수 있다.

니며 은근히 골렸다. 철봉틀 옆에 정신없이 선 문기를 불시에 다리오금(무릎 뒤쪽 오목한 부분)을 쳐 골탕을 먹게 하였다. 단거리 경주 연습을 하는 척 달음박질을 하다가는 일부러 문기 앞으로 달려들어 몸째 부딪는다. 그리고 으슥한 곳에서 단둘이 만나는 때면 수만이는,

"너, 네 맘대루만 허지. 나두 내 맘대루 헐 테다. 내 안 풍길(냄새가 나다. 또는 냄새를 퍼뜨리다. 여기서는 '소문을 내다'의 뜻)줄 아니? 풍길 테야."

하고 손을 들어 꼽는다.

"풍기기만 하면 첫째 학교에서 쫓겨날 것이요. 둘째, 너희 집에서 쫓겨날 것이요. 그리고 남의 걸 훔친 거나 일반이니까 또 그런 곳[34]으로 붙들려 갈 것이요."

하고는 또,

"풍길 테다."

사실 그다음 시간 교실을 들어갔을 때 문기는 크게 놀랐다. 칠판 한가운데, '김문기는 ○○○ 했다.'가 커다랗게 쓰여 있다.[35]

뒤미처 선생님이 들어왔다. 일은 간단히, 선생님이 한번 쳐다보고 누구 장난이냐, 하고 쓱쓱 지워 버리고는 고만이었지만 선생님이 들어오고 그것을 지우기까지의 그동안 문기는 실로 앞이 캄캄했다.

그러나 수만이는 그것으로 그만두지 않았다. 학교를 파해 거리로 나와서는 한층 심했다. 두어 간 문기를 앞세워 놓고 따라오면서 연해 수만이는,

"앞에 가는 아이는 공공공했다지."

그리고 점점 더해 나중엔 도적질을 거꾸로 붙여서,

"앞에 가는 아이는 질적도했다지."

하고 거리거리 외며 따라오는 것이다.

문기 집 가까이 이르렀다. 수만이는 문기 앞으로 다가서며 작은 음

[34] 그런 곳은 경찰서를 가리킨다.
[35] 긴장감이 최고조에 이른다. 문기에 대한 수만이의 협박 정도가 최고조에 이른다.

성으로 조졌다(일이나 일이 허술하게 되지 않도록 단단히 단속하다.).

"너, 지금으로 가지고 나오지 않으면 낼은 가만 안 둔다. 도적질했다 하구 똑바루 써 놀 테야.[36]"

문기는 여전히 못 들은 척 걸음만 옮긴다. 자기 집 마당엘 들어섰다. 숙모는 뒤꼍에서 화초 모종을 하는지 여기 심어라, 저기 심어라 하고 아랫집 심부름 하는 아이와 이야기하는 소리가 날 뿐 집 안엔 아무도 없다.

그리고 눈앞에 보이는 붙장(부엌 벽 안쪽이나 바깥쪽에 붙여 만든 장.) 안 앞턱에 잔돈 얼마와 지전 몇 장이 놓여 있다. 그리고 문밖엔 지금 수만이가 돈을 가지고 나오기를 기다리고 섰다. 여기서 문기는 두 번째 허물을 범하고 말았다.[37]

"진작 듣지."

하고 빙그레 웃는 수만이 얼굴에다 뺨을 때리듯 돈을 던져 주고 문기는 달아났다.

급한 걸음으로 문기는 네거리 하나를 지났다. 또 하나를 지났다. 또 하나를 지났다. 걸음은 차차 풀이 죽는다.[38] 그리고 문기는 이런 생각을 하였다.

'자기는 몰래 작은어머니 돈을 축냈다. 그러나 갚으면 고만 아니냐. 그 돈 값 어치만큼 밥도 덜 먹고 학용품도 아껴 쓰고 옷도 조심해 입고, 이렇게 갚으면 고만 아니냐.[39]'

몇 번이고 이 소리를 속으로 되뇌며 문기는 떳떳이 얼굴을 들고 집으로 들어갈 수 있을 만한 뱃심(염치나 두려움이 없이 제 고집대로 버티는 힘)을 만들려 한다. 그러나 일 없이 공원으로 거리로 돌며 해를 보낸다.

날이 저물어서 문기는 풀이 죽어 집 마루에 걸터앉았다. 숙모가 방에서 나오다 보고,

"너, 학교에서 인제 오니?"

[36] 돈을 가지고 나오라고 문기를 협박하는 수만이다. 수만의 비열한 성격이 드러난다.
[37] 문기가 붙장 안에 든 숙모의 돈을 훔친다.
[38] 자신의 잘못에 대한 양심의 가책과 죄책감 때문이다.
[39] 죄책감에서 벗어나려고 자기의 잘못을 합리화 하고 있다.

'국어 금신' 선생님

그리고 이어,

"너 혹 붙장 안의 돈 봤니?"

하다가는 채 문기가 입을 열기 전에 숙모는,

"학교서 지금 오는 애가 알겠니. 참, 점순이 고년 앙큼헌 년이드라. 낮에 내가 뒤꼍에서 화초 모종을 내고 있는데 집을 간다고 나가더니 글쎄, 돈을 집어 갔구나."

문기는 잠잠히 듣기만 한다. 그러나 속으로는 갚으면 고만이지 소리를 또 한번 외어 본다.

그날 밤이었다. 아랫방 들창(벽의 위쪽에 자그맣게 만든 창) 밑에 훌쩍훌쩍 우는 어린아이 울음소리가 났다. 아랫집 심부름하는 아이 점순이 음성이었다.[40] 숙모가 직접 그 집에 가서 무슨 말을 한 것은 아니로되 자연 그 말이 한 입 건너 두 입 건너 그 집에까지 들어갔고, 그리고 그 집주인 여자는 점순이를 때려 쫓아낸 것이다.[41] 먼저는 동네 아이들이 모여 지껄지껄하더니 차차 하나 가고 둘 가고 훌쩍훌쩍 우는 그 소리만 남는다. 방 안의 문기는 그 밤을 뜬눈으로 새웠다.

이튿날 아침이다. 문기는 밥을 두어 술 뜨다가는 고만둔다. 뭐 그 돈을 갚기 위한 그것이 아니다. 도시 입맛이 나지 않았다.

학교엘 갔다. 첫 시간은 수신 시간[42], 그리고 공교로이 제목이 '정직[43]'이다. 선생님은 뒷짐을 지고 교단 위를 왔다 갔다 하며 거짓이라는 것이 얼마나 악한 것이고 정직이 얼마나 귀하고 중한 것인가를 누누이 말씀한다. 그리고 안경 쓴 선생님의 그 눈이 번쩍하고 문기 얼굴에 머물렀다 가고 가고 한다.

그럴 때마다 문기는 가슴이 뜨끔뜨끔해진다. 문기는 자기 한 사람에게만 들리기 위한 정직이요 수신 시간인 듯싶었다. 그만치 선생님은 제 속을 다 들여다보고 하는 말인 듯싶었다.

---

[40] 문기의 내적 갈등이 심화된다.
[41] 문기 대신 점순이가 누명을 써서 쫓겨났다.
[42] '수신'은 1930년대 일제 강점기 시대, 현재의 '도덕'과목으로 사건의 필연성을 보여 준다.
[43] 이 글의 주제를 한 단어로 한 다면, '정직'으로 표현할 수 있다.

'국어 공산 선생님'

운동장에서도 문기는 풀이 없다. 사람 없는 교실 뒤 버드나무 옆 그런 데만 찾아다니며 고개를 숙이고 깊은 생각에 잠기거나 팔짱을 찌르고 왔다 갔다 하기도 한다.⁴⁴ 그러다 누가 등을 치면 소스라쳐 깜짝깜짝 놀란다.

언제나 다름없이 하늘은 맑고 푸르건만 문기는 어쩐지 그 하늘조차 쳐다보기가 두려워졌다. 자기는 감히 떳떳한 얼굴로 그 하늘을 쳐다볼 만한 사람이 못 된다 싶었다.⁴⁵

언제나 다름없이 여러 아이들은 넓은 운동장에서 마음대로 뛰고 마음대로 지껄이고 마음대로 즐기건만 문기 한 사람만은 어둠과 같이 컴컴하고 무거운 마음에 잠겨 고개를 들지 못한다. 무엇보다도 문기는 전일처럼 맑은 하늘 아래서 아무 거리낌 없이 즐길 수 있는 마음이 갖고 싶다. 떳떳이 하늘을 쳐다볼 수 있는, 떳떳이 남을 대할 수 있는 마음이 갖고 싶었다.

오후 해 저물녘이다.⁴⁶ 문기는 책보를 흔들흔들 고개를 숙이고 담임 선생님 집 앞을 왔다가는 무춤하고 섰다가 그대로 지나가고 그대로 지나가고 한다.⁴⁷ 세 번째는 드디어 그 집 문 안을 들어서서 선생님을 찾았다.

선생님은 문기를 안방으로 맞아들였다. 학교에서 볼 때 엄하고 딱딱하던 선생님은 의외로 부드러이 웃는 낯으로 문기를 대한다.

문기는 선생님 앞에 엎드려 모든 것을 자백할 결심이었다. 그런데 선생님의 부드러운 태도에 도리어 문기는 말문이 열리지 않았다. 다음은 건넌방에서 어린애가 울어 못했다. 다음은 사모님이 들락날락하고 그리고 다음엔 손님이 왔다. 기어이 문기는 입을 열지 못한 채 물러 나오고 말았다.

먼저보다 갑절 무겁고 컴컴한 마음이었다.⁴⁸ 도저히 문기의

여러분, 집중해야 해요!

'국어 금산' 선생님

---

⁴⁴ 죄책감으로 인해 떳떳하게 다닐 수 없기 때문이다.
⁴⁵ 문기는 죄책감과 양심의 가책으로 자책한다. 이 소설 제목의 의미를 엿볼 수 있다. 여기에서 '하늘'은 '양심'과 같다. 양심을 속이고 올바르지 못한 행동을 했기 때문에 하늘을 떳떳하게 쳐다볼 수 없는 주인공의 죄책감과 괴로움이 잘 드러나 있다. '윤동주'의 〈서시〉 내용과 연결된다.
⁴⁶ 시간적 배경의 변화가 나타난다. 새로운 사건이 전개될 것을 보여준다.
⁴⁷ 자신의 잘못을 고백하러 가서 망설이는 모습을 보여준다.

약한 어깨로는 지탱하지 못할 무거운 눌림이다. 걸음은 집을 향해 가는 것이지만 반대로 마음은 멀어진다. 장차 집엘 가서 대할 숙모가 두려웠고 삼촌이 두려웠고 더욱이 점순이가 두려웠다.

어느덧 걸음은 삼거리를 건너고 있었다. 문기 등 뒤에서 아주 멀리 뿡뿡 하고 자동차 소리와 비켜라 하는 사람의 소리가 나는 듯하더니 갑자기 귀밑에서 크게 울린다. 언뜻 돌아다보니 바로 눈앞에 자동차 머리가 달려든다.⁴⁹ 그리고 문기는 으쓱하고 높은 데서 아래로 떨어지는 듯싶은 감과 함께 정신을 잃고 말았다.

얼마 동안을 지났는지 모른다. 문기가 어렴풋이 눈을 떴을 때 무섭게 전등불이 밝아 눈이 부셨다. 문기는 다시 눈을 감았다. 두 번째 문기는 눈을 뜨자 희미하게 삼촌의 얼굴이 나타나며 그것이 차차 똑똑해지더니 삼촌은,

"너, 내가 누군 줄 알겠니?"

하고 웃지도 않고 내려다본다.

문기는 이것도 꿈인가 하고 한번 웃어 주려면서 그대로 맑은 정신이 났다. 문기는 병원 침대 위에 누워 있었다. 어디 아픈 데는 없으면서도 몸을 움직일 수는 없다. 삼촌은 근심스런 얼굴로 내려다본다.

"작은아버지."

하고 문기는 입을 열었다. 그리고,

"저는 마땅히 받아야 할 벌을 받은 거예요.⁵⁰"

하고 문기는 눈을 감으며 한 마디 한 마디 그러나 똑똑하게 처음서부터 끝까지 먼저 고깃간 주인이 일 원을 십 원으로 알고 거슬러 준 것, 그 돈을 써 버린 것, 그리고 또 붙장 안의 돈을 자기

'국어 골산' 선생님

⁴⁸ 문기의 내적 갈등이 최고조에 다달았다.
⁴⁹ 문기가 자동차 사고를 당한다. 불안한 문기의 마음, 죄책감, 갈등 등을 모두 한 순간에 끊어준 사건이다.
⁵⁰ 자신이 저지른 잘못을 고백하는 모습이다. 진심으로 잘못을 뉘우치고 잘못된 행동을 고백하려는 문기의 모습을 살펴볼 수 있다.

가 훔쳐 낸 것, 이렇게 하나하나 숨김없이 자백을 하자 이때까지 겹겹으로 싸고 있던 허물[51]이 한 꺼풀 한 꺼풀 벗어지면서 따라 마음속의 어둠도 차차 사라지며 맑아 가는 것을, 문기는 확실히 깨달을 수 있었다.[52] 마음이 맑아지며 따라 몸도 가뜬해진다.

　내일도 해는 뜨고 하늘은 맑아지리라. 그리고 문기는 그 하늘을 떳떳이 마음껏 쳐다볼 수 있을 것이다.[53]

[51] 자신이 저지른 여러 잘못과 그로 인한 죄책감을 '허물'로 드러냈다.
[52] 문기의 내적 갈등이 해소되어감을 알 수 있다.
[53] 문기의 갈등이 완전히 해소됨을 의미한다.

내신 준비해요!

'국어 끝산' 선생님

OOPS!

내신·수능 만점 키우기

1 작품 소개

<하늘은 맑건만>은 '문기'라는 주인공을 통해 양심을 지키는 삶이 얼마나 중요한지 단적으로 보여주는 작품이다. 문기와 수만이의 갈등구조, 삼촌의 바른 인성 강조, 문기의 내적갈등 등에서 양심을 지키지 못하면 연쇄적으로 여러 문제들이 발생할 수 있음을 보여준다. 독자들은 이야기를 읽으며 양심을 잘 지키는 일이 얼마나 어려우며 또 중요한지 깨닫게 된다. 그러면서 도덕적인 삶을 살기를 바라는 작가의 의도가 진심으로 전달되는 작품이다.

2 핵심 정리

◎ 다음 내용에서 괄호 안에 알맞은 답을 쓰시오.

갈래	현대 소설, 단편 소설, 성장 소설
성격	교훈적, 사실적, 동화적
배경	시대적 배경 : (❶)
시점	(❷)시점
제재	잘못 받은 (❸)
주제	(❹)을 지키는 삶의 중요성
특징	· 인물의 (❺)를 구체적으로 묘사함. · 문기와 대조적인 성향을 가진 수민이를 등장시킴으로써 주인공의 (❻)을 심화 시킴

3 이 글의 짜임

◎ 다음 내용에서 괄호 안에 알맞은 답을 쓰시오.

발단	문기는 숙모의 심부름으로 고깃간에 갔다가 주인에게 (❶)을 더 받음.(소설의 인물·배경 설명, 사건 제시)
전개	문기는 거스름돈으로 공과 쌍안경을 사고 군것질을 하지만 삼촌에게 훈계를 들어 공과 쌍안경을 버리고 돈을 (❷)에 던짐. 그리고 문기는 이 사실을 수만에게 말함. 그러나 수만이는 믿지 않고 돈을 내놓으라고 (❸)함.(갈등 표출과 사건 구체화)
위기	문기가 수만이의 괴롭힘 때문에 (❹)의 돈을 훔쳐서 줬는데 점순이가 누명을 쓰고 쫓겨나 문기는 (❺) 느끼고 괴로워함.(갈등의 심화·고조·반전이 일어남)
절정	문기가 자백하려고 담임 선생님 집에 찾아갔지만 말을 하지 못하고 집으로 돌아오다 (❻)를 당함.(갈등의 최고조와 해결 실마리 제공)
결말	문기는 삼촌에게 잘못을 고백하고 마음이 (❼)짐.(갈등의 해소)

◈ 그래픽 구조로 글의 짜임 한 번 더 이해하기

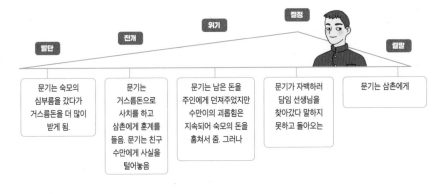

발단	전개	위기	절정	결말
문기는 숙모의 심부름을 갔다가 거스름돈을 더 많이 받게 됨.	문기는 거스름돈으로 사치를 하고 삼촌에게 훈계를 들음. 문기는 친구 수만에게 사실을 털어놓음	문기는 남은 돈을 주인에게 던져주었지만 수만이의 괴롭힘은 지속되어 숙모의 돈을 훔쳐서 줌. 그러나	문기가 자백하러 담임 선생님을 찾아갔다 말하지 못하고 돌아오는	문기는 삼촌에게

4 소설의 특성과 전개 과정에 따른 변화 양상

1 주요 인물 소개 및 특성

○ 다음 각 인물에 대한 올바른 설명을 연결하시오.

그룹 채팅(주요 인물 소개)

㉠ 문기

㉮ ─── ㉠ '문기'가 잘못 가져온 거스름돈을 쓰자고 꼬심.
'문기'가 거스름돈을 고깃간 주인에게 돌려주었다는 말을 믿지 않고 마음대로 돈을 썼다는 사실을 폭로하겠다고 협박함.

수만

㉯ ─── ㉡ '수만'이 하자는대로 거스름돈을 쓰며 책임을 회피함. '수만'의 협박 때문에 숙모의 돈을 훔침. 점순의 일로 양심의 가책을 느끼고 삼촌에게 거스름돈에 대한 이야기를 사실대로 말함.

삼촌

㉰ ─── ㉢ 책임감이 강하고 엄격한 성격임. 문기가 올바른 인성과 가치관을 갖추기를 바람. 문기를 사랑하는 마음이 큼.

◎ 다음은 사건에 따른 문기의 심리 변화이다. 카톡 대화를 하듯 ①~⑥의 알맞은 답변을 쓰시오.

그룹 채팅(문기의 심리)   Q ≡

국어 공신
잘못 받은 거스름돈을 쓸 때 어땠니?

1
문기

국어 공신
삼촌한테 훈계를 들을 때는?

2
문기

국어 공신
그 돈으로 산 물건을 버리고, 남은 돈을 고깃간 집 안마당에 던진 뒤에는 기분이 어땠니?

3
문기

국어 공신
수만이가 널 믿지않고 협박할 때는 어떤 기분이었니?

4
문기

국어 공신
누명을 쓴 점순이의 울음소리를 들었을 때 무슨 생각이 들었어?

5
문기

국어 공신
사고가 난 후 삼촌에게 모든 일을 자백했을 때는 어땠니?

6
문기

⑧ 인물과 공감하기

○ 쫓겨난 점순이에게 격려의 문자를 보내봅시다.

5 '문기'의 뇌 구조

○ 책 내용을 참고하여 '문기'의 뇌 구조를 자유롭게 작성해봅시다.

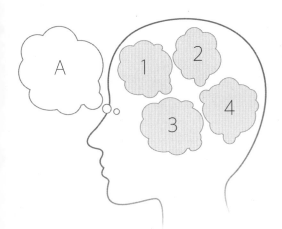

Ⓐ - 돈을 돌려줘야 하나, 말아야 하나?

❶ - 수만이가 하라는대로 했으니 내 [㉠   ]은 아니야!

❷ - 삼촌에게 [㉡   ]은 어디서 가져왔다고 얘기해야 하지?

❸ - 수만이에게 [㉢   ]을 당하니 불안해서 선생님께 사실대로
말해야 겠어!

❹ - 삼촌에게 사실대로 말하니 이렇게 속이 후련할 수가!!

6 소설의 갈등양상과 해결과정 살펴보기

◎ <하늘은 맑건만>에서 나타난 사건 과정과 갈등 양상, 그리고 문기의 행동을 살펴보자.

내신 준비!
BAAM!

	사건 과정	갈등 양상	문기의 행동
원인	고깃집 주인에게 거스름 돈을 더 많이 받게 됨	• 돈에 욕심이 생긴다. VS • 돈을 (❶　　　　)	돈을 돌려주지 않고 마음대로 씀.
진행 과정	삼촌에게 처음 보는 물건 때문에 꾸중을 들음.	• 사실대로 말하고 (❷　　　　)를 빌어야 한다. VS • 사실대로 말하면 삼촌이 크게 (❹　　　)할 것이다.	공, 쌍안경은 수만이에게 받은 것이라고 (❸　　　)을 함.
	수만이는 문기에게 (❺　　　)을 함.	• 수만이와의 약속을 지키기 위해 숙모의 돈을 훔쳐야 한다. VS • 수만이에게 돈을 줄 필요도 없고 줘도 안 된다.	수만이의 협박에 못 이겨 숙모의 돈을 (❻　　　) 수만이에게 가져다 줌.
	문기의 행동으로 (❼　　　)이가 쫓겨나게 됨	• 점순이의 누명을 벗기기 위해 '나(문기)'는 사실대로 말해야 한다. VS • '나(문기)'의 행동을 숨기기 위해 사실대로 말하면 안 된다.	사실대로 말하지 못하고 밤새 (❽　　　)함.
	'수신'시간에 (❾　　　)에 대해 배우게 됨	• 선생님께 사실대로 말해야 한다. VS • 선생님께 말하면 매우 혼날 것 같아 두렵다.	지금까지의 일을 사실대로 말하기 위해 (❿　　　) 댁에 찾아감.
해결	교통사고 후 병실에서 깨어나 (⓫　　　)을 만나게 됨 자신의 잘못을 사실대로 털어놓고 마음이 (⓬　　　)		

7 작품 깊이 이해하기

1 문학 이론 살펴보기

★ 문학을 왜 공부하는 것일까요?

◈ 첫째, 문학을 배우면 충분한 (㉠　　　　)을 자극받을 수 있습니다. 상상력의 본질은 이미지를 떠오르게 하는 힘입니다. 우리는 감각 기관을 통한 자극 없이도 내면에 오감을 통한 이미지(청각·시각·후각·촉각·미각)를 떠올릴 수 있습니다. 이러한 원동력이 바로 상상력입니다. 이렇게 상상력을 통해 이미지를 형상화하며 지금의 나와 사회를 이해하고 과거를 회상하며 미래를 그려볼 수 있기 때문에 문학을 공부합니다.

◈ 둘째, 문학을 배우면 대상을 인식하고 다양한 (㉡　　　　)을 배울 수 있습니다. 문학을 배워 상상력이 커지면, 대상을 새롭게 인식하게 하고, 삶을 비판적으로 바라볼 수 있게 하며, 현실의 문제를 찾아 극복하게 하는 방법을 깨치게 합니다.

◈ 셋째, 문학을 배우면 (㉢　　　)있는 삶으로 이끄는 힘이 생깁니다. 현실 속 단편적인 삶과 경험은 부족한 지식으로 인간의 자아상실, 인간 소외, 불안, 물질만능주의, 인간의 탐욕 등 다양한 문제가 드러납니다. 이러한 문제 해결을 위해 문학을 배우면 독자 자신의 삶에 반영하여 스스로 자신의 가치를 드높이고, 무의미한 삶을 성찰하게 합니다.

◈ 넷째, 문학을 배우면 자신만의 (㉣　　　　)를 발견할 수 있습니다. 문학은 다양한 문학적 주제와 소재들을 통해 독자 자신이 체험할 수 있는 다양성을 제공받음으로써 자신만의 질서를 발견할 수 있습니다.

 이렇듯 문학을 읽고, 배우는 것은 우리 삶에 다양성과 깨우침을 발견하게 합니다. 그리고 새로운 인간상을 탐구하여 제시하는 작품들을 통해 새로운 시대에 걸맞는 수준 높은 독자로 발돋움하게 될 것입니다.

굉장히 중요한
이론이야!
잊지말도록~

2 작품 살펴보기 (서·논술형)

❶ 작품 <하늘은 맑건만>에서 '공'과 '쌍안경'의 두 가지 역할을 작성하세요.

❷ 작품 <하늘은 맑건만>을 쓴 작가의 의도는 무엇인지 작성하세요.

❸ 작품 <하늘은 맑건만>의 제목에 담긴 의미를 '허물'의 의미와 연결하여 서술하세요.

❹ 문기는 수만의 협박에 못이겨 숙모의 지갑에서 돈을 훔쳐 수만에게 가져다 줍니다. 이 상황에서 나타난 '문기가 수민이와의 갈등을 해결한 방식이 가진 문제점'을 서술하세요.

조건

① 갈등의 원인과 해결방법을 제시할 것
② 갈등 해결 방식의 문제점을 제시할 것
③ 한글 맞춤법에 맞게 작성할 것

8 토론하기

○ 문기와 수만이 중 누구의 잘못과 책임이 더 클까요? 주장을 토대로 근거를 작성해 보세요.

논제	문기의 잘못과 책임이 더 크다.	수만이의 잘못과 책임이 더 크다.
주장		
근거		

간단히 내용 파악하기 - >

● 다음 문제를 읽고 올바른 내용에는 O, 틀린 내용에는 X 표시를 하시오.

1 문기가 숙모의 심부름을 하고 어리둥절해진 것은 거스름돈 계산이 어려웠기 때문이다. [O | X]

2 문기의 성격은 순진하고 수동적이고, 수만이의 성격은 영악하며 적극적이라는 점에서 서로 대조적이다. [O | X]

3 문기의 삼촌 말을 통해 문기의 아버지는 일찍 돌아가시고, 어머니는 문기와 나중에 함께 살기 위해 돈을 벌려고 외지로 나가 삼촌네 집에 맡겼다. [O | X]

4 문기가 '공'과 '쌍안경'을 버린 이유는 외적 갈등에서 벗어나려는 행동이다. [O | X]

5 문기와 수만이와의 외적갈등의 원인은 문기가 남은 거스름돈을 주인에게 돌려준 것이고, 이로 인해 수만이는 문기를 협박하게 된다. 이러한 갈등을 해결하기 위해 문기는 숙모의 돈을 훔쳐 문기에게 전해준다. [O | X]

● 다음 문제를 읽고 올바른 답을 단답형으로 작성하시오.

1 문기의 내적 갈등이 일어난 사건은 고깃집에서 잘못 받은 (   ) 때문이다.

2 문기와 수만이가 거스름돈으로 무엇을 했는지 간략히 쓰세요.
[   ]

3 문기는 자신을 믿어주는 삼촌에게 거짓말을 했다는 사실에 (   )을 느끼게 된다.

4 '첫 번째 허물'과 '두 번째 허물'은 각각 무엇인지 작성하세요.
[   ]

5 '하늘'의 의미를 쓰세요.
[   ]

실전 문제로 작품 정리하기 ----------------

1 이와 같은 갈래의 글을 감상하는 방법으로 적절하지 <u>않은</u> 것은?

① 인물의 행동을 통해 성격을 파악한다.
② 인물의 내면 심리의 변화 과정을 파악하며 읽는다.
③ 작품에 드러나는 작가의 행적을 파악한다.
④ 갈등 해결 과정에서 드러나는 주제를 파악한다.
⑤ 자신이 소설 속 갈등 상황에 처한다면 어떻게 행동할지 고민해 본다.

2 이 소설의 배경이 되는 시대는?

① 1900년대 개화기
② 1930년대 일제강점기
③ 1940년대 광복 전후
④ 1950년대 전쟁 전후
⑤ 1980년대 산업화 시대

3 문기가 공과 쌍안경을 버린 이유로 적절한 것은?

① 죄책감에서 벗어나기 위해서
② 너무 오래되어 낡고 고장나서
③ 자기가 좋아하는 모델이 아니라서
④ 새로운 공과 쌍안경을 사고 싶어서
⑤ 더 이상 장난감을 가지고 놀 나이가 아니므로

4 등장인물의 성격으로 적절하지 <u>않은</u> 것은?

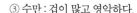

① 문기 : 소심하고 순진하다.
② 문기 : 다른 사람의 말에 잘 넘어가는 편이다.
③ 수만 : 겁이 많고 영악하다.
④ 수만 : 약삭빠르고 의심이 많다.
⑤ 작은아버지 : 엄하지만 문기를 걱정하고 사랑한다.

5 문기가 갈등을 해결하면서 깨달은 것은?

① 전통을 사랑하자.
② 모든 일을 성실하게 하자.
③ 욕심을 내지 말고 나누며 살자.
④ 양심을 지키며 정직하게 살자.
⑤ 다른 사람에 대한 예의를 지키자.

OOPS!

글쓰기 --

◉ 자신이 '문기'라고 생각하고, 이 소설의 결말 이후 자신이 혼자 병원에 남아 일기를 써봅시다. (단, 다음 <조건>을 모두 지켜 작성할 것.)

조건

① 갈등을 겪는 동안 어떠한 심정이었는지 구체적으로 서술할 것
② 갈등을 겪고 난 후 어떠한 마음이었고, 무엇을 깨달았는지 서술할 것.
③ 앞으로의 다짐을 서술할 것.
④ 깨달음, 다짐, 느낌 등을 서술할 때 반드시 속담, 격언, 시의 구절 등 하나를 인용할 것.
⑤ 일기형식 및 생활문 형식으로 날짜, 날씨 등을 모두 작성할 것.

즐겁게
글쓰기 해보아요!

✦ 하늘을 우러러 한 점 부끄럼 없기를……. ✦

「내일도 해는 뜨고 하늘은 맑아지리라. 그리고 문기는 그 하늘을 떳떳이 마음껏 쳐다볼 수 있을 것이다.」 이 구절은 소설 마지막 문장입니다. 작품의 제목 〈하늘은 맑건만〉과 연결 지을 수 있으면서, '정직하게 살자'는 주제의식을 드러내고 있죠. 정직하지 않게 거짓말을 했고 그 죄책감 때문에 하늘을 제대로 볼 수 없었습니다. 문기는 얼마나 큰 문제를 일으켰을까요?

문기라는 한 명의 인물이 주는 영향력은 의외로 컸습니다. 고깃집 사장님에게 금전적 손해를 입혔고, 삼촌에게 거짓말을 하여 신뢰를 떨어뜨렸습니다. 또한 숙모의 지갑에서 돈을 훔쳤고, 그로 인해 아무 죄 없는 점순이가 쫓겨났습니다. 그리고 수만이라는 친구를 통해 자신의 행동을 합리화 하며 책임을 전가하려 했습니다. 이후 자신의 잘못을 선생님께 고백하려 했으나 결국 말하지 못하고 돌아오는 길에 교통사고를 당합니다. 문기가 저지른 한순간의 실수가 많은 이들에게 피해를 주었습니다. 잠깐의 잘못된 판단이 도미노처럼 수많은 사람들에게 영향을 끼쳤습니다. 양심을 지킨다면 하늘을 부끄럼없이 바라볼 수 있었을 테지만, 양심을 숨기고 숨기고 하다보니 어느새 감당할 수 없는 거짓들이 더 크게 부풀어 있었습니다. 결국 그것이 터지고 말았던 것입니다.

우리는 삶에서 윤리라는 절대적 기준을 '양심'으로 보며, 그것을 반드시 지켜야 한다고 배웁니다. 그래서 부끄럼 없는 순수한 삶이 올바른 삶이라는 것을 잘 알고 있습니다. 그러나 삶에 나타난 유혹과 내면적 갈등, 양심의 외면, 타인과의 갈등 등 다양한 현실 속에서의 모습이 나를 괴롭힙니다. 문기도 마찬가지로 자신이 지내온 삶은 하늘을 우러러 한 점 부끄럼 없는 순수한 삶이었으나, 한 순간의 실수가 자신도 모르는 사이, 정직함을 버린 채 순수하지 못한 삶을 살게 되며 속앓이를 합니다. 그리고 교통사고로 죽음의 문턱까지 경험하고서야 자신의 거짓말이 얼마나 큰 잘못인지를 깨달으며 잘못을 고백했고, 그제서야 허물 한 꺼풀 한 꺼풀 벗어지면서 마음속 어둠도 차차 밝아지는 것을 느낍니다.

이 책을 읽는 여러분은 어떤가요? 자신의 양심을 숨긴 일은 없었나요? 한 점 부끄럼 없는 삶을 살았나요? 만약 마음 속 한 구석에서 양심의 가책을 느끼는 일이 있다면 문기처럼 용기를 내어 부모님께 또는 미안한 그 누군가에게 정직함으로 고백해보는 것은 어떨까요?

✦ 이상한 선생님 ✦

박 선생님

잠깐!

작가에 대해 알아볼까요?

채만식
1902~1950

채만식(1902~1950)은 소설가이자 극작가로 일제 강점기에 활발하게 활동하였다. 예술가답게 잦은 검열 기준을 넘나드는 풍자적 성향의 작품을 잇따라 발표했다. 당시 지식인 사회의 고민을 풍자하고 사회 부조리를 사실적으로 묘사한 작품을 주로 썼다. 주요 작품으로는 〈레디메이드 인생〉, 〈탁류〉, 〈태평천하〉 등이 있다

만화로 미리 주제 파악하기

키가 작고 머리가 크지, 성격은 옹졸하고 화를 잘 내는 인물이야. 조선말을 쓰면 때리거나 중한 벌을 주곤 해. 해방 후에는 그렇게 일본을 찬양하던 박선생님이 일본을 비난하고 미국을 칭송하게 돼. 강선생님과 대립하다가 결국 강선생님이 파면당하자 교장선생님이 되는 기회주의자적인 인물이야.

키와 몸집이 크고 온순하고 참 잘 웃는 선생님이야. 일본 말을 사용하라고 강요하지 않으면서 학생들이 일본 말로 물어도 조선말로 대답하지. 해방 소식에 매우 기뻐하면서 교장선생님이 되었지만 박선생님과 대립하다 파면당하게 돼.

박 선생님

강 선생님

'국어 공신' 선생님의 감상 꿀팁!

이 작품은 박 선생님의 기회주의자적인 면모를 풍자를 통해 부각하는 작품이야. 박 선생님과 강 선생님의 대립을 통해 박 선생님이라는 인물을 더욱 비판적으로 볼 수 있도록 했지. 풍자를 통해 어떻게 박 선생님을 희화화 했고, 비판하고 있는지를 중점적으로 살펴보며 감상해보도록 하자.

'국어 공신' 선생님

이상한 선생님

#너무 다른 두 선생님, 그들의 운명은?

1.

우리 박 선생님은 참 이상한 선생님이었다.

박 선생님은 생긴 것부터가 무척 이상하게 생긴 선생님이었다. 키가 한 뼘 밖에 안 되어서 뼘생 또는 뼘박이라는 별명이 있는 것처럼, 박 선생님의 키는 작은 사람 가운데서도 유난히 작은 키였다. 일본 정치 때에, 혈서(제 몸의 피를 내어 자기의 결심, 청원, 맹세 따위를 글로 씀. 또는 그런 글)로 지원병에 지원했다. 체격 검사에 키가 제 척수(치수. 길이에 대한 몇 자 몇 치의 셈)에 차지 못해 낙방(시험, 모집, 선거 따위에 응하였다가 떨어짐.)이 되었다면, 그래서 땅을 치고 울었다면, 얼마나 작은 키인지 알 일이다.

그런 작은 키에 몸집은 그저 한 줌만하고. 이 한 줌만한 몸집, 한 뼘만한 키 위에 깜짝 놀랄 만큼 큰 머리통이 위태위태하게 올라앉아 있다. 그래서 박 선생님 또 하나의 별명은 대갈 장군이라고도 했다.

머리통이 그렇게 큰 박 선생님 얼굴은 어떻게 생겼느냐 하면, 또한 여느 사람과는 많이 달랐다.

뒤통수와 앞머리가 툭 내솟고, 내솟은 좁은 이마 밑으로 눈썹이 시꺼멓고, 왕방울 같은 두 눈은 부리부리하니 정기(생기 있고 빛이 나는 기운)가 있고도 사납고, 코는 매부리코요, 입은 메기입으로 귀 밑까지 넓쭉 째지고, 목소리는 쇠꼬챙이로 찌르는 것처럼 쨍쨍하고.

이런 대갈 장군인 뼘생 박 선생님과 아주 정반대로 생긴 이가

---

[1] '박 선생님'의 친일적인 태도를 알 수 있다.

강 선생님이었다.

강 선생님은 키가 크고, 몸집도 크고, 얼굴이 너부룩하고(조금 넓고 평편한 듯하다), 얼굴이 검기는 해도 순하여 사나움이 든 데가 없고, 눈은 더 순하고, 허허 웃기를 잘 하고, 별로 성을 내는 일이 없고, 아무하고나 장난을 잘하고……**2** 강 선생님은 이런 선생님이었다.

뺌박 박 선생님과 강 선생님은 만나면 싸움이었다.**3**

하학(학교에서 그날의 수업을 마침)을 하고 나서, 우리가 청소를 한 교실을 둘러보다가 또는 운동장에서(그러니까 우리들이 여럿이는 보지 않는 곳에서 말이다) 두 선생님이 만날라 치면, 강 선생님은 괜히 장난이 하고 싶어 박 선생님을 먼저 건드리곤 했다.

하나는 커다란 몸집을 해 가지고 싱글싱글 웃으면서, 하나는 한 뺌만한 키에 그 무섭게 큰 머리통을 한 얼굴을 바싹 대들고는 사나움이 졸졸 흐르면서, 그렇게 마주 서서 싸우는 모양은 마치 큰 수캐와 조그만 고양이**4**가 마주 만난 형국이었다.

2.

다른 학교에서도 다 그랬을 테지만 우리 학교에서도 그 때 말로 '국어'라던 일본말, 그 일본말로만 말을 하게 하고 엄마 아빠 할 적부터 배운 조선말은 아주 한 마디도 쓰지 못하게 했다.

그러나 주재소(일제 강점기에, 순사가 머무르면서 사무를 맡아보던 경찰의 말단 기관의 순사일제 강점기에 둔, 경찰관의 가장 낮은 계급, 또는 그 계급의 사람), 면의 면 서기, 도 평의원(어떤 일을 평가하거나 심의하는 데 참여하는 사람)을 한 송 주사, 또 군이나 도에서 연설하러 온 사람, 이런 사람들이나 조선 사람끼리 만나도 척척 일본말로 인사를 하고 이야기를 했지, 다른 사람들이야 일본 사람과 만났을 때말고는 다들 조선말로 말을 하고, 그래서 학

국어 공신 선생님

2 강선생님의 외양 묘사를 통해 박선생님과 대조적인 모습을 보이고 있다. 또한 강선생님의 온순한 성격을 보여준다.

3 견원지간(개와 원숭이의 사이라는 뜻. 사이가 매우 나쁜 두 관계)의 의미를 나타내고 있다.

4 '큰 수캐'는 강선생님, '조그만 고양이'는 박선생님을 비유적으로 표현한 것이다.

교 문 밖에만 나가면 만판^(다른 것은 없이 온통 한가지로) 조선말로 말을 하는 사람들이요, 더구나 집에 돌아가면 어머니, 아버지, 언니, 누나, 아기 모두들 조선말을 했다. 그러니까 우리도 교실에서 공부를 하고 나와 운동장에서 놀고 할 때에는 암만 해도 일본말보다 조선말이 더 많이, 더 잘 나왔다.

학교에서고 학교 밖에서고 조선말로 말을 하다 선생님한테 들키는 날이면 경을 치는^(혹독하게 벌을 받다) 판이었다. 선생님들 중에서도 제일 심하게 밝히는[5] 선생님이 뺌박 박 선생님이었다. 교장 선생님이나 다른 일본 선생님은 나무라기만 하고 마는 수가 있어도, 뺌박 박 선생님만은 절대로 용서가 없었다.

나도 여러 번 혼이 나 보았다.[6]

한번은 상준이 녀석과 어떡하다 쌈이 붙었는데 둘이 서로 부둥켜안고 구르면서 이 자식아, 저 자식아, 죽어 봐, 때려 봐, 하면서 한참 때리고 제기고^(팔꿈치나 발꿈치 따위로 찌르다) 하는 참이었다.

그런데, 느닷없이

"고랏! 조셍고데 겡까 스루야쓰가 이루까(이놈아! 조선말로 쌈하는 녀석이 어딨어).[7]"

하면서 구둣발길로 넓적다리를 걷어차는 건, 정신 없는 중에도 뺌박 박 선생님이었다.

우리 둘이는 그 자리에서 뺨이 붓도록 따귀를 맞았고, 공부 시간에 들어가지도 못하고 그 시간 동안 변소 청소를 했고, 그리고 조행^(태도와 행실을 아울러 이르는 말) 점수를 듬뿍 깎였다.

이렇게 뺌박 박 선생님한테 제일 중한 벌을 받는 때가 언제냐 하면, 조선말로 지껄이다 들키는 때였다.

강 선생님은 그와 반대로 아무 시비가 없었다.[8]

여러분, 집중해야 해요!

'국어 골산' 선생님

---

[5] '제일 심하게 조선말을 사용하지 못하게 하는'의미이다.
[6] '나'가 조선말을 사용한 것 때문에 '박 선생님'에게 여러 번 혼났음을 알 수 있다.
[7] 박 선생님의 친일적 태도가 단적으로 드러난 부분이다. 친구들끼리 싸운 것을 나무라는 것이 아니라 조선말을 쓴 것만 나무라는 모습에서 친일적 태도를 살펴볼 수 있다.

교실에서 공부를 할 때 빼고는 그리고 다른 선생님, 그 중에서도 교장 이하 일본 선생님들과 뼘박 박 선생님이 보지 않는데서는, 강 선생님은 우리한테 일본말로 말을 하지 않았다. 우리가 일본말을 해도 강 선생님은 조선말을 하곤 했다.[9]

우리가 어쩌다

"선생님은 왜 '국어'로 안 하세요?"

하고 물으면 강 선생님은 웃으면서

"나는 '국어'가 서툴러서 그런다."

하고 대답했다.

그렇지만 우리가 보기에도 강 선생님은 일본말이 서투른 선생님이 아니었다.

3.

해방이 되던 바로 그 이튿날이었다.

여름 방학으로 놀던 때라, 나는 궁금해서 학교엘 가 보았다. 다른 아이들도 한 오십 명이나 와 있었다.

우리는 해방이라는 말은 아직 몰랐고, 일본이 전쟁에 지고 항복을 한 것만 알았다.

선생님들이, 그 중에서도 뼘박 박 선생님이 그렇게도 일본(우리 대일본 제국)은 결단코 전쟁에 지지 않는다고, 기어코 전쟁에 이기고 천하에 못된 미국, 영국을 거꾸러뜨려 천황 폐하의 위엄(존경할 만한 위세가 있어 점잖고 엄숙함, 또는 그런 태도나 기세)을 이 전세계에 드날릴 날이 머지않았다고[10], 하루에도 몇 번

수능에 나올 수 있어!

'국어 공신' 선생님

[8] 강 선생님은 조선말을 쓰는 것을 문제 삼지 않고 있다.

[9] 강 선생님은 학생들이 일본말로 질문해도, 조선말로 대답하는 것은 일본말을 못해서가 아니라 의도적으로 사용하지 않는 것이다. 이는 일제에 적극적으로 저항하고 있지는 않지만 민족의식을 지닌 모습이라고 볼 수 있다.

씩 그런 말을 해쌓던 그 일본이 도리어 지고 항복을 하다니, 도무지 모를 일이었다.

직원실에는 교장 선생님과 두 일본 선생님 그리고 뻠박 박 선생님, 이렇게 네 분이 모여 앉아서 초상난 집처럼 모두 코가 쑤욱 빠져 가지고(근심에 싸여 기가 죽고 맥이 빠지다) 있었다.

우리는 운동장 구석으로 혹은 직원실 앞뒤로 끼리끼리 모여서서 제가끔 아는 대로 일본이 항복한 이야기를 하고 있었다.

그 때 6학년에 다니던 우리 사촌 언니(같은 부모에게서 태어난 사이이거나 일가친척 가운데 항렬이 같은 동성이 손위 형제를 이르거나 부르는 말, 여기서는 '형'을 뜻함) 대석이가 뒤늦게야 몇몇 동무와 함께 떨떨거리고 달려들었다. 대석 언니는 똘똘하고 기운 세고 싸움 잘하고, 그러느라고 선생님들한테 꾸지람과 매는 도맡아 맞고, 반에서 성적은 제일 꼴찌인 천하 말썽꾼이었다.⑩ 대석 언니네 집은 읍에서 십 리나 되는 곳이었고, 그래서 오늘 아침에야 소문을 들었노라고 했다.

대석 언니는 직원실을 넌지시 넘겨다보더니 싱끗 웃으면서 처억 직원실 안으로 들어섰다.

직원실 안에 있던 교장 선생님이랑 다른 두 일본 선생님이랑은 못 본 체하고 고개를 숙이고 있는데, 뻠박 박 선생님이 눈을 흘기면서 영락없이(조금도 틀리지 아니하고 꼭 들어맞게) 일본말로

"난다(왜 그래)?"

하고 책망을 했다.⑫

대석 언니는 그러나 무서워하지 않고 한다는 소리가

"선생님, 덴노헤이까가 고오상(천황 폐하가 항복)했대죠?⑬"

하고 묻는 것이다.

'국어 공산' 선생님

⑩ 박 선생님의 친일적 태도가 단적으로 드러나는 부분이다. 일본을 맹신하고 있다.

⑪ 인물(대선 언니)의 성격을 서술자가 직접적으로 제시하고 있다. 소설에서 인물의 성격이나 심리를 드러내는 방식 중 서술자가 직접 말하는 방식이다.

⑫ 대석 언니를 못마땅해 하는 박 선생님의 심리가 드러난다.

뺌박 박 선생님은 성을 버럭 내어 그 큰 눈방울을 부라리면서

여전히 일본말로

"잠자쿠 있어. 잘 알지두 못하면서…… 건방지게시리."

하고 쫓아와서 곧 한 대 갈길 듯이 을러댔다.⑭

대석 언니는 되돌아나오면서 커다랗게 소리쳤다.

"덴노헤이까 바가(천황 폐하 망할 자식)!"

"……"

만일 다른 때 누구든지 그런 소리를 했다간 당장 큰일이 날판이었다. 그러나 교장 선생님이랑 두 일본 선생님은 그대로 못들은 척 코만 빠뜨리고 앉았고, 뺌박 박 선생님도 잔뜩 눈만 흘기고 있을 뿐이지 아무렇지도 않았다.⑮ 그런 걸 보면 정녕 일본이 지고, 덴노헤이까가 항복을 했고, 그래서 인제는 기승 (성미가 억척스럽고 군세어 좀처럼 굽히지 않음. 좀처럼 누그러 들지 않음.)을 떨지 못하는 모양인 것 같았다.

마침 강 선생님이 땀을 뻘뻘 흘리면서 헐떡거리고 뛰어왔다. 강 선생님은 본집이 이웃 고을이었다.

"오이, 느이들두 왔구나. 잘들 왔다. 느이들두 다들 알았지? 조선이, 우리 조선이 해방이 된 줄 알았지? 얘들아, 우리 조선이 독립이 됐단다, 독립이! 일본은 쫓겨나구…… 그 지지리 우리 조선 사람을 못 살게 굴구 하시하구(남을 알잡아 낮추다) 피를 빨아먹구 하던 일본이, 그 왜놈들이 죄다 쫓겨가구, 우리 조선은 독립이 돼서 우리끼리 잘 살게 됐어, 잘 살게."

의젓하고 점잖던 강 선생님이 그렇게도 들이 날뛰고 덤비고 하는 것은 처음 보았다.⑯

"자아, 만세 불러야지 만세. 독립 만세, 독립 만세 불러야지. 태극기 없니? 태극기, 아무도 안 가졌구나! 느인 참 태극기가 어떻게 생겼는지 구경도 못 했을 게다. 가만있자, 내 태극기 만들어 가지구 나올게."

⑬ 일본을 맹신하던 박 선생님을 놀리려는 말투가 엿보인다.
⑭ 일본이 패망한 사실을 쉽게 받아들이지 못하는 박 선생님의 심리가 나타난다.
⑮ 박 선생님은 일본이 항복했기 때문에 눈치를 보고 있다.
⑯ 조선이 독립한 것에 감격했기 때문이다.

그러면서 강 선생님은 직원실로 들어갔다.

강 선생님이 직원실로 들어서는 것을 보고 교장 선생님이랑 두 일본 선생님은 인사를 하려고 풀기(드러나 보이는 활발한 기운) 없이 일어섰다.

강 선생님은 교장 선생님더러 말을 했다.

"당신들은 인제는 일없어(소용이나 필요가 없다.) 어서 집으로 가 있다가 당신네 나라로 돌아갈 도리나 허우."

"……."

아무도 대꾸를 못 하는데, 뺌박 박 선생님이 주저주저하다가

"아니, 자상히(찬찬하고 자세히) 알아보기나 하구서……."

하니까 강 선생님이 버럭 큰소리로 말한다.

"무엇이 어째? 자넨 그래 무어가 미련이 남은 게 있어 왜놈들하고 대가리 맞대구 앉아서 수군덕거리나? 혈서로 지원병 지원 한 번 더 해 보고파 그러나? 아따, 그다지 애닲거들랑(애달프다, 마음이 안타깝거나 쓰라리다) 왜놈들 쫓겨 가는 꽁무니 따라 일본으로 가서 살지 그러나. 자네 같은 충신이면 일본서두 괄시(업신여겨 하찮게 대함)는 안 하리.⑰"

"……."

뺌박 박 선생님은 그만 두말도 못 하고 얼굴이 벌게서 어쩔줄을 몰라했다. 뺌박 박 선생님이 남한테 이렇게 꼼짝 못 하는 것을 보기는 처음이었다.

강 선생님은 반지(얇고 흰 일본 종이)를 여러 장 꺼내 놓고 붉은 잉크와 푸른 잉크로 태극기를 몇 장이고 그렸다. 그려 내놓고는 또 그리고, 그려 내놓고 또 그리고, 얼마를 그리면서, 그러다 아주 부드럽고 조용한 목소리로

"여보게 박 선생?"

하고 불렀다. 그리고는 잠자코 담배만 피우고 앉아 있는 뺌박 박 선생을 한 번 돌려다보고 나서 타이르듯 말했다.

"내가 좀 흥분해서 말이 너무 박절했나(인정이 없고 쌀쌀하다) 보이. 어찌

---

⑰ 강 선생님은 친일적인 태도를 보이는 박 선생님의 태도를 비판하고 있다.

생각하지말게……. 그리고 인제는 자네나 나나, 그 동안 지은 죄를 우리 조선 동포 앞에 속죄해야 할 때가 아닌가?[18] 물론 이담에, 민족이 우리를 심판하고 죄에 따라 벌을 줄 날이 오겠지. 그러나 장차에 받을 민족의 심판과 벌은 장차에 받을 심판과 벌이고, 시방 당장 조선 민족의 한 사람으로 할 일이 조옴 많은가? 우리 같이 손목 잡구 건국에 도움 될 일을 하세. 자아, 이리 와서 태극기 그리게. 독립 만세부터 한바탕 부르세."

"……."

뺌박 박 선생님은 아무 소리도 않고 강 선생님 옆으로 와서 태극기를 그리기 시작했다.[19]

그 뒤로 강 선생님과 뺌박 박 선생님은 사이가 매우 좋아졌다.

뺌박 박 선생님은 학과 시간마다 우리에게 여러 가지 좋은 이야기를 많이 해 주었다. 일본이 우리 조선을 뺏어 저의 나라에 속국으로 삼던 이야기도 해 주었다.

왜놈들은 천하의 불측한(생각이나 행동 따위가 괘씸하고 엉큼하다) 인종이어서 남의 나라와 전쟁하기를 좋아하는 백성이라고 했다. 그래서 임진왜란 때에도 우리 조선에 쳐들어왔고, 그랬다가 이순신 장군이랑 권율 도원수한테 아주 혼이 나서 쫓겨간 이야기도 해 주었다.[20]

우리 조선은 역사가 사천 년이나 오래되고 그리고 세계의 어떤 나라 못지않게 훌륭한 문화가 발달된 나라라는 이야기도 해주었다.

뺌박 박 선생님은 한편으로 열심히 미국말을 공부했다. 그러면서 우리더러 졸업을 하고 중학교에 가거들랑 미국말을 무엇보다도 많이 공부하라고, 시방은 미국말을 모르고는 훌륭한 사람이 되지 못한다고 했다.[21]

---

[18] 강 선생님은 박 선생님처럼 일제에 동조하이 않았지만, 학생을 가르치는 선생님으로서 동포에 대해 죄책감을 느끼고 있다.
[19] 박 선생님은 결국 일본이 패망한 현실을 받아들이고 있다.
[20] 박 선생님의 기회주의적인 태도가 나타난다. 즉, 일본에 충성하던 태도를 버리고 일본을 적대시하고 있다.
[21] 박 선생님은 광복 후 미국의 영향력이 커지자 미국에 대한 관심을 보인다. (기회주의자적 면모)

내신 준비해요!

'국어 공신' 선생님

뺨박 박 선생님은 한 일 년 그렇게 미국말 공부를 하더니, 그 다음부터는 미국 병정이 오든지 하면 일쑤(드물지 아니하게 흔히) 통역을 하고 했다. 중학교에 다닐 때에 조금 배운 것이 있어서 그렇게 쉽게 체득(몸소 체험하여 알게 됨)했다고 했다.

미국 병정은 벼 공출(국민이 국가의 수요에 따라 농업 생산물이나 기물 따위를 의무적으로 정부에 내어놓음)을 감독하러 와서 우리 뺨박 박 선생님을 꼬마 자동차에 태워 가지고 동네동네 돌아다녔다. 뺨박 박 선생님은 미국 양복을 얻어 입고, 미국 담배를 얻어 피우고, 미국 통조림이랑 과자를 얻어먹고 했다.

해방 뒤에 새로 온 김 교장 선생님이 갈려 가고 강 선생님이 교장이 되었다. 강 선생님이 교장이 된 다음부터는, 뺨박 박 선생님은 강 선생님과 도로 사이가 나빠졌다.

우리는 한번 뺨박 박 선생님이 미국 담배를 피우고 있는 것을, 교장 선생님이

"자넨 그걸 무어라고, 주접스럽게 얻어 피우곤 하나?"

하고 핀잔하는 것을 보았다.

강 선생님은 교장이 된 지 일년이 못 되어서 파면(잘못을 저지른 사람에게 직무나 직업을 그만두게 함)을 당했다.

어른들 말이, 강 선생님은 빨갱이라고 했다. 그래서 파면을 당했노라고 했다. 또 누구는, 뺨박 박 선생님이 강 선생님을 그렇게 꼬아 댄 것이지, 강 선생님은 하나도 빨갱이가 아니라고도 했다.[22]

강 선생님이 파면을 당한 뒤를 물려받아 뺨박 박 선생님이 교장 선생님이 되었다. 교장이 된 뺨박 박 선생님은 그 작은 키가 으쓱했다.

뺨박 박 선생님은 미국을 침이 마르도록 칭찬했다. 이 세상에 미국같이 훌륭한 나라가 없고, 미국 사람같이 훌륭한 백성이 없다고 했다. 우리 조선은 미국 덕분에 해방이 되었으니까 미국을 누구보다도 고맙게 여기고, 미국이 시키는 대로 순종해야 하느니라고 했다.[23]

'국어 귀신' 선생님

[22] 박 선생님 모함으로 강 선생님이 파면당했다는 것을 알 수 있다.
[23] 박 선생님의 기회주의적 모습이 드러나고 있다. 힘 있는 자(권력자)에게 복종하는 모습을 엿볼 수 있다.

우리가 혹시 말 끝에 "미국놈……"이라고 하면, 뻠박 박 선생님은 단박 붙잡 아다 벌을 세우곤 했다. 전에 "덴노헤이까 바가"라고 한 것만큼이나 엄한 벌을 주었다.

"이놈아 아무리 미련한 소견(어떤 일이나 사물을 살펴보고 가지게 되는 생각이나 의견)이기로, 자아 보아라. 우리 조선을 독립시켜 주느라고 자기 나라 백성을 많이 죽여 가면서 전쟁 했지. 그래서 그 덕에 우리 조선이 왜놈의 압제에서 벗어나서 독립이 되 질 아니했어? 그뿐인감? 독립을 시켜 주고 나서두 우리 조선 사람들 배 아니 고프구 편안히 잘 살려고 양식이야, 옷감이야, 기계야, 자동차야, 석유야, 설탕 이야, 구두야, 무어 죄다 골고루 가져다 주지 않어? 그런데 그런 고마운 사람 들더러, 미국놈이 무어야?"

벌을 세우면서 뻠박 박 선생님은 이렇게 꾸짖곤 했다.

우리는 뻠박 박 선생님더러 미국에도 덴노헤이까가 있느냐고 물었다. 미국에 덴노헤이까가 있지 않고서야 그렇게 일본의 덴노헤이까처럼 우리 조선 사람을 친아들과 같이 사랑하고, 우리 조선 사람들이 잘 살도록 근심을 하며, 온갖 물건 을 가져다 주고 할 이치가 없기 때문이었다(해방 전에 뻠박 박 선생님은, 덴노헤이까 는 우리 조선 사람들이 잘 살기를 근심하신다고 늘 가르쳐 주곤 했다).

뻠박 박 선생님은 미국에는 덴노헤이까는 없고, 덴노헤이까보다 훌륭한 '돌 멩이'라는 양반이 있다고 대답했다.[24]

우리는 그럼 이번에는 그 '돌멩이'[25]라는 훌륭한 어른을 위하여 미국 신민노세 이시(미국 신민서사)를 부르고[26], 기미가요(일본의 국가) 대신 돌멩이 가요를 부 르고 해야 하나 보다고 생각했다.

아무튼 뻠박 박 선생님은 참 이상한 선생님이었다.[27]

'국어 공산 선생님'

[24] 어린아이의 시선으로 박 선생님의 일을 희화화하고 있다.
[25] 미국의 제 33대 대통령 '트루먼'을 가리키는 말이다.
[26] 일제가 1937년에 만들어 조선인들에게 외우게 했던 '황국 신민 서사'가 있었기 때 문이다.
[27] 박 선생님의 기회주의적인 태도를 이해하지 못한 '나'의 평가로 힘 있는 쪽에 붙어 이랬다저랬다 하는 모습이 참으로 이상해 보인다.

OOPS!

1 작품 소개

<이상한 선생님>은 순진한 어린아이를 서술자로 하여 인물의 외모나 행동을 우스꽝스럽게 표현하고 권력자 편에 서서 개인의 이익을 얻으려는 기회주의자적인 모습을 표현하고 있다. 풍자를 통해 웃음을 주지만 당시 사회의 상황 속에서 권력에 아첨하며 자신의 이익만 추구하는 시대주의적이고 기회주의적인 면모를 비판했다. 한편, 이 시대의 기회주의자, 기회주의적인 사람들의 모습을 어떻게 표현할 수 있는지 생각해볼 수 있는 작품이다.

2 핵심 정리

◉ 다음 내용에서 괄호 안에 알맞은 답을 쓰시오.

갈래	현대소설, 단편소설
성격	(❶)적, 비판적
배경	해방 전후, 어느 초등학교
시점	(❷) 시점
제재	(❸)적으로 행동하는 선생님
주제	해방 전후의 혼란기에 나타난 사회 속 (❹) 인물을 비판하고 있다.
특징	· (❺)를 서술자로 설정하여 인물을 관찰하고 있다. · 인물의 외모와 행동을 과장하고 희화화하여 (❻)하고 있다.

3 이 글의 짜임

◉ 다음 내용에서 괄호 안에 알맞은 답을 쓰시오.

발단	'박 선생님'과 '강 선생님'의 (❶) 및 성격을 소개함.
전개	자신은 물론 학생들에게도 (❷) 말을 쓸 것을 강요하는 '박 선생님'과 달리 '강 선생님'은 되도록 (❸)말을 씀.
위기	일제가 패망하고 조선이 (❹)함.
절정	'강 선생님'이 미국을 추종하는 '박 선생님'과 (❺)하다가 파면을 당함.
결말	'나'는 미국을 (❻)하는 '박 선생님'을 이상하다고 생각함.

◈ 그래픽 구조로 글의 짜임 한 번 더 이해하기

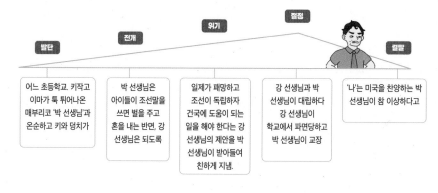

발단	전개	위기	절정	결말
어느 초등학교. 키작고 이마가 툭 튀어나온 매부리코 '박 선생님'과 온순하고 키와 덩치가	박 선생님은 아이들이 조선말을 쓰면 벌을 주고 혼을 내는 반면, 강 선생님은 되도록	일제가 패망하고 조선이 독립하자 건국에 도움이 되는 일을 해야 한다는 강 선생님의 제안을 박 선생님이 받아들여 친하게 지냄.	강 선생님과 박 선생님이 대립하다 강 선생님이 학교에서 파면당하고 박 선생님이 교장	'나'는 미국을 찬양하는 박 선생님이 참 이상하다고

4 소설의 특성과 전개 과정에 따른 변화 양상

1 주요 인물 소개 및 특성

◦ 다음 각 인물에 대한 올바른 설명을 연결하시오.

그룹 채팅(주요 인물 소개)

박 선생님

㉮

㉠ 작은 키에 사납게 생겼으며 옹졸하고 화를 잘 낸다. 일제에 동조하여 학생들에게 일본 말을 쓸 것을 강요하다 해방 소식을 듣고 기 죽지만 미국을 칭송하며 기회주의자적인 모습을 보인다.

강 선생님

㉯

㉡ 키가 크고 순하게 생겼으며 마음이 넓고 여유롭다. 의도적으로 일본 말 대신 조선말을 쓴다. 해방소식을 듣고 평소와 다르게 기뻐한다. 하지만 학교에서 파면당한다.

2 사건 전개에 따른 '강 선생님'의 심리 변화

○ 다음은 이야기 전개에 따른 '강 선생님'의 심리 변화이다. 카톡 대화를 하듯 ①~③의 알맞은 답변을 쓰시오.

그룹 채팅('강 선생님'의 심리)   Q ≡

국어 공신: 강 선생님, 박 선생님께서 일본어를 쓰지 않아 아이들을 혼내는 것을 보았을 때 기분이 어떠셨나요?

강 선생님: 1

국어 공신: 강 선생님께서 일본 말이 서투르지 않은데도 조선말을 쓰셨던 까닭이 무엇인가요?

강 선생님: 2

국어 공신: 일본의 항복 소식을 들으셨을 때 기분이 어떠셨나요?

강 선생님: 3

3 인물과 공감하기

◉ 파면된 '강 선생님'에게 문자를 보내봅시다.

6 '박 선생님'의 뇌 구조

◉ 책 내용을 참고하여 '박 선생님'의 뇌 구조를 자유롭게 작성해봅시다.

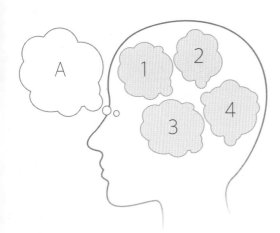

Ⓐ - 이번에는 어느쪽에 붙어볼까?

① - 이녀석들아! 쌈박질을 하더라도 조선말이 아니라 (㉠ ____)말로 해야지!

② - 일본이 (㉡ ____)했다고? 말도 안돼! 믿을 수 없어!

③ - 미국 말을 열심히 공부해야 해! 그래야 미국병정들에게 (㉢ ____)등을 얻을 수 있지!

④ - 일본이 망한 건 망한거고, 일본 왕보다 미국의 (㉣ ____)이 더 훌륭하지!

7 '박 선생님'과 '강 선생님'의 특징을 비교해봅시다.

★ 특징을 비교해 보고 빈 칸에 알맞은 말을 쓰시오.

박 선생님	비교 대상	강 선생님
키가 작고, 머리가 크다. 매부리코에 메기 입, 뒤통수와 앞이마가 툭 내솟아있고, 눈썹이 시커멓다. 왕방울 같은 두 눈은 부리부리하니 정기가 있고 사납다.	외모	키가 크고, 몸집도 크다. 얼굴이 너부룻하고, 얼굴이 거무잡잡하지만 눈은 순하게 생겼다.
옹졸하고 (❶)를 잘 낸다.	성격	'허허' 잘 웃고, 별로 (㉠)을 내는 일이 없으며 아무하고나 장난을 잘 친다.
(❷)을 사용하는 학생들에게 가장 심한 벌을 주고, (❸)만 쓰기를 고집해 조선말을 못 쓰게 한다.	조선말을 하는 학생들에게 대하는 모습	학생들이 (㉡) 하는 것을 문제삼지 않으며 학생들이 일본말로 질문해도 조선말로 대답한다. 수업 시간 외 평상시에는 의도적으로 조선말을 쓴다.
일제의 정책에 적극적으로 (❹) 하고 (❺) 태도를 드러내고 있다.	일본 말 사용에 대한 선생님들의 태도	일제에 적극적으로 저항하는 것은 아니지만 (㉢)을 가지고 있다.
맹신하였던 일본이 (❻)하자 기가 죽고, 쉽게 받아들이지 못한다.	해방 소식에 대한 선생님들의 반응	평소와 다르게 날뛰면서 매우 기뻐한다.
언제 그랬냐는 듯 일본을 비난하면서 (❼)을 칭송한다. 일본 왕보다 미국 대통령이 더 훌륭하다고 말한다.	해방 후 선생님들의 모습	교장선생님이 되었지만, 박선생님과의 대립으로 학교에서 (㉣)당한다.

작가는 '박 선생님'과 '강 선생님'의 외모와 성격, 시류에 따른 태도 등을 대조적으로 보여주고 있다. 이는 부정적 인물(박 선생님)과 긍정적 인물(강 선생님)을 대조적으로 보여줌으로써 독자가 (Ⓐ   )을 더욱 비판적으로 볼 수 있도록 부각하는 효과를 보이고 있다.

내신 준비!

BAAM!

8 작품 깊이 이해하기 --

1 문학 이론 살펴보기

> ★ 풍자란?
> '풍자'는 비판하고자 하는 대상을 과장하거나 왜곡하여 우스꽝스럽게 비판하여 (①
>   )을 유발하는 표현 방법이다. 인물의 (②   )을 부각한다. 또한 독자는 인물을
> (③   )적으로 바라볼 수 있게 해주며, (④   )를 강조하기도 한다.
> 이러한 풍자의 효과를 참고하여 '박 선생님'이 우스꽝스럽게 표현된 부분을 찾아 적어
> 보고, '풍자 효과'를 작성해봅시다.

❶ <이상한 선생님>에서 '박 선생님'의 모습을 우스꽝스럽게 표현한 부분을 찾아 정리해보세요.

❷ '박 선생님'을 우스꽝스럽게 표현하여 얻을 수 있는 효과를 정리해보세요.

2 작품 살펴보기 (서·논술형)

❶ <이상한 선생님>의 시대적 배경을 살펴보면 당시 일제 강점기 시대의 조선 사람들의 언어 생활은 어떠했나요?

❷ <이상한 선생님>에서 인물의 성격이나 심리를 드러내는 방식은 '직접제시'와 '간접제시' 모두 살펴볼 수 있습니다. 본문에서 인물의 성격·심리를 드러내는 방식을 찾아 정리해보세요.

❸ <이상한 선생님>에서 어린아이를 서술자로 설정한 효과는 무엇인가요?

❹ <이상한 선생님>을 통해 작가는 궁극적으로 무엇을 말하고자 했는지 서술해보세요.

9 토론하기

○ 시대의 흐름에 따라 강한 쪽에 붙어 개인의 이익을 취하려는 '박 선생님'의 태도는 정당한가?

논제	정당하다.	정당하지 않다.
주장		
근거		

간단히 내용 파악하기 - >

○ 다음 문제를 읽고 올바른 내용에는 O, 틀린 내용에는 X 표시를 하시오.

1 '나'는 박 선생님을 부정적으로, 강 선생님을 긍정적으로 바라보고 있다. [O | X]

2 강 선생님은 일본 말이 서투르지 않지만 조선말을 쓰는 이유는 일제에 동조하지 않고 일제에 저항하면서 민족정신을 고수하려고 하기 때문이다. [O | X]

3 박 선생님은 학생들이 조선말로 싸우면, 친구들끼리 싸우는 것이 아니라며 혼낸다.
[O | X]

4 일본의 항복 소식을 들은 강 선생님은 빠르게 승복하고 미국에 편승하였다.
[O | X]

5 강 선생님이 학교에서 파면 된 이유는 일본을 욕했기 때문이다. [O | X]

○ 다음 문제를 읽고 올바른 답을 단답형으로 작성하시오.

1 〈이상한 선생님〉에서 박 선생님은 해방 전 (㉠   )을 찬양했지만, 해방 후에는 일 제를 욕하며 (㉡   )을 찬양하는 기회주의적인 행동을 보인다.

2 〈전개〉부분에서 '나'는 박 선생님에게 여러 번 혼이 난다. 그 이유는 무엇인가요?
[   ]

3 일본의 항복 소식을 들은 박 선생님의 모습은 어떠했나요?
[   ]

4 강 선생님이 박 선생님을 큰 소리로 꾸짖은 이유는 무엇인가요?
[   ]

5 '나'가 박 선생님을 '이상한 선생님'이라고 생각한 이유는 무엇인가요?
[   ]

OOPS!

실전 문제로 작품 정리하기 ----------------------

1 이 글을 읽고 적절하지 <u>않은</u> 것은?

여러분 꼭 알아야 해요!

① 일제 강점기 해방 전후를 배경으로 하고 있다.
② 1인칭 관찰자 시점으로, 어린이의 눈으로 보여진다.
③ 인물들 간의 갈등 심화가 점차 깊어 지고 있다.
④ 인물의 외양묘사를 통해 희화화 하고 풍자하고 있다.
⑤ 인물의 외양묘사를 통해 성격, 심리를 간접적으로 표현하고 있다.

2 이 글에서 작가가 '박 선생님'과 '강 선생님'의 대비를 통해 드러내고자 했던 것은?

① 긍정적 모습을 나타낸 인물을 강조하기 위해서
② 내면의 갈등을 깊이 있게 보여주기 위해서
③ 인물의 심리 변화를 구체적으로 보여주기 위해서
④ 시대에 따른 인물의 특성을 구체적으로 보여주기 위해서
⑤ 인물의 대비를 통해 부정적인 인물을 강조하기 위해서

3 이 글에서 등장인물에 대한 설명으로 옳은 것은?

① '강 선생님'은 미국에 대한 반감이 있다. (해방 후)
② '박 선생님'은 일본에 대한 반감이 있다. (해방 전)
③ '강 선생님'은 일본말을 쓰는 것에 대해 호의적이다.
④ '박 선생님'은 학생들의 싸움보다 일본 말 쓰는 걸 더 싫어한다.
⑤ '강 선생님'은 박 선생님을 모함하여 파면 하는 데 큰 역할을 했다.

4 이 글에서 나타난 해방 이후의 상황으로 적절하지 <u>않은</u> 것은?

여러분 꼭 알아야 해요!

① 조선이 미국의 도움으로 해방된 것은 미국의 영향력이 컸기 때문이다.
② 미국 양복, 미국 과자 등에서 미국 문물이 들어오기 시작했다는 것이다.
③ 강 선생님이 빨갱이로 몰려 파면 된 것은 이데올로기의 대립때문이다.
④ 미국이 조선을 해방시키는 데 큰 도움을 준 것은 조선을 속국으로 삼으려는 의도 때문이다.
⑤ 국민들은 미국 병정이 벼 공출을 감독하러 왔다는 것에서 국민들은 쌀을 정부에 내어놓았다.

5 이 글에서 '박 선생님'과 '강 선생님'과의 관계를 사자성어로 표현하면?

① 역지사지(易地思之)
② 견원지간(犬猿之間)
③ 사필귀정(事必歸正)
④ 인과응보(因果應報)
⑤ 허장성세(虛張聲勢)

글쓰기

○ 다음 지문 (가)~(다)를 읽고, 공통점을 한 문장으로 작성하고, 공통적 속성이 어떻게 해당되는지 그 이유를 각 지문마다 구체적으로 서술하시오.

⑦ 〈이상한 선생님〉에서 '박 선생님'은 일본을 맹신하며 절대 패망하지 않을 것이라 생각한다. 그러나 기대와 달리 일본이 패망하고 조선은 독립한다. 광복 후 박 선생님은 학생들에게 일본은 나쁜 나라라고 가르치면서 일본을 적대시한다. 그러면서 조선은 역사가 길고 문화가 발달한 나라라고 칭송하고, 학생들에게 미국말을 배워 미국에 협력하라고 권한다.

⑭ 〈꺼삐딴 리〉의 '이인국 박사'는 외과 의사이면서 종합병원 원장이다. 일제 강점기에는 친일파로 활동하고 돈 있는 사람들에게만 치료를 해준다. 광복 후에는 북한에서 소련군에 접근하여 명맥을 유지한다. 또한 1·4 후퇴 때 월남한 이후 미군정 인사를 통해 부와 명예를 지켜내는데 성공한다. 즉, '친일파 〉 친소파 〉 친미파'라는 과정을 거치며 시류에 따라 변절하면서 순응해 간다.

⑭ 다음은 조선 후기 사설시조이다. 두꺼비는 지방의 탐관오리를, 파리는 힘없는 백성이다. 백송골은 중앙의 고위 관료로 두꺼비가 백송골에 꼼짝 못하는 형국이다. 반면 두꺼비가 파리를 괴롭힌다. 이러한 두꺼비의 모습은 고위 관료에게 비굴한 모습을, 백성은 착취하는 이중성을 나타낸다.

두꺼비 파리를 물고 두엄 위에 치달아 안자
건넛산 바라보니 백송골이 떠 있거늘 가슴이 섬뜩하여 풀떡 뛰어 내닫다가 두엄 아래 자빠지고
모쳐라 날랜 나일망정 어혈 질 뻔하여라.

✦ 시류에 편승하는 기회주의자들 ✦

〈이상한 선생님〉은 광복 전후의 사회적 혼란기 속에서 자신의 이득만을 취하려는 인물 '박 선생님'을 중심으로 이야기가 전개됩니다. '박 선생님'은 소설 속 한 인물로만 그치는 것이 아닌 혼란기 속에서 이기적이고 기회주의적인 모습을 가진 인물을 대표합니다. 작가는 그러한 인물을 통해 독자가 독선적이고 기회만을 엿보는 인물들을 부정적으로 인식하게 하고, 국민에게 해악을 끼치면서 자신의 이익만을 꾀하려는 기회주의자들을 비판하고 있습니다.

'박 선생님'의 외양묘사를 풍자하여 우스꽝스럽게 나타냈지만 그 이면에는 어둡고 무거운 주제를 드러내기 위한 장치라는 것을 생각해볼 필요가 있습니다. 박 선생님의 외모와 행동을 과장되게 희화화하여 비꼼으로써 사회적 시류에 따라 편승하여 살아가는 기회주의자를 구체적으로 보여주는 것입니다. 물론, 일제 강점기라는 거대한 사회적 혼란에 자신의 이익을 따라 좇아 가겠다는 행동은 나라를 버리는 매국노로 보입니다. 그것이 나라와 국민에게 해악을 끼치는 일이라 생각할 수조차 없는 인물이기에 그렇게 친일파가 되는 것이겠죠. 하지만 친일에 목매던 박 선생님은 일본이 패망하자 미국에 붙어 칭송하는 인물이 됩니다. 당시에는 이러한 인물들이 참 많았습니다. 그래서 여러 문학작품에서 이러한 이기주의적이고 독단적이며 기회주의적인 면모를 갖춘 인물들이 다양하게 등장합니다.

이러한 기회주의적 면모는 일제강점기에만 나타나는 것은 아닙니다. 현대를 살아가는 다양한 상황에서도 기회만을 엿보는 이기주의적인 사람들이 등장하곤 합니다. 여러분 주변에 〈이상한 선생님〉에 등장하는 인물, '박 선생님'과 같은 사람은 없는지, 혹은 내가 이기적이고 기회를 엿보는 사람은 아니었는지 생각해보며 어떻게 하면 우리 사회가 지닌 문제를 슬기롭고 지혜롭게 풀어나갈 수 있는지 생각해보는 시간을 가져보며 감상해봅시다.

✦ 책상은 책상이다 ✦

나이 많은 남자

잠깐!

작가에 대해 말아볼까요?

페터 빅셀
1935~

1935년 스위스 루체른에서 태어났다. 1964년《사실 블룸 부인은 우유 배달부를 알고 싶어
한다》를 발표하며 세계적으로 주목받기 시작했고, 47그룹상(1965), 스위스 문학상(1973),
요한 페터 헤벨 문학상(1986), 고트프리트 켈러 문학상(1999) 등을 수상했다. 그는 스위스
현대문학을 대표하는 작가로 꼽히며, 스위스의 모든 교과서에 그의 글이 실려 있을 정도로
스위스 국민의 존경과 사랑을 받고 있다.

여기서
잠깐!

만화로 미리 주제 파악하기

> 무료한 삶을 살다가 자신만의 언어로 바꿔 말하기 시작해. 명사들을 마음대로 바꿔보니 재밌어서 동사들도 바꿔보기 시작하지. 그러다가 결국 자신의 세계에 빠져 다른 사람들과의 소통이 불가능해지고 고립되고 단절된 생활을 하게 되면서 침묵하게 돼.

나이 많은 남자

'국어 공신' 선생님의 감상 꿀팁!

'국어 공신' 선생님

〈책상은 책상이다.〉는 언어의 특성, 즉 언어의 사회성과 자의성에 대해 이해하기 좋은 작품이야. 왜 언어가 사회적 약속인지를 이해해보면서, 그것을 지키지 않을 때 노인처럼 고립되고 단절될 수밖에 없는지 살펴보자. 또한 언어의 자의성에 대해서도 이해하며 감상해보자.

책상은 책상이다

언어는 사회의 약속이다.

나는 지금부터 한 늙은 남자[1]에 관한 이야기를 해 볼까 한다.

더 이상 한마디도 말하려 하지 않고, 아주 지친 얼굴을 한, 너무나 지쳐서 웃지도 못하고, 또 화를 내기에도 너무나 지쳐버린 그런 남자에 관한 이야기이다. 그는 어느 조그만 도시의 거리 끝모퉁이, 혹은 네거리 근처에 살고 있었다. 그에 관한 묘사한다는 것은 거의 아무런 가치가 없을 듯하다. 왜냐하면 그는 다른 사람들과 구분되는 점이 거의 없기 때문이다. 그는 회색 모자, 회색 바지, 회색 잠바를 걸치고 있었으며, 겨울에는 길다란 회색의 망또까지 걸치고 다녔다.[2] 또 그는 살갗이 메마르고 쪼글쪼글하게 주름진 가느다란 목을 가지고 있었는데, 하얀 셔츠의 깃은 그에겐 도무지 너무나 커보였다.

그의 방은 맨 꼭대기 층[3]에 있었는데, 아마도 그는 결혼하였을 것이고 자식들도 있을 것이며 또 이전에는 어딘가 다른 도시에서 살았을지도 모른다. 물론 그에게도 어린이였던 한때가 있었을 테지만, 그것은 어린 아이들이 어른들처럼 교육되던 그러한 시대였을 것이다.[4] 우리 할머니들의 사진첩을 보면 그것을 확인할 수 있다. 그의 방에는 의자가 두 개, 책상이 하나, 양탄자와 한 대의 침대, 한 대의 장롱이 있었다. 조그만 테이블 위에는 자명종이 놓여 있었으며, 그 옆에는 낡은 신문 쪼가리들과 사진첩이 놓여 있었다. 벽에는 거울과 그

---

[1] 이 소설의 주인공을 일컫는다.
[2] '회색'은 주인공의 삶이 획일적이고 특별함이 없으며 너무나 일상적인 삶임을 나타낸다.
[3] 그가 고립된 공간에 위치함을 의미한다.
[4] 그가 나이가 많음을 짐작할 수 있다.

림이 한 점 걸려 있었다.

그 늙은 남자는 아침에 산책을 하고 오후에도 산책을 하는데, 그러면서 이웃집 사람들과 몇 마디 말을 나누기도 한다. 그리고 저녁 무렵에는 자기의 책상에 앉아 있곤 한다.**5**

변화가 없는 그러한 일들이 되풀이 되었으며, 일요일에도 마찬가지로 그러하였다. 책상에 앉아있을 때면 그 남자는 자명종이 똑딱거리는 소리를 듣는다. 시계는 언제나 그렇게 똑딱거리기만 한다.**6**

그런데 언젠가 한 번은 특별한 날이 있었다.**7** 그날은 해가 맑게 뜬 날이었는데, 그렇게 덥지도, 또 그렇게 춥지도 않은 날이었다. 새들은 지저귀고 사람들은 친절하였다. 어린아이들은 즐겁게 뛰어놀고 있었다. 그런데 무엇이 특별한가 하면, 그 모든 것이 갑자기 남자의 마음에 들었다는 사실이다.**8**

그는 빙그레 미소를 지었다.

"이제 모든 것이 변화하게 될 거야.**9**"하고 그는 생각했다. 그는 셔츠의 맨위쪽 단추를 끌러 놓고 모자를 손에 쥐고는 걸음을 재촉하였다. 게다가 무릎을 홰홰 내저으면서 걸으니 마음이 여간 흡족한 것이 아니었다. 그는 시내까지 걸어 나가서는 어린애들에게 고개를 끄덕여주기도 하였다. 그는 다시 집앞으로 돌아와 계단을 올라가서는 주머니에서 열쇠를 꺼내어 자기 방의 문을열었다.

그러나 방안에는 모든 것이 다 그대로였다. 책상이 하나, 의자가 두 개, 침대가 하나. 그리고 자리에 앉자마자, 시계가 똑딱거리는 소리가 들려왔다. 그러자 모든 기쁨이 일시에 사라져버렸다. 여전히 아무 것도 변한 것이 없기 때문이었다. 이윽고 그 남자에게는 커다란 분노가 울컥 치밀어올랐다.

거울을 보니 얼굴이 벌겋게 달아오른 모습이 보였다.**10** 그는 눈을 게슴츠레

5 그의 주변 환경과 행동이 모두 평범하다.
6 그의 단조로운 삶을 사물(시계)와 의성어(똑딱)으로 표현하고 있다.
7 단조로운 일상의 변화를 짐작할 수 있다.
8 남자의 심리변화를 '지루함'에서 '기대감'으로 변화하는 것을 '직접 제시'하고 있다.
9 변화를 갈망하는 남자의 심리를 엿볼 수 있다.

'국어 공신' 선생님

하게 뜬 자신의 모습을 보았다. 그는 주먹을 꽉 쥐고는 그것을 높이 들어올려 책상을 탕하고 내리쳤다. 처음에는 단 한 방만을, 그리고 또 한 방을, 그리고 나서 그는 책상을 마구 두드리면서 다음과 같이 계속하여 외쳤다.[10]

"변해야 돼, 뭔가가 변해야 된다구!"

그러자 그에게는 자명종 소리가 더 이상 들리지 않게 되었다.

그의 두손은 고통으로 부들부들 떨리기 시작했으며, 목소리는 나오지 않았다. 그러나 곧 자명종 소리가 다시 들렸으며, 아무것도 변화하지 않았다.

"언제나 그 책상이 그 책상이구먼."하고 그 남자는 중얼거렸다.

"똑같은 그 의자들, 똑같은 침대, 똑같은 그림. 그리고 나는 책상을 책상이라고 그러지. 그림을 그림이라고 부르고, 침대를 침대라고 부르지. 또 사람들은 의자를 의자라고 부른단 말이야. 그런데 왜 그래야 되는 거지?"[12] 프랑스 사람들은 침대를 '리'라고 부르고, 책상을 '따블'이라고 부르며 그림을 '따블로'라고, 또 의자를 '셰스'라고 부른다.[13] 그러면 자기네들끼리는 말이 통한다. 또 중국인들은 자기네들끼리 서로 서로 통한다.[14]

왜 침대를 그림이라고 하면 안되지?[15] 하고 그 남자는 생각하고는 속으로 미소를 지었다. 그리고는 껄껄걸 웃기 시작하였다.[16] 이웃집 방에서 벽을 두드리며 "거 조용히 좀 합시다."하고 외칠 때까지 그는 웃어제꼈다.

"자 이제 뭔가가 변화한다." 하고 그는 외쳤다. 그러면서 그는 이제부터 침대를 '그림'이라고 부르기로 하였다.[17]

"피곤한데, 이제 그림[18]속으로 들어가야겠다."하고 그는 말했다.

여러분, 집중해야 해요!

'국어 귀신' 선생님

[10] 변화에 대한 기대가 좌절됨을 보여주고 있다. 또한 인물에 대한 성격을 '간접 제시'방법으로 보여주고 있다.
[11] 그의 분노한 감정을 행동으로 보여준다.
[12],[14] 언어의 사회성에 의문을 제기한다.
[13] 언어의 자의성에 의문을 제기한다.
[15] 언어의 사회성에 대한 회의를 느낀다. .
[16] 언어의 자의성에 대한 인식을 바탕으로 특별한 일을 할 것임을 짐작할 수 있다.
[17] 남자는 단어의 이름을 임의적으로 바꾸고 있다. 언어의 사회성을 무시하기 시작한다.

그리고 그는 아침마다 오랫동안 그림[18] 속에 누워서 이제 의자를 무어라 부르면 좋을까 하고 곰곰히 생각하였다. 그는 의자를 '자명종'이라고 부르기로 하였다.

그는 벌떡 일어나서 옷을 입고는 자명종에 앉아서 두 팔을 책상에 괴고 있었다. 그러나 이제 책상을 더 이상 책상이라고 불러서는 안되었다. 그는 이제 책상을 양탄자라고 불렀다. 그러므로 그 남자는 아침에 그림에서 일어나, 옷을 입고는 양탄자[20] 옆의 자명종[21]에 앉아 무엇을 어떻게 부를까 하고 곰곰히 생각하는 것이다.

침대를 그는 그림이라고 불렀다.

책상을 그는 양탄자라고 불렀다.

의자를 그는 자명종이라고 불렀다.

신문을 그는 침대라고 불렀다.

거울을 그는 의자라고 불렀다.

자명종을 그는 사진첩이라고 불렀다.

장롱을 그는 신문이라고 불렀다.

양탄자를 그는 장롱이라고 불렀다.

그림을 그는 책상이라고 불렀다.

그리고 사진첩을 그는 거울이라고 불렀다.

[22]

이런 식으로 말하자면 결국 다음과 같았다.

아침에 그 늙은 남자는 오랫동안 그림[23] 속에 누워있었다. 아홉 시가 되자 사진첩[24]이 울렸다. 그 남자는 일어나서는, 발이 시리지 않도록 깔아놓은 장롱[25] 위에 섰다. 그리고 나서 그는 신문[26]에서 옷가지를 꺼내어서는 그것을 걸쳐 입고는 벽에 걸린 의자[27]를 들여다보았다. 그리고 나서 양탄자[28] 옆의 자명종[29]에 앉아서 거울[30]을 꼼꼼히 넘겨

수능에 나올 수 있어!

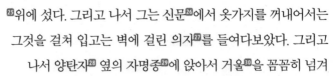

18 침대 19 침대 20 책상 21 의자
22 남자의 일상을 이루는 단어들을 임의적으로 조작하고 있다.
23 침대 24 자명종 25 양탄자 26 장롱 27 거울 28 책상 29 의자 30 사진첩

'국어 금신' 선생님

보다가 마침내 거기에서 그의 어머니의 책상[31]을 발견하였다.

그 남자는 이 일[32]에 재미를 느꼈다. 그는 하루 종일 이것을 연습하였으며 새로운 단어들을 갖다 붙였다. 이제 모든 것들에 새 이름이 붙여졌다.

그는 이제 더 이상 남자가 아니라 발이었다.

그리고 발은 아침이었고 아침은 남자였다.[33]

[34] 이제 내가 굳이 이야기를 하지 않더라도, 독자 여러분들이 스스로 이 이야기를 꾸며 나갈 수 있을 것이다. 이 남자가 하는 것처럼, 여러분은 그저 다른 단어들로 바꾸어 넣기만 하면 될 것이다.

[35] 울리다는 세우다라고 불리어진다.

시리다는 쳐다보다라고 불리어진다.

누워있다는 울리다라고 불리어진다.

서다는 시리다라고 불리어진다.

세우다라는 넘기다라고 불리어진다, 등등등.

자, 그러면 이제 다음과 같은 멋진 문장이 만들어진다.

아침에 그 늙은 발[36]은 오랫동안 그림[37] 속에서 울리고 있었다.[38] 아홉시에 사진첩[39]에 세워졌다.[40] 그 발[41]은 발떡 시려워서는, 아침이 쳐다보지 않도록 그가 깔아놓은 장롱 위에서 넘겼다.

그 늙은 남자는 파란 노트를 사서 거기에다가 새로운 단어들을 가득 써내려갔다. 그는 이제 할 일이 무척 많아진 셈이다. 사람들은 이제 그를 거리에서는 거의 찾아볼 수 없을 정도가 되었다.

그는 이 모든 물건들을 위한 새로운 명칭사람이나 사물 따

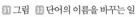

[31] 그림 [32] 단어의 이름을 바꾸는 일
[33] 단어를 바꾸는 그의 작업의 범위가 확장되고 있다.
[34] 무분별하게 단어의 이름을 바꾸어가기 시작함을 의미한다. 작가의 직접적인 서술(전지적 작가시점)로 독자를 작품 속에 직접 참여 시키기 위한 의도를 가지고 있다.
[35] 명사에 이어 동사까지 조작적으로 명명하고 있다.
[36] 남자 [37] 침대 [38] 누워 있었다. [39] 자명종 [40] 울리었다. [41] 남자

'국어 공산' 선생님

위의 이름들을 외웠으며 그러면서 그것들의 진짜 이름은 차츰차츰 잊어버리게 되었다.[42] 그는 이제 오로지 그만이 알고 있는 새로운 언어를 가지게 된 것이다.[43] 그는 가끔가다가 새로운 언어로도 꿈을 꾸게 되었다. 그는 학창시절에 배운 노래들을 자신의 언어로 번역하여 그것을 혼자서 조용히 불러보기도 하였다.

그런데 그 번역일은 그에게 무척이나 힘든 일이 되고 말았다. 그는 자신의 옛 언어를 거의 대부분 잊어버리게 되었던 것이다.[44] 그래서 그는 원래의 진짜 단어들을 자기의 파란 노트에서 찾아보지 않으면 안되었다. 그러자 그는 사람들과 이야기하는 것이 두려워졌다.[45] 그는 사람들이 어떤 물건들을 어떻게 부를까 하고 오랫동안 곰곰히 되짚어보아야만 했다.

그의 그림을 사람들은 침대라고 부른다.

그의 양탄자를 사람들은 책상이라고 부른다.

그의 자명종을 사람들은 의자라고 부른다.

그의 침대를 사람들은 신문이라고 부른다.

그의 의자를 사람들은 거울이라고 부른다.

그의 사진첩을 사람들은 자명종이라고 부른다.

그의 신문을 사람들은 장롱이라고 부른다.

그의 장롱을 사람들은 양탄자라고 부른다.

그의 책상을 사람들은 그림이라고 부른다.

그의 거울을 사람들은 사진첩이라고 부른다. [46]

그리하여 그 남자는 사람들이 이야기하는 것을 들을 때면 웃지 않을 수 없게 되는 지경에 이르렀다.[47]

---

[42] 문제가 생김을 짐작할 수 있다.
[43] 사회성의 격리로 언어의 의사소통 기능을 상실했다.
[44] 언어의 자의적 조작으로 사회적 의미의 언어를 잊었다.
[45] 사회성을 상실하였음을 의미한다.
[46] 그의 언어관이 무너져내렸음을 확인할 수 있다.
[47] '자신만의 언어'로 이해할 수 없기 때문이다.

내신 준비해요!

'국어 공신' 선생님

그는 누군가가 다음과 같이 말하는 것을 듣게 되면 웃음이 터져 나오지 않을 수가 없었던 것이다.

"당신도 아침에 조기축구를 하십니까?", 혹은 "벌써 두 달 째나 비가 내리고 있군요." 등등.

그는 웃지 않을 수 없었다. 왜냐하면 그는 그 모든 것을 이해하지 못했기 때문이다.

그러나 이 이야기는 우스꽝스럽거나 재미난 이야기가 아니다.

이 이야기는 슬프게 시작되어 슬프게 끝나는 이야기이다.[48]

회색의 망토를 걸친 이 남자는 사람들이 하는 말을 더 이상 이해할 수가 없었다. 그런데 그것은 그리 심각한 문제는 아니었다.

[49]
더욱 심각한 문제는, 그 사람들이 그를 더 이상 이해할 수 없다는 사실이다.

그리고 그 때문에 그는 더 이상 말을 하지 않았다.

그는 침묵했고, 아무말도 없이 잠잠히 있는 상태가 되었다.

그는 단지 혼자서만 이야기하였고,

더 이상 사람들에게 인사조차 하지 않았다.

[48] 편집자적 논평으로 세상과 단절된 삶을 사는 비극적인 결말의 이야기이다.
[49] 언어의 사회성을 무시한 결과로 사람과의 단절, 의사소통의 불가를 의미한다.

'국어 공신' 선생님

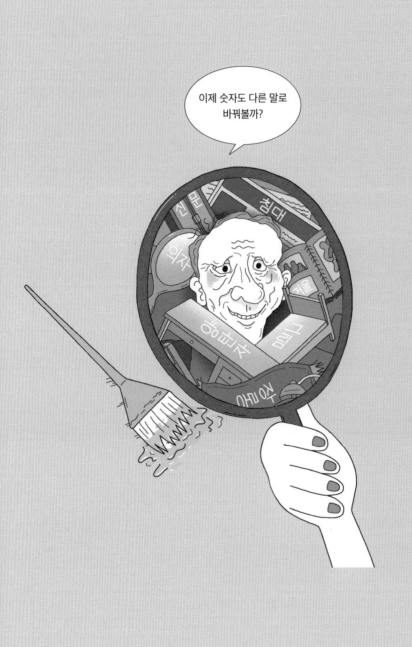

OOPS!

내신·수능 만점 키우기

1 작품 소개

<책상은 책상이다.>는 한 평범한 늙은 남자가 평범한 삶에서 변화된 삶을 꿈꾸지만 실패!, 사물의 이름을 바꾸며 재미에 푹 빠지지만 타인과 소통이 단절되고 고립된다. 이 작품은 언어의 특성 중 언어의 자의성과 사회성에 대해 잘 보여준다. 언어가 가진 가치의 중요성, 우리가 지켜야할 언어적 특성을 깊이 있게 이해해야 할 작품이다.

2 핵심 정리

○ 다음 내용에서 괄호 안에 알맞은 답을 쓰시오.

갈래	현대소설, 단편소설, 관념소설
성격	묘사적, 상징적, 우의적, 교훈적
배경	평범한 도시
시점	(❶)
제재	사물의 이름
주제	언어의 사회성이 결여 된 자의적 사용으로 인한 (❶)의 단절 개인이 마음대로 바꿔 쓴 언어의 사용이 가져온 (❷)의 단절
작가 의도	언어의 (❸)과 언어의 (❹)에 대한 교훈을 주고 있다.
특징	한 인물의 심리를 전지적 작가의 시점을 통해 치밀하게 (❺)하고 있다.

* 관념소설 :작가가 가지고 있는 어떤 관념이나 사상을 구체적으로 형상화한 소설.

* 우의적 : 어떤 대상을 빗대거나 풍자하기 위하여 우회적으로 표현.

3 이 글의 짜임

○ 다음 내용에서 괄호 안에 알맞은 답을 쓰시오.

발단	(❶)한 남자의 일상이 소개된다.
전개	남자는 삶의 변화를 위해 (❷)를 마음대로 바꾼다.
위기	남자는 자기가 만들어낸 (❸)에 매몰된다.
절정	남자는 다른 사람과의 (❹)이 불가능하게 된다.
결말	결국 남자는 (❺)되어 살게 된다.

◈ 그래픽 구조로 글의 짜임 한 번 더 이해하기

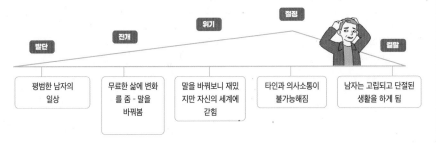

발단	전개	위기	절정	결말
평범한 남자의 일상	무료한 삶에 변화를 줌 - 말을 바꿔봄	말을 바꿔보니 재밌지만 자신의 세계에 갇힘	타인과 의사소통이 불가능해짐	남자는 고립되고 단절된 생활을 하게 됨

4 소설의 특성과 전개 과정에 따른 변화 양상

1 주요 인물 소개 및 특성

① 다음 <보기>에서 알맞은 단어를 선택하세요.

─ 보기 ─

싫증, 평범, 변화, 소통, 단어

소설 속에 등장하는 유일한 인물은 한 남자이다. 이 남자는 (㉠   )하다. 그는 평범한 주거지에서 평범한 외모를 가지고 평범한 삶을 살아가는 범인(凡人: 평범한 사람)이다. 그래서 그는 이러한 자신의 일상에 (㉡   )을 느끼고 있다. 그렇기에 그는 (㉢   )를 갈망하고 있다. 이러한 그에게 기회가 찾아온다. 그는 기존의 의미를 지닌 (㉣   )를 바꾸며 일상에 변화를 주기 시작했다. 처음에는 흥미롭고 재미있던 작업이 결국 그를 매몰되게 만들었다. 끝내, 그는 남들과 (㉤   ) 하지 못하게 되며 고립된다.

② 노인이 '맨 꼭대기 층'에 산다는 것으로 설정한 이유를 서술하세요.

2 사건 전개에 따른 '늙은 남자'의 심리 변화

○ 다음은 이야기 전개에 따른 '늙은 남자'의 심리 변화이다. 카톡 대화를 하듯 ①~③의 알맞은 답변을 쓰시오.

3 인물과 공감하기

○ 누구와도 소통하지 못하는 '늙은 남자'에게 충고의 의미를 담아 문자를 보내봅시다.

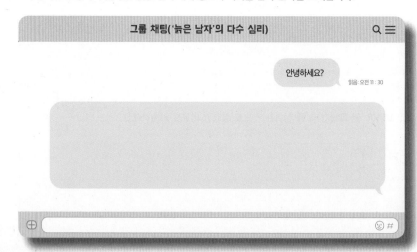

5 소설 속 인물의 갈등과 해결

● 늙은 남자는 자신의 무료함을 해결하기 위해 어떤 방법을 선택했는지 아래 두 선택지 중 하나를 선택하고
그 이유를 작성해보세요.

① 늙은 남자가 스스로 고립과 단절을 선택함.

② 늙은 남자가 원하지는 않았지만 타인들과의 관계가 소홀해지며 자연적으로 고립되고 단절됨.

6 '늙은 남자'의 뇌 구조

● 책 내용을 참고하여 '늙은 남자'의 뇌 구조를 자유롭게 작성해봅시다.

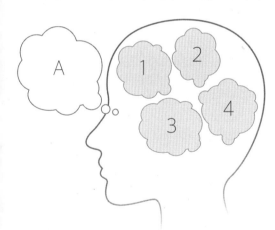

정말
꼭 알아야 해요!

Ⓐ - 너무나 평범하고 무료한 삶을 어떻게 바꾸지?

❶ - 변화가 없는 되풀이 되는 [㉠   ]은 너무 지루해.

❷ - 뭔가 새로운 것이 생길 것 같아. 지루함에서 [㉡   ]으로 변화될 거야.

❸ - 이제부터 사물의 이름을 [㉢   ]부를거야.

❹ - 사람들과 이제는 [㉣   ]이 불가능해졌고, [㉤   ]과 [㉥   ]되
었지만 난 그래도 즐거워.

7 작품 깊이 이해하기

1 문학 이론 살펴보기

① 작품의 서술 방식에 대해 알아보고 빈 칸에 알맞은 말을 쓰시오.

요약적 제시	서술자가 직접 독자에게 인물의 성격이나 행동을 제시하는 것입니다. (설명하는 방식이죠)
편집자적 논평	인물이나 사건에 대해 서술자의 해석이나 주관을 덧붙여 제시하는 것입니다.

<요약적 제시>와 <편집자적 논평>을 활용하면 어떤 장단점이 있을까?

★ 장점: 사건의 결말을 쉽게 이해할 수 있도록 하여 (㉠   )을 높입니다.
★ 단점: 극적인 (㉡   )이나 (㉢   )이 떨어집니다.

② 언어의 특징에 대해 알아보고 빈 칸에 알맞은 말을 쓰시오.

언어의 (㉠)	언어는 말의 형식과 의미 간에 필연적 관계가 없습니다. 즉, 를 보여주면 나라별로 말하거나 쓰는 형식은 다 다를 것입니다. 그러나 의미는 모두 같기 때문에 의미와 형식 간에 꼭 같을 필요가 없다는 의미입니다.
언의의 (㉡)	언어는 사회적 약속이므로, 그 약속을 어길 때에는 의사소통이 안됩니다.
언어의 역사성	언어는 과거부터 현대에 이르기까지 새롭게 말이 만들어지기도 하고(신생), 말의 의미가 변화(성장)하기도 하며, 오래된 단어는 사라지기도(소멸) 합니다.
언어의 규칙성	모든 언어는 규칙이 있습니다. 즉, 문법적 요소를 가지고 있어 그 약속을 지켜야 소통에 무리가 없습니다.
언어의 창조성	단어를 활용하여 무수히 많은 문장을 만들 수 있습니다. 같은 의미라도 다르게 문장을 완성할 수 있습니다.

2 작품 살펴보기 (서·논술형)

1 <책상은 책상이다>에서 노인은 '회색'모자, 회색 바지, 회색 잠바를 걸치고 있으며, 겨울에는 길다란 '회색' 망토까지 걸치고 다녔습니다. '회색'이 의미하는 바를 서술하세요.

2 작가가 편집자적 논평을 통해 '이 이야기는 슬프게 시작되었고 슬프게 끝이 난다.'라고 밝힌 이유는 무엇인지 서술하세요.

8 토론하기

○ 우리는 생활 속에서 영어, 프랑스어 등의 외국어를 접하며 많은 어려움을 겪고 있습니다. 전 세계가 하나의 언어로 소통하는 것은 어떨까요?

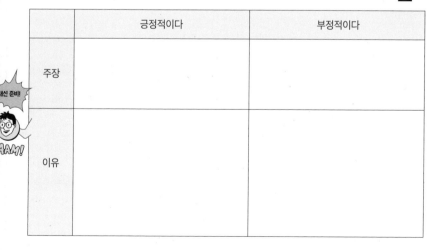

	긍정적이다	부정적이다
주장		
이유		

간단히 내용 파악하기 --------------------------------

○ 다음 문제를 읽고 올바른 내용에는 O, 틀린 내용에는 X 표시를 하시오.

1 한 남자는 어느 조그만 도시의 거리 끝모퉁이, 혹은 네거리 근처 지하 골방에서 외롭게 살고 있었다. [　O｜X　]

2 그의 삶은 '시계가 언제나 똑딱 거리는 것'과 같다. [　O｜X　]

3 그는 이제부터 침대를 '그림'이라고 부르기로 한 것은 언어의 자의성을 무시한 것이다. [　O｜X　]

4 그가 사물의 이름을 바꾸기 시작하자. 그는 자신의 옛 언어를 거의 대부분 잊어버리게 되었다. [　O｜X　]

5 이 소설은 전지적 작가 시점으로 '편집자적 논평'이 드러난다. [　O｜X　]

○ 다음 문제를 읽고 올바른 답을 단답형으로 작성하시오.

1 '남자는 모든 것이 갑자기 남자의 마음에 들었다는 사실이다.', '그러자 모든 기쁨이 일시에 사라져버렸다.'에서 인물 제시 방법은 무엇인가요?

[　　　　　　　　　　　　　　　　　　　　　　　　　　　　　]

2 「그는 주먹을 꽉 쥐고는 그것을 높이 들어 올려 책상을 탕하고 내리쳤다. 처음에는 단한 방만을, 그리고 또 한 방을, 그리고 나서 그는 책상을 마구 두드리면서 다음과 같이 계속하여 외쳤다.」에서 그의 감정은 어떤지 한 단어로 쓰시오.

[　　　　　　　　　　　　　　　　　　　　　　　　　　　　　]

3 언어는 한 나라 안에서 사용하는 약속입니다. 이것을 언어의 [　　　　　]이라고 합니다.

4 남자는 명사 뿐 아니라 동사도 바꿨습니다. '세우다', '쳐다보다', '울리다', '시리다'는 각각 어떻게 바꿨는지 쓰세요.

[　　　　　　　　　　　　　　　　　　　　　　　　　　　　　]

5 이 소설의 결말에서 살펴볼 수 있는 특징은 무엇인가요?

[　　　　　　　　　　　　　　　　　　　　　　　　　　　　　]

실전 문제로 작품 정리하기 --------

1 이 글에 대한 설명으로 적절하지 <u>않은</u> 것은?

① 한 늙은 남자의 이야기다.
② '말' 때문에 인물과 인물 간의 갈등이 구체적으로 제시된다.
③ 이 소설은 전지적 작가 시점으로 편집자적 논평이 드러난다.
④ 언어의 사회성이 결여된 자의적 사용으로 인한 소통의 단절을 나타냈다.
⑤ 한 인물의 심리를 전지적 작가 시점을 통해 치밀하게 묘사하고 있다.

2 이 글의 짜임에 대한 설명이다. 그 내용이 다른 하나를 고르시오.

① 발단-한 남자의 특별한 삶을 소개한다.
② 전개-남자는 삶의 변화를 위해 언어를 마음대로 바꾼다.
③ 위기-남자는 자기가 만들어낸 변화에 매몰된다.
④ 절정-남자는 다른 사람들과의 소통이 불가능하게 된다.
⑤ 결말-결국 남자는 고립되어 살게 된다.

3 이 글에 대한 설명으로 옳지 <u>않은</u> 것은?

① 언어의 자의성에 대한 의문을 제기하고 있다.
② 언어의 사회성에 대한 의문을 제기하고 있다.
③ 남자는 일상을 이루는 단어들을 임의적으로 조작하고 있다.
④ 변화를 갈망하는 남자의 심리를 엿볼 수 있다.
⑤ 그의 단조로운 삶을 의태어로 표현하고 있다.

4 남자가 분노에 치민 이유는 무엇인가?

① 사람들과의 갈등으로
② 자신의 계획이 날씨로 인해 틀어졌으므로
③ 그동안의 일들이 제대로 되지 않았으므로
④ 모든 것이 변화될 거라는 기대와는 다르게 방안에 모든 것이 그대로여서
⑤ 맨 꼭대기 층은 너무 더워서 늘 불쾌지수가 높아져 있기 때문에

5 이 글에 대한 설명으로 옳은 것은?

① 단어를 바꾸는 남자의 작업은 범위가 축소되고 있다.
② 명사에 이어 동사까지 조작적으로 명명하고 있다.
③ 분별적으로 단어의 이름을 바꾸어 가기 시작했다.
④ 3인칭 관찰자 시점으로 남자의 관찰에 의해 이야기가 전개된다.
⑤ 남자의 언어관은 확실해서 무너져 내려지지 않았다.

글쓰기 -->

◎ <책상은 책상이다>의 본문 내용을 바꿔 써봅시다. 다음 상황 중 하나를 골라 작성해보세요.

> **상황**
>
> * 남자가 단어의 이름을 바꾸는 장면
> * 언어적 한계에 절망하는 장면
> * 자유롭게 상황을 설정해 작성해도 됨.

즐겁게
글쓰기 해보아요!

언어는 사회적 약속이므로
개인이 바꾸면 소통이 되지 않는다.

소설 〈책상은 책상이다〉는 스위스 교과서에 실려 있을만큼 사랑받는 작품이다. 작가는 이야기를 통해 우리가 지닌 고정관념, 편견, 소외 등의 문제를 다루고 그것에 대해 자유로움에 대해 생각하고 있다.

주인공인 노인은 반복되는 일상 속에서 변화하고 싶지만 마음만 그럴 뿐 자신의 방은 전혀 변화하지 않는 것에 분노한다. 그리고 분명한 변화를 꾀하고자 자신의 방에 있는 사물을 하나씩 다르게 부르기 시작한다. 사물의 이름을 자신만의 언어로 바꾸기 시작한 것이다. 이것은 언어에 대한 사회적 약속을 어기는 행위이다. 그로 인해 본인 스스로 만족감은 얻을 수 있을지는 몰라도, 사회에서는 소통이 단절되는 것이므로 고립과 단절을 자처한 것이다. 하지만 그는 오히려 그 변화에 만족하고 행복해 한다. 그 단절과 고립이 우리는 그에게 불행처럼 느낄 수 있을지는 몰라도, 다른 관점에서는 그 스스로 만족감과 행복감을 느끼는 행위일 수 있다. 이러한 관점에서 우리는 두 측면 모두를 생각해 그를 이해해야 한다.

단편적으로 언어적 소통이 되지 않으면 고립되고 단절되는 것이 나쁘다고 생각하는 것은 고정관념과 편견일 수 있다는 생각을 가져보고, 그렇지만도 않을 것이라는 이유를 생각해봐야 한다.

작가는 '이 이야기는 슬프게 시작되었고 슬프게 끝이 난다'고 한 것은 외롭고 단조로운 일상을 극복하고자 한 남자의 선택이 오히려 더 안 좋은 결과를 가져왔기 때문일 것이다라고 말하는 부분에서 남자를 부정적으로 생각할 수 있다. 또한 그는 다른 사람들과 의사소통을 할 수도 없을 뿐더러, 다른 사람들 또한 그를 전혀 이해할 수 없게 되어 결국 스스로 고립되어 버린 것이다라며 이야기를 마치지만, 그 뒤의 이야기에서 그는 고립되고 단절된 생활 속에서 자신만의 상상력으로 자신만의 가치와 상상의 세계에서 행복하게 살다가 남은 여생을 보냈다라는 결론으로 생각해보면 어떨까?

그럼에도 불구하고 우리는 언어의 특질에 대해서는 분명하게 이해하고 넘어가야 한다. 언어의 사회성, 언어의 자의성을 이해할 필요성을 강조한다. 교과서에서 다루는 언어의 특질을 충분히 이해하며 감상해보자.

✦ 허생전 ✦

허생

잠깐!

작가에 대해 알아볼까요?

박지원
1737~1805

〈허생전〉은 박지원의 실학사상이 반영된 소설로, 현실 비판 정신과 작가의 이상향에 대한 추구가 잘 드러나있습니다. 박지원은 〈허생전〉을 통해 당시 조선 사회가 안고 있던 정치적·경제적 제도의 취약점과 모순을 고발하고, 실학적 세계관과 청나라의 실용문물을 수용할 것을 주장하며 당시 집권층의 모순을 지적하고 있습니다.

만화로 미리 주제 파악하기

허생
실학사상을 가진 학식이 뛰어난 가난한 선비

VS

허생의 아내
글만 읽는 남편을 원망하며 생계 유지를 위해 바느질을 함. 명분보다 실리를 중시하는 실용주의자

변씨
조선 후기 신흥 부자이면서 허생의 능력을 알아보는 안목을 가짐. 허생에게 아무말 없이 큰 돈을 빌려주는 대범한 성격을 지님

이완
개혁의지가 없는 무능한 집권층

'국어 공신' 선생님의 감상 꿀팁!

이 작품은 조선시대 부조리한 사회 현실을 비판하며 정치·경제적 제도의 취약함과 모순을 고발하고 있어. 주인공 허생을 통해 올바른 인재 등용, 부패 척결과 실리 추구, 청나라 문물 교류를 통한 부국강병을 강조하는 허생의 모습을 깊이 있게 이해하며 작품을 감상해보자.

'국어 공신' 선생님

허생전

무능한 지배층들은 현실 개혁을 통해 조선을 바로 잡아야 해

허생(許生)은 묵적동(墨積洞)에 살았다. 남산 밑으로 가면 우물이 하나 있는데, 거기에는 오래 된 은행나무 한 그루가 있다. 그 은행나무를 향해 허생의 집 싸리문이 열려 있다. 싸리문을 들어서면 집이라야 비바람조차 가리지 못할정도였다. 그러나 허생은 오직 책 읽기만 좋아할 뿐이어서, 허생의 아내가 삯바느질로 간신히 입에 풀칠할 지경이었다.❶

어느 날 허생의 아내는 너무 배가 고파 울면서 말했다.

"당신은 평생에 과거도 보지 않으면서, 책을 읽어 무엇에 쓰시려오?"

허생이 웃으며 말하기를,

"나의 독서는 아직 미숙하오."

아내가 묻기를,

"공장(工匠, 물건 만드는 일을 업으로 삼는 사람.) 노릇도 못한단 말입니까?❷"

허생이 말하기를,

"공장 일은 배우지도 않았는데 어찌 할 수 있겠소.❸"

아내가 다시 묻기를,

"그럼 장사치 노릇도 할 수 없단 말입니까?"

허생이 대답하기를,

❶ 허생의 궁핍한 생활과 실생활에 무능한 양반들의 모습을 보이고 있다.
❷ 아내는 남편에게 '실용적 사고'를 강조하고 있다.
❸ '할 수 없다.'는 의미로, 양반의 무능을 드러내고 있다.

'국어 공산' 선생님

내신 준비!!

"장사치 노릇도 밑천이 없으니 어찌 할 수 있겠소."

부인이 화를 내며 내쏘았다.

"밤낮으로 글만 읽었어도 배운 것이라곤 오직 '어찌 할 수 있겠소'뿐이구려. 공장 노릇도 못한다, 장사치 노릇도 못한다, 그러면 도둑질도 못한단 말이오?❹"

허생이 어쩔 수 없이 책을 덮고 일어섰다.

"애석하구나! 내가 당초 십 년 기한으로 책을 읽으려 했지만, 이제 겨우 칠년이 되었을 뿐……."하고 밖으로 나갔다.

허생은 거리로 나섰으나 아는 사람이 없었다. 그는 곧장 운종가(雲從街, 조선시대 때 한성(漢城)의 거리 이름. 지금의 종로 네거리를 중심으로 한 곳인데, 이곳에 육의전(六矣廛)이 설치되었다.)로 가서 길 가는 사람을 잡고 물었다.

"한양에서 제일 가는 부자가 누구요?"

어떤 사람이 변씨(卞氏)❺라고 일러주었다. 허생은 드디어 그 집을 찾아갔다. 그는 허리를 숙여 정중히 인사를 올린 후 이야기를 꺼냈다.

나는 집안이 가난한데 무언가 작은 일을 해보고 싶소이다. 바라건대 만 냥만 빌려 주시오."

변씨가 말하기를,

"좋소이다."

라고 대답한 후 선뜻 만 냥을 빌려주었다. 그런데 만 냥이나 빌려달라던 그 손님은 고맙다는 한마디 말도 없이 떠나 버렸다.❻

그 집의 자제(子弟, 남을 높여 그의 아들을 이르는 말.)들과 빈객(賓客, 귀한 손님.)들이 허생을 보니 거지와 다를 바가 없었다. 허리띠라고 두르기는 했지만 술이 다 빠졌고, 가죽신이라고 신기는 했지만 뒤꿈치가 뒤집어져 있었다. 갓은 너덜거리고 도포는 때에 절었으며, 코에는 허연 콧물까지 맺혀 있었다.❼ 허생이

'국어 골신' 선생님

❹ 남편에 대한 반감이 최고조에 달했다는 것을 알 수 있다.
❺ 조선 후기, 상업으로 부를 축적한 신흥 부유층을 대표하는 인물이다.
❻ 허생의 이인(異人: 재주가 신통하고 비범한 사람.)다운 풍모가 잘 드러난 부분이다.

간 후 모두 크게 놀라 말했다.

"어르신네께서는 저 손님을 알고 계십니까?"

변씨는 대답하기를,

"모르네."

"잠깐 사이에 평소에 알지도 못하는 사람에게 귀중한 만 냥을 헛되이 던져 주시면서, 그 이름을 묻지도 않으시니 어찌 된 일입니까?"

변씨가 대답하기를,

"이 일은 그대들이 알 바 아니네. 대체로 다른 사람에게 무엇인가를 구할 때에는 반드시 ㉠ 자신의 뜻을 장황하게 이야기하는 법이지. ㉡ 먼저 자신의 신의를 내보이려고 애쓰지만 ㉢ 그 얼굴빛은 어딘가 비굴하며, ㉣ 그 말은 했던 것을 자꾸 반복하게 마련이네.⁸ 그런데 저 손님은 옷과 신발이 비록 누추하지만, 그 말이 간단했고 그 시선은 오만했으며 부끄러워하는 기색이 조금도 없었다네. 이는 재물에 대한 욕심이 없어 스스로의 처지에 만족하고 있는 사람이기 때문이지. 그가 한번 해보고자 하는 일도 결코 작은 일은 아닐 것이니, 나또한 그 사람을 시험해 보고 싶은 마음이 든 것이야. 게다가 주지 않았으면 또 모르거니와 이미 만 냥을 주었는데 그 이름을 물어서 무엇하겠는가."

라고 하였다.

한편, 이미 만 냥을 얻은 허생은 집으로 돌아가지 않고 혼자 생각하였다.

'안성(安城)은 경기도와 충청도가 갈라지는 곳이요, 삼남(三南, 충청도 · 전라도 · 경상도의 총칭.)을 통괄하는 입구렷다.'

그는 곧장 안성에 가서 거처를 마련했다. 그리고 대추, 밤, 감, 배, 감자, 석류, 귤, 유자 등의 과일류를 몽땅 시세의 두 배 돈을 들여 사서 저장해 두었다.⁹

여러분, 집중해야 해요!

'국어 금신' 선생님

---

⑦ 허생의 초라한 행색을 나타내는 구절로, 사자성어 '폐포파립(敝袍破笠)'으로 표현할 수 있다. 또한 허생의 이인(異人)다움을 파악한 변씨의 거상다운 모습을 부각하는 구실을 한다.

⑧ ㉠호언장담, ㉡자화자찬, ㉢교언영색, ㉣중언부언 사자성어로 표현할 수 있다.

허생이 과일을 독점해 버림에 따라 나라 안에서는 잔치나 제사를 치를 수 없게 되었다. 얼마 후 허생은 저장했던 과일을 풀었다. 허생에게 두 배를 받고 과일을 팔았던 상인들은 이번에는 반대로 열 배를 주고서 살 도리밖에는 없었다.⑩

허생이 탄식하기를,

"겨우 만 냥으로 나라의 경제를 기울였으니, 이 나라 경제 기반의 얕고 깊음을 알겠구나!"

그리고 과일을 판 돈으로 칼·호미·무명·명주·솜 등을 사가지고 제주도로 건너갔다. 그것을 팔아 말총(말의 꼬리나 갈기의 털)이란 말총은 모조리 사들이며 말하기를,

"몇 해가 지나면 이 나라 사람들 상투도 매지 못하겠구나."

라고 하며 그것을 저장해 두었다. 그의 말대로 얼마 지나지 않아 망건 값이 열 배로 뛰었다.

하루는 허생이 늙은 뱃사공에게 물었다.

"혹시 바다 건너편에 사람이 살 만한 빈 섬이 있지 않던가요?⑪"

사공이 대답하기를,

"있습지요. 일찍이 바람에 휩쓸려 서쪽으로 삼 일을 곧장 흘러가 어떤 빈 섬에서 하룻밤을 묵은 일이 있소이다. 제 생각으로는 사문도(沙門島)와 장기도(長岐島)의 중간쯤으로 짐작되오이다. 꽃과 나무들이 저절로 자라나고 온갖 과일과 채소들은 스스로 여물고 있습디다. 노루 사슴들은 무리를 이루고 노는데, 심지어는 물고기들도 사람을 보고 놀라지 않더이다.⑫"

허생이 크게 기뻐하며 말하기를,

"노인께서는 나를 그리로 인도해 주시오. 그러면 함께 부귀(재

수능에 나올 수 있어!

'국어 공신' 선생님

9 허생이 과일을 매점매석했고, 이 '과일'은 양반의 허례허식을 드러내는 소재이다.

⑩ '소탐대실(小貪大失: 작은 것을 탐내다가 큰 것을 잃음.)'로 표현할 수 있다

⑪ '뱃사공'은 빈섬에 대한 정보를 제공하는 인물이고, '빈 섬'은 허생이 자신의 이상을 시험하는 공간이다.

⑫ 사람의 발길이 닿지 않은 풍요로운 곳이며 '이상향의 이미지'를 엿볼 수 있다.

^{산이 많고 지위가 높음.})를 누릴 수 있을 것이오."

사공은 그 말을 따랐다. 바람을 따라 동남쪽으로 가서 마침내 그 섬에 도착했다. 허생은 높은 곳에 올라 사방을 바라보더니 섭섭한 듯이 탄식하였다.

"땅이 천 리를 넘지 않으니 무엇을 한단 말인가! 다만 땅이 기름지고 물이 깨끗하니 단지 부자 늙은이 노릇이나 할 수 있겠구나."

듣고 있던 사공이 말하기를,

"섬이 비어 사람이 없는데, 장차 누구와 더불어 산단 말씀이오?"

허생이 대답하기를,

"덕이 있는 사람 주위로는 사람들이 모이게 마련이오. 본디 덕이 없음을 두려워할 뿐, 어찌 사람이 없는 것을 걱정한단 말이오?⑬"

라고 하였다.

이 당시 변산^(邊山) 주변에는 도적의 무리가 수천 명이나 되었다. 주^(州)와 군^(郡)에서는 포졸을 내보내어 이들을 잡으려고 했지만 아무런 소득이 없었다.⑭ 하지만 도적들 또한 감히 함부로 나다니며 노략질을 하지 못하니, 급기야는 굶주리고 곤핍한 지경에 이르렀다.

허생은 도적의 소굴로 들어가 그 우두머리에게 물었다.

"천 사람이 천 냥을 노략질하면, 한 사람이 얼마씩 나누어 가지느냐?"

"그야 한 냥씩 나누어 갖겠지."

허생이 또 묻기를,

"그럼 너희들 모두 아내가 있느냐?"

도둑들은 하나같이 대답하기를,

"없다."

허생이 다시 묻기를,

"너희들에게 논밭이 있느냐?"

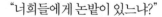

⑬ 허생은 유교적 덕치주의를 지향하고 있다. (※덕치주의: 덕으로 백성을 지도 · 교화함을 정치의 요체로 하는 중국의 옛 정치 이념.)

⑭ 당시의 시대상을 드러내며, 도적을 잡지 못하는 집권층의 무능함을 보이고 있다.

여러 도적들이 비웃으며 말하기를,

"땅이 있고 처자식이 있으면 무엇이 부족해서 도적질을 하겠느냐.**⑮**"

허생이 말하기를,

"정말로 그렇다면, 어찌하여 아내를 얻어 가정을 꾸리고, 소를 사서 농사를 짓지 않는가? 살아 생전에 도적이란 말도 듣지 않을뿐더러, 집안에 있을 때에는 처자식과 함께 즐거움을 누리고 집밖에 나다닐 때에는 포졸에게 붙잡힐 근심도 없을 테니, 오랫동안 먹고 입는 것이 풍족하지 않겠나?"

하고 하니 여러 도적은,

"누군들 그것을 원하지 않아 이렇게 사는 줄 아는가? 단지 돈이 없으니 문제지."

허생이 웃으며 말하기를,

"너희들은 도적질을 한다면서 어찌 돈이 없음을 근심한단 말인가. 내가 너희들을 위해 갖춰놓은 것이 있으니, 내일 바다를 살펴보거라. 바람에 붉은 깃발이 나부끼는 배가 모두 돈을 실은 것들이니, 너희들은 마음대로 그것들을 갖거라."

라고 약속하고 떠나가 버렸다. 도적들은 모두 그가 미쳤다며 비웃었다.

다음날 아침이 되었다. 바다 위에는 허생이 정말로 삼십만 냥을 배에 싣고 온 것이 아닌가. 도적들은 모두 크게 놀라 허생에게 절을 올렸다.

"오직 장군님의 명령을 따르겠습니다.**⑯**"

허생이 말하기를,

"힘 닿는 대로 지고 가 보아라."

도적들은 다투어 돈을 짊어졌는데, 한 사람이 백 냥도 채 짊어지지 못했다. 허생이 꾸짖기를,

"너희들은 백 냥도 짊어질 힘이 없으면서 어찌 도적질을 한답시고 날뛴단

⑮ 살기가 어려운 당시 시대상, 사회상을 나타내고 있다.

⑯ 허생이 번 돈을 배에 싣고 나타나자, 도적들은 허생의 비범함에 크게 놀라 '장군'이라고 호칭한 것이다.

내신 준비!

'국어 공신' 선생님

말이냐! 지금에 와서 너희들이 평민이 되려고 한들, 이름이 이미 도적의 명부에 올라 있어 갈 곳이 없겠구나. 내가 여기서 너희들을 기다리고 있을 테니, 각기 백 냥씩 지니고 나가 결혼할 여자와 소 한 마리를 구해 오거라."

"분부대로 거행하겠습니다."

여러 도적들은 제각기 흩어졌다. 허생은 이천 명의 사람이 일 년간 먹을 양식을 갖추고 그들을 기다렸다.

마침내 도적들이 도착하였으니, 늦게 온 사람은 아무도 없었다. 허생은 이들을 배에 싣고 빈 섬으로 들어갔다. 허생이 이처럼 도적들을 모두 데려가니, 이후 나라 안에는 도적 떼로 인한 소란이 없어졌다.[17]

섬에 이르러 나무를 베어 집을 짓고 대나무를 엮어 울타리를 만들었다. 땅의 기운이 이미 비옥하기 이를 데 없으니 온갖 곡식이 무럭무럭 자라나는데, 김을 매거나 거름을 주지 않아도 한 줄기에 아홉 개의 이삭이 열릴 지경이었다.

추수가 끝나자 삼 년 동안 먹을 것을 쌓아 놓고, 그 나머지는 전부 배에 싣고 장기도로 가져가 팔았다. 장기도는 일본의 속주(屬州, 어느 나라에 속해 있는 주(州))로 삼십일 만 가구나 살고 있었다. 마침 장기도에는 큰 기근(흉년으로 먹을 양식이 없어 굶주림)이 들어 가지고 간 것을 모두 팔아치울 수 있었으니, 은 백만 냥을 벌 수 있었다.

허생이 한숨을 쉬며 말했다.

"이제야 나의 자그마한 시험[18]을 마쳤도다."

이에 섬 안의 남녀 이천여 명을 모두 모아 놓고 명령을 내리기를,
"내가 처음 너희들과 함께 이 섬에 들어올 때에는, 먼저 너희들을 부유하게 만든 후[19] 따로이 문자도 만들고 좋은 문명을 만들려 했다. 하지만 땅이 협소하고 내 덕 또한 부족하니, 이제 나는 이 섬을 떠나려고 한다. 이후 아이가 태어나거든 수저를 쥘 때 오른손으

수능에 나올 수 있어요!

'국어 귀신' 선생님

[17] 실천적 방법을 통해 문제를 해결했다.
[18] 빈 섬에서의 '이상적 사회 구현'을 시도한다는 의미다.
[19] 백성들의 삶의 질을 우선시하는 실학사상을 반영한다는 것이다.

로 쥐도록 가르칠 것이며, 하루라도 먼저 태어난 사람에게 음식을 양보하는 미덕을 가르쳐라.[20]"

하고 하였다. 그리고 허생은 섬에 남겨질 모든 배들을 불태워 버리며 말하기를,

"가지 않으면 오는 사람도 없을 것이다."

그리고 은 오십만 냥을 바닷물 속으로 던지며 말하기를,

"바다가 마르면 이 돈을 얻을 사람이 있을 것이다. 백만 냥이 한 나라 안에서 용납되지 않거늘, 하물며 이 좁은 섬에서는 오죽하랴!"

그리고 사람들 중에는 글을 아는 사람을 배에 태워 함께 떠나며 말하기를,

"이 섬에서 화근거리를 없애야지.[21]"

하고 하였다.

이때부터 허생은 나라 안을 두루 돌아다니며 가난하고 의지할 곳 없는 자들을 구제했다. 그러고도 은이 십만 냥이나 남았다.

"이 정도면 변씨의 빚을 갚기 충분하겠지."

하고 변씨를 찾아갔다.

"당신은 나를 기억하겠소?"

하고 허생이 묻자, 변씨는 깜짝 놀라며 말하기를,

"그대의 얼굴빛은 조금도 변하지 않았구료. 만 냥을 잃어버린 것이 아니오?"

라고 하자 허생은 껄껄 웃으며,

"재물로써 얼굴을 기름지게 하는 것은 당신들에게나 있는 일이오. 만 냥이라 한들 어찌 도(道)를 살찌우겠소."

라고 말하며, 은 십만 냥을 변씨에게 전해 주며 덧붙이기를,

---

[20] 장유유서(長幼有序:오륜(五倫)의 하나. 윗사람과 아랫사람 사이에는 엄격한 차례와 질서가 있음.)의 내용이 담겨 있다.

[21] 허생은 글을 아는 자들은 '화근'이라며 없애야 한다고 했다. 즉, '학식이 있는 것이 오히려 근심을 사게됨'을 뜻하는 '식자우환(識字憂患)'이라는 사자성어로 표현할 수 있다. 이는 공리공론만 일삼는 지식인을 비판한 것이다.

'국어 굴신' 선생님

"내 일찍이 한 순간의 굶주림을 견디지 못해 책 읽는 것을 마치지 못했소. 이제 그대의 만 냥이 부끄러울 따름이오."

라고 했다. 변씨는 크게 놀랐다. 그는 자리에서 일어나 절하고 사례하며, 십분의 일의 이자만을 더해서 받기를 원했다. 이에 허생이 벌컥 화를 내며 말했다.

"당신은 어찌 나를 장사치를 대접하듯 한단 말이오!②②"

허생은 옷자락을 떨치며 나가 버렸다.

변씨가 몰래 그 뒤를 따라가니, 그 손님이 남산 아래의 작은 집으로 들어가는 것을 볼 수 있었다. 마침 우물 위쪽에서 빨래를 하는 한 노파가 있었다. 변씨가 묻기를,

"저 작은 집은 누구의 것이오?"

노파가 대답하기를,

"허 생원 댁이라오. 그는 가난하지만 글 읽기를 좋아하는 사람인데, 어느 날 아침 집을 나가서 돌아오지 않은 지가 이미 오 년이 되었지요. 지금은 그 부인이 혼자 살면서 그가 떠난 날에 제사를 올리고 있다오."

변씨는 처음으로 그 손님의 성이 허씨임을 알고 탄식하며 돌아갔다.

다음날 변씨는 허생에게서 받은 돈 십만 냥을 모두 털어 돌려주려고 하였다. 허생은 거절하며 말하기를,

"내가 부자가 되려고 바랐다면 어찌 백만 냥을 버리고 십만 냥을 취하겠소?②③나는 지금부터 당신의 덕을 입으며 살아가려고 하오. 당신이 종종 우리집의 형편을 살펴서 양식을 조금씩 보태주고 몸을 가릴 옷가지나 주시구려. 일생을 이와 같이 한다면 나는 그것으로 족하오. 무엇 때문에 재물을 주어 내 마음을 고단하게 만들려고 하시오?"

변씨는 온갖 말로써 허생을 설득하려 했지만 허생은

여러분, 철저히 집중해야 해요!

'국어 귀신' 선생님

②② 상인을 무시하는 말로, 허생의 계급의식의 한계를 엿볼 수 있다.
②③ 허생이 재물에 욕심이 없음을 표현한 말이다.

끝내 그의 말을 듣지 않았다.

변씨는 이때부터 허생의 살림이 곤궁할 것이라고 짐작되면 손수 물건들을 날라다 주었다. 허생은 별 거리낌이 없이 즐거운 마음으로 그것을 받았다. 혹시라도 지나치게 많다 싶으면 즉시 싫은 기색을 보이며 말하였다.

"당신은 어째서 내게 재앙을 가져다 주려고 하는가?[24]"

하지만 술을 가지고 가면 크게 기뻐하며 취할 때까지 함께 술잔을 나누었다. 이렇게 몇 년이 지나니 두 사람 사이의 우정은 날로 돈독해졌다.

변씨가 조용히 묻기를,

"불과 오 년 사이에 어떻게 백만 냥을 벌었나?"

허생이 대답하길,

"알고 보면 쉬운 일이네. 조선은 배가 외국으로 자주 왕래하지 않고 수레가 각 지역으로 두루 다니지 않는단 말이야. 다시 말하면 모든 물건이 그 안에서 생산되어서 그 안에서 소비된다는 말이지.[25] 누가 천 냥쯤 지녔다고 가정해 볼까? 이것은 적은 돈이라서 모든 물건을 다 살 수는 없을 거야. 하지만 천 냥을 열로 나눈다면 백 냥이 열 개일 테니, 열 가지 물건을 고루 살 수 있겠지. 백 냥으로 산 물건이니 가벼울 테고, 가벼운 만큼 나르기도 쉬울 걸세. 이런 까닭으로 한 가지 물건의 시세가 좋지 않아도 나머지 아홉 가지로 재미를 볼 수 있을 테니, 이는 일반적으로 이문을 남기는 법이라네. 하지만 이것은 소인의 장사법이지. 자, 이번에는 만 냥을 지녔다고 하세. 만 냥이면 한 가지 물건을 모조리 살 수 있지. 수레에 실린 것은 수레째 사 버리고, 선박에 실린 것은 선박째 사 버리고, 어느 고을에 있는 것 또한 통째로 사 버릴 수 있지 않을까? 마치 그물코처럼 한 번 훑어서 몽땅 사 버리는 것이야. 예를 들면 육지의 산물 여러 가지 중에서 한 가지를 슬그머니 독점해 버린다거나, 해산물 여러 가지 중에서 한

[24] '재앙'의 원관념은 '재물'이다. 재물에 대한 부정적 인식이 드러나 있다.
[25] 조선이 해외무역을 거의 하지 않고, 국내유통을 할 수 있는 교통이 발달하지 않았으며, 폐쇄적이고 낙후된 경제구조를 표현한 것이다.

가지를 슬그머니 독점해 버린다거나, 약재(藥材) 여러 가지 중에서 한 가지를 몽땅 사 버리는 것이지. 이 경우에 한 가지 물건이 모조리 감춰지게 되니²⁶ 모든 장사치들은 그 물건을 구경도 못하게 되겠지. 그러나 이것은 백성을 상대로 도적질하는 것과 다름이 없어. 훗날에라도 어느 관리가 나의 이러한 방법을 쓴다면 반드시 그 나라는 병들고 말 것이야."

변씨가 다시 물었다.

"처음에 자네는 내가 만 냥을 순순히 내어 줄 것을 어찌 알았는가?"

허생이 대답하기를,

"그것은 반드시 자네와 나 사이의 문제만은 아니지. 만 냥을 빌려줄 수 있는 사람이라면 누구라도 그렇게 하지 않을 수 없었을 거야.²⁷ 내가 스스로 내 재주를 헤아려 보건대 족히 백만 냥은 벌 수 있지. 허나 운명은 하늘에 달려 있으니, 내 어찌 자네가 돈을 빌려줄지 안 줄지를 미리 알 수 있겠나? 그러니 나를 믿고 활용한 사람이 복이 있는 사람이라고 할 수밖에. 그는 반드시 부(富)에서 더 큰 부를 누릴 터이니 이는 하늘이 명한 바라, 그가 어찌 돈을 빌려주지 않겠어? 또한 나는 이미 만 냥을 얻었으니, 그의 복에 힘입어 행동할 뿐이니, 하는 일마다 성공하는 것은 쉬운 일이지. 만일 내가 내 재산으로 일을 시작했다면, 그 성공과 실패는 알 수 없었을 걸세."

변씨가 또 물었다.

"지금 사대부들은 남한(南漢)에서의 치욕²⁸을 설욕하려고 한다네. 이제 뜻있는 선비로서 팔뚝을 걷어붙이고 그 슬기를 떨칠 때가 아닌가. 어찌 자네와 같이 뛰어난 사람이 스스로를 어두운 곳에 감추며 이 세상을 마치려고 하는가?²⁹"

허생이 대답하기를,

수능에 나올 수 있어요!

26 허생의 방법으로 '매점매석'을 의미한다.
27 어떤 거상이라도 돈을 빌려줬을 것이라는 말이다. 거상이 될 정도의 안목이라면 허생의 인물됨을 알아보았을 것이라는 뜻이다.
28 병자호란(丙子胡亂)의 굴욕적인 치욕을 의미한다.
29 변씨는 허생이 벼슬길에 나가 북벌을 추진할 것을 바라고 있다.

'국어 공산' 선생님

"예로부터 어두운 곳에 묻혀 일생을 마친 사람이 얼마나 많은가? 조성기는 적국(敵國, 적대 관계에 있는 나라)에 사신으로 갈 만한 사람이었지만 베옷을 입은 선비로 늙어 죽었고, 유형원은 군량(軍糧, 군대의 양식)을 수송할 만한 재주가 있었지만, 해곡 (海曲, 지금의 전북 부안)에서 한적한 삶을 보냈지. 이 모양이니 근저 요즘에 나라를 다스린다는 자들의 꼬락서니를 알 만하지 않은가. 나는 단지 장사를 잘하는 사람이라 그 돈으로 아홉 나라 임금의 머리도 살 수 있었지만, 모두 바다에 던지고 온 까닭은 이 땅에서 그 돈을 사용할 데가 없었기 때문이지.[30]"

이 말에 변씨는 한숨을 쉬고 돌아갔다.

변씨는 원래 정승(政丞) 이완(李浣)과 친분이 있는 사이였다. 이공(李公)이 어영대장(御營大將)이 되었을 때 변씨에게 묻기를,

"위항(委巷, 좁고 지저분한 거리)과 여염(閭閻, 백성들이 모여 사는 거리와 집.) 중에 뛰어난 재주가 있어 큰일을 함께 할 만한 사람이 있겠소이까?"

라고 하였다. 변씨가 허생의 이야기를 하자 이공이 크게 놀라 말하기를,

"기이한 일이로군! 그 말이 사실이오? 그 사람 이름이 무엇이오?"

"제가 그와 삼 년을 사귀었지만 아직 그의 이름을 모릅니다."

이공이 말하기를,

"이 사람은 필시 이인(異人, 재주가 신통하고 비범한 사람.)이로다. 나와 함께 찾아가 봅시다."

밤이 되자 이공은 수행하는 사람들을 물리치고 변씨와 더불어 걸어서 허생의 집을 찾아갔다. 변씨는 이공을 문밖에 세워둔 후, 혼자 들어가 허생에게 이공과 함께 온 사연을 말했다. 그러나 허생은 못들은 척하며 말하기를[31],

"자네가 차고 온 술병이나 풀어 놓게."

라고 하고는 즐겁게 술을 마셨다. 변씨가 이공이 이슬을 맞고 오래 서 있는 것이 민망하여 수 차례 이야기했으나 허생은 대꾸하지 않았다.[32] 밤이 깊어지자 허생은 드디어 말하였다.

[30] 조선의 취약한 경제구조를 지적하고 있다.

[31]~[33] 집권층에 대한 반감의 태도를 보이고 있다. (세 개의 내용이 시험에 자주 나옴)

'국어 공신' 선생님

"이제 손님을 청해도 되겠군."

이공이 들어왔지만 허생은 자리에 앉은 채 일어나지 않았다.[33] 이공은 무안하여 안절부절못했지만, 꾹 참고 나라에서 어진 사람을 구하는 취지를 설명했다. 그러자 허생은 손을 내저으며 말하였다.

"밤은 짧고 말은 기니 듣기에 무척 지루하외다.[34] 당신 지금 벼슬이 뭐요?"

"대장을 맡고 있소이다."

허생이 말하기를,

"그렇다면 당신은 이 나라의 믿음직한 신하라 할 수 있소이다. 내가 와룡선생(臥龍先生) 같은 사람을 천거한다면, 당신은 임금께 여쭈어서 삼고초려(三顧草廬, 인재를 맞아들이기 위해 참을성 있게 노력한다는 말.)를 하시게 할 자신이 있으시오?"

이공이 고개를 숙이고 한참 생각하다가, "그건 어렵겠소이다. 그 다음의 일을 들을 수 있겠소?"

허생은 냉랭하게,

"나는 '그 다음'이란 것은 배우지 못했소."

하고는 입을 다물어 버렸다. 이에 이공이 재차 묻자 허생이 대답하기를,

"명나라 장군과 벼슬아치들은 조선에 베푼 옛 은혜[35]가 있다 하여, 나라가 망한 후 그 자손들이 우리나라로 많이 탈출했소. 그들은 지금 이리저리 떠돌아다니며 홀아비 생활을 하고 있다는데, 당신은 임금께 청하여 종실(宗室, 종친, 임금의 친척)의 여자들을 두루 출가시키고 훈척(勳戚, 나라를 위하여 드러나게 공을 세운 공로가 있는 임금의 친척)과 권귀(權貴, 권세가 있고 지위가 높음. 또는 그런 사람의 집)을 빼앗아서 그들에게 나누어 주게 할 수 있겠소?"

이공이 또다시 머리를 숙이고 생각하다가,

"그것도 어렵겠소이다."

> 여러분, 철저히 집중해야 해요!

'국어 공신' 선생님

[34] 사대부들의 탁상공론을 비판하고 있다.
[35] 임진왜란 때 명나라가 조선에 원군을 파병한 것을 가리킨다.

하고 대답했다. 그러자 허생은,

"이것도 어렵고 저것도 어렵다니, 대체 어떤 일이면 가능하단 말이오? 좋소이다.㉟ 아주 쉬운 일이 있으니 당신이 한번 해보겠소이까?"

"원컨대 말씀해 주시오."

"대체로 천하에 큰 뜻을 떨치고자 한다면 먼저 천하의 호걸들㊲과 교분을 가지지 않으면 안 되오. 또한 남의 나라를 치고자 한다면 먼저 간첩을 이용하지 않고서는 성공할 수 없지요. 지금 만주(滿洲)의 무리㊳가 갑자기 천하의 주인이 되었으니, 그들은 예부터 중국인들과 친하지 못했소. 그리고 조선이 다른 나라에 앞서 항복했으니 저들은 반드시 우리를 믿을 것이오. 이제 우리가 그들에게 '우리의 자제(子弟)를 보내어 학문도 배우거니와 벼슬도 하여 당(唐)·원(元)의 고사(故事)처럼 하고, 상인들도 자유롭게 출입하도록 해주십시오'라고 청한다면 그들은 우리의 친절을 기뻐하며 허락할 것이 분명하오.㊴ 그러면 우리는 자제들을 가려 뽑아, 변발(辮髮)하고 호복(胡服, 오랑캐의 의복. 여기서는 만주족의 옷을 가리킴)을 입혀 들여보내면 되지요. 지식층은 빈공과(賓貢科, 중국 당나라 때 외국인에게 보게하던 과거시험)를 보게 하고 일반 백성들은 멀리 강남 땅에까지 장사를 가서, 그 허실을 염탐(몰래 남의 사정을 살피고 조사함)하고 그 고장 호걸들과 친분을 맺는 것이오. 그때야말로 천하를 도모할 수 있고 과거의 치욕도 씻을 수 있지 않겠소?㊵ 만약 주씨(朱氏)를 구하지 못한다 해도 천하의 제후(봉건 시대에 영토를 가지고 그 영내의 백성을 지배하던 사람)를 거느릴 만한 인물을 하늘에 추천한다면, 성공하면 중국의 스승이 되는 것이요, 실패해도 백구(伯舅, 중국 봉건시대 제후국 중에서 규모가 큰 나라)의 나라는 잃지 않을 것이오."

이공이 얼이 빠진 듯 듣고 있다가 말하였다.

"사대부들이 모두 몸을 삼가고 예법을 숭상하고 있으니㊶, 누가 능히 변발

㊱ 집권층의 무능과 실천 의지 부족을 비판하고 있다.
㊲ '천하에 큰 뜻을 떨치고자 한다면'은 '북벌(청나라 정벌)을 하려면'의 의미이고, '천하의 호걸'은 반청세력을 의미한다.
㊳ 청나라를 세운 여진족을 말한다.
㊴ 청과 친해질 수 있는 구체적 실천방안을 이야기하고 있다.
㊵ 병자호란의 치욕을 갚을 수 있다는 이야기다.
㊶ '예법'은 유교적 예법으로 명분을 중시하는 허례허식을 의미한다.

'국어 금산 선생님'

· 호복을 받아들이겠소이까?"

허생이 크게 꾸짖기를,

"이른바 사대부라는 것들이 대체 무엇하는 것들이야! 오랑캐의 땅에 태어나서 스스로 사대부라 칭하니 염치없지 않은가!⁴² 게다가 옷은 흰옷만 입으니 이것이야말로 상복^(喪服, 상을 당한 사람이 입는 예복)이 아닌가. 또 머리를 묶어서 상투를 트니 이것은 남쪽 오랑캐들의 몽치 상투가 아닌가. 이러고도 어찌 예법을 논한단 말인가! 번어기^(樊於期, 중국 전국 시대 진나라 장수)는 원한을 갚기 위해 자신의 머리도 아까워하지 않았고, 무령왕^(武靈王, 중국 전국 시대 조나라의 왕)은 나라를 강하게 하기 위해 호복^(오랑캐의 옷을 입는 것)도 부끄러워하지 않았다. 지금 명나라의 원수를 갚고자 하는 마당에, 겨우 머리털 자르는 것을 애석해한단 말인가? 뿐만아니라 장차 말을 타고 검을 휘두르며 창으로 찌르고 활을 쏘고 돌을 던져야 할 판국인데, 그 넓은 소매를 자르기는커녕 도리어 예의를 논해?⁴³ 내가 지금 세 가지를 말했는데⁴⁴, 너는 그중 한 가지도 제대로 못하면서 어떻게 스스로 믿음직한 신하라고 자처한단 말이냐! 그러고도 믿음직한 신하라고 우겨? 너 따위는 목을 베어야 해!"

라고 외치고는, 좌우를 둘러보며 칼을 찾아 찔러 죽이려고 하였다. 이공이 크게 놀라 뒷창문을 박차고 뛰어나가 도망쳐 버렸다.

다음날 그는 다시 허생의 집을 찾았으나, 집은 텅 비어 있고 허생은 이미 떠나고 없었다.⁴⁵

수능에 나올 수 있어요!

'국어 공신' 선생님

㊷ 사대부들에 대한 비판의식이 드러나 있다.
㊸ 형식적인 북벌론을 논하는 것에 비판하고 있다.
㊹ ①어진 인재 등용, ②부패 척결, ③청나라와 문물 교류를 통한 부국강병
㊺ 미완의 결말구조로 허생의 제안이 급진적이어서 받아들여지기 어려움을 간접적으로 드러내고 있다.

1 작품 소개

<허생전>은 박지원의 실학사상이 반영된 소설로, '허생'을 통한 현실 비판과 '빈 섬'이라는 소재로 작가 이상향에 대한 추구가 잘 드러나 있다. 또한 당대 조선 사회가 안고 있던 정치적·경제적 제도의 취약점과 모순을 고발하고 실학적 세계관, 청나라 실용문물 수용을 주장한다. 무능한 지배층을 비판하고 개혁을 촉구하며 열린 결말로 작품의 의미를 되새겨 볼 작품이다.

2 핵심 정리

● 다음 내용에서 괄호 안에 알맞은 답을 쓰시오.

갈래	고전소설, 한문소설, 풍자소설, 단편소설
성격	풍자적, 비판적, 냉소적
배경	조선 후기 묵적골
시점	3인칭 전지적 작가 시점
문체	당시 사회의 구조적 모순과 취약한 경제구조를 냉소적으로 (❶)하고 (❷)함.
제재	양반의 (❸)을 비판하고 새로운 삶(이용후생)의 (❹)을 촉구함.
주제	조선 후기 사회를 (❺)하고, 근대 의식을 고취한 (❻) 문학임.

3 이 글의 짜임

● 다음 내용에서 괄호 안에 알맞은 답을 쓰시오.

발단	글만 읽던 허생은 돈 벌어 오라는 아내의 말에 (❶)
전개	허생은 (❷)에게 큰 돈을 빌리고, 허생이 (❸)에 이상 사회를 건설함.
위기	허생이 (❹)에게 세 가지 계책을 제시하나 이완이 이를 모두 수용하지 않음.
절정	허생이 양반들의 (❺)과 모순을 질타함.
결말	허생이 홀연히 (❻)

◈ 그래픽 구조로 글의 짜임 한 번 더 이해하기

발단	전개	위기	절정	결말
허생 아내의 핀잔에 허생이 집을 나감.	허생이 변씨에게 큰 돈을 빌린뒤 열 배로 갚음.	이완이 국사를 위한 허생의 전략을 거절함.	허생이 양반들의 허례 허식과 모순을 비판함.	이완이 허생을 찾아갔 지만 허생은 이미 떠남.

4 소설의 특성과 전개 과정에 따른 변화 양상

1 주요 인물 소개 및 특성

○ 다음 각 인물에 대한 올바른 설명을 연결하시오.

그룹 채팅(주요 인물 소개)

㉮ 허생

㉠ 한양에서 제일 가는 조선 시대 신흥 부자. 허생의 능력을 알아보는 안목을 가졌음. 묻고 따지지 않고 단번에 돈을 빌려줄 만큼 대범한 성격을 보임.

㉯ 변씨

㉡ 글만 읽는 남편을 두고 바느질로 생계 유지를 함. 그러다 경제적으로 무능력한 남편을 질타함.

㉰ 허생의 아내

㉢ 과거에 얽매여 변화를 거부하는 조선 후기 양반들의 모습을 대표하는 인물

㉱ 이완

㉣ 조선 후기 묵적골에 사는 양반. 책 읽기로 학문적 성취를 중시함. 북벌론을 위해 실용적이고 과감한 계획을 세움.

2 사건 전개에 따른 '허생'의 심리·성격 파악하기

○ 다음 허생의 마음과 성격에 대해 SNS에서 대화 하듯 작성해보세요.

그룹 채팅('허생'의 심리) Q ≡

 국어 공신

처음 보는 사람에게 다짜고짜 돈을 빌려달라고 한 허생의 모습을 보고 무엇을 느꼈어?

1

 허생

 국어 공신

허생이 뱃사공에게 사람도 없는 빈 섬에서 누구와 살 것이냐고 물으니까 허생은 '덕이 있으면 사람이 절로 모인다'고 말했어. 허생은 무엇을 바라는 것일까?

2

 허생

 국어 공신

허생이 군도의 산채를 찾아가서 우두머리를 달래고, 도둑을 몽땅 쓸어가서 나라 안에 시끄러운 일이 없다는 것에서 허생의 어떤 성격을 알 수 있을까?

3

 허생

 국어 공신

허생이 이상적으로 생각하는 사회는 무엇일까?

4

 허생

⊕ ☺ #

3 인물과 공감하기

○ 집 나간 허생에게 돌아올 것을 당부하는 메세지를 보내봅시다.

5 '허생'의 뇌 구조

○ 책 내용을 참고하여 '허생'의 뇌 구조를 자유롭게 작성해봅시다.

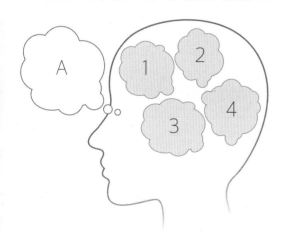

정말
꼭 알아야 해요!

Ⓐ - 조선 사회를 어떻게 개혁하면 좋을까?

1 - 무능하고 부조리한 기득권층을 (㉠   )해야 해!

2 - 현실과 동떨어진 (㉡   )만 강조하니 경제가 취약해질 수밖에!

3 - 이완은 왜 나의 (㉢   )가지 계책을 못 받아들일까?

4 - 능력에 따라 인재를 등용하고 기득권의 횡포를 막아 이용후생과 경세치용
을 바탕으로 한 (㉣   )을 꾀하는 것이 현실적이야!

1 문학 이론 살펴보기

★ **문학에 나타난 다양한 가치와 비판적 수용**

작가는 문학 작품을 통해 다양한 인물들을 설정하고 서로 다른 가치를 통해 갈등을 유발시킨다. 이는 인물이나 집단, 세계와 충돌하는 등 다양한 갈등을 보여주며 가치와 세계관을 형상화 한다. 즉, 작품 속 인물과 갈등의 기능은 우리 사회의 다양한 가치와 세계관을 형상하고, 우리 사회가 처한 문제에 대해 어떻게 해결할 것인지 모색할 수 있는 생각과 기회를 제공한다. 그렇다면 문학과 사회적 갈등은 어떻게 보여줄까?

문학은 우리 사회의 갈등을 직접 해결해주지는 못하지만 우리 사회의 갈등을 구체적으로 형상화 하여 보여준다. 그리고 문학은 사회 구성원들의 (㉠   )을/를 공감하고 수용하는 기능을 하며, 사회적 갈등을 객관적이고 이성적으로 바라보게 하여 우리 사회의 모순과 문제를 (㉡   )적으로 인식하게 하는 기능을 한다. 또한 문학은 인간과 사회의 모순과 갈등을 끊임없이 (㉢   )함으로써 우리 사회가 올바른 길로 나아갈 수 있도록 기여한다.

이렇게 우리는 문학을 통해 다양한 갈등과 해결방법을 살펴볼 수 있다. 그리고 독자 나름대로 그 작품을 평가하며 말과 글로 표현해 생각이 다른 타인들과 토론하고 (㉣   )한다. 작품의 비판적 수용 과정은 자신의 심미적경험이나 지적인 경험을 더욱 구체화하고 정교화함으로써 작품 감상 능력을 키울 수 있고, 서로 다른 가치를 지닌 이들을 (㉤   )하고 이해하며 갈등을 극복하는 방법을 찾아낸다.

2 작품 살펴보기 (서·논술형)

❶ <허생전>의 '빈 섬'에서 허생이 구현하고자 한 사회는 무엇인지 두 가지 서술하세요.

❷ '허생'의 한계점은 무엇인지 서술하세요.

❸ '허생'의 현실 개혁안 세 가지를 서술하세요.

7 토론하기

◉ '허생'이 실천한 책 읽기, 그러나 실천적 경험을 통해 얻어낸 경제력, 과연 무엇이 더 중요할까? 책으로 배우는 공부보다 경험이 더 중요하다.

논제	책으로 배우는 공부보다 경험이 더 중요하다.	경험보다 책으로 배우는 공부가 더 중요하다.
주장		
근거		

간단히 내용 파악하기 ------------------------------

○ 다음 문제를 읽고 올바른 내용에는 O, 틀린 내용에는 X 표시를 하시오.

1 허생의 아내는 남편이 책 읽는 것을 전적으로 지원하고 궁핍한 생활을 바느질로 버티며 기대하고 있다. [O | X]

2 변씨가 허생에게 돈을 빌려 준 이유는 허생이 대범하고 이인(異人)다운 모습을 보였기 때문이다. 한편 변씨도 거상다운 대범하고 호탕한 성격으로 이것저것 따지지 않고 허생에게 돈을 빌려주었다. [O | X]

3 "이제야 나의 자그마한 시험을 마쳤구나'에서 밑줄친 '자그마한 시험'은 빈 섬을 얻기까지 고되고 험난한 일정을 이야기 한다. [O | X]

4 허생은 집권층에 대한 반감의 태도를 보이고 있다. [O | X]

5 〈허생전〉은 완전한 결말을 토대로 독자들에게 허생의 개혁안이 현실적으로 수용되었음을 알렸다. [O | X]

○ 다음 문제를 읽고 올바른 답을 단답형으로 작성하시오.

1 허생이 길거리에 나서도 아는 사람이 없는 이유는 무엇인가요?

[   ]

2 허생이 자신의 이상을 시험한 공간은 어디인가요? [   ]

3 허생이 매점매석으로 삼십만 냥의 돈을 배에 싣고 오자 도적들이 허생을 보고 (   ) 이라고 칭했다. 이는 허생이 비범한 인물임을 알고 호칭을 바꿔 부른 것이다.

4 이완의 등장이 갖는 의미는 (㉠   )의 표출이며, 이야기의 (㉡   )을 부여, 사회 비판이라는 (㉢   )의식을 부각하는 것이다.

5 허생의 제안 세 가지를 모두 쓰세요.

[   ]

실전 문제로 작품 정리하기 --------------------

1 <허생전>에 대한 설명으로 옳지 <u>않은</u> 것은?

① 공간적 배경이 구체적으로 명시되었다.

② 인물의 외적 갈등이 구체적으로 드러나 있다.

③ 조선 시대 신분질서에 대한 변화를 살펴볼 수 있다.

④ 전지적 작가 시점으로 서술자가 작품에 종종 개입하고 있다.

⑤ 등장인물이 구체적으로 소개되고 있어, 인물 파악에 큰 어려움이 없다.

2 <허생전>에 나타난 '이완'에 대한 설명으로 옳지 <u>않은</u> 것은?

① 철수: 이완은 나라의 신임을 받는 신하같아.

② 이현: 이완은 허생의 제안을 수용하기 어렵다고 판단하고 있어.

③ 미진: 대명을 위해 북벌을 진행하려면 예법을 반드시 지켜야 한다고 말하고 있어.

④ 건우: 이완은 허생의 말처럼 변발과 호복을 할 사람은 조선에 없다고 생각하고 있어.

⑤ 연주: 이완은 집권층의 무능과 실천 의지를 보여주는 조선시대 대표적 인물로 표현했어.

3 <허생전>의 내용과 관련이 <u>없는</u> 것은?

① 허생은 이완에게 반감을 가지고 있다.

② 허생은 유교의 덕치주의를 지양하고 있다.

③ 허생은 해외무역을 통해 큰 돈을 벌었다.

④ 허생은 상인을 장사치로 낮추어 표현하여 전통 계급 의식에서 벗어나지 못하고 있다.

⑤ 변씨는 허생에게 질문을 하여 답을 구하는 역할을 하는 '진술 유도자'라고 할 수 있다.

4 '집이 텅 비어 있고, 허생은 간 곳이 없었다.'에서 알 수 있는 것이 <u>아닌</u> 것은?

① 이 소설의 결말로, 열린 구조이다.

② 독자에게 여운을 남기고 있다.

③ 허생의 이인(異人)다운 모습을 부각하고 있다.

④ 허생의 개혁안이 현실적으로 수용되지 않음을 보여준다.

⑤ 이완의 비수용적 태도를 비판하며 거부하는 심리를 엿볼 수 있다.

글쓰기 --

● <허생전>에서 「'허생의 삶'의 긍정적인 면과 부정적인 면」을 여러분의 다양한 관점으로
서술하세요.

정말
꼭 해내야 해요!

무능한 지배층은 물러나고 개혁이 일어나길 바라는 '허생', 그가 우리에게 던지는 물음은?

〈허생전〉은 박지원의 실학사상이 구체적으로 담긴 작품으로 예리하게 현실을 비판했습니다. 또한 작가가 추구하는 이상향을 '허생'이라는 인물로 잘 표현하고 있습니다. 작가는 자신의 이상향을 보여주기 위한 여러 장치들, '허생'이 당시 조선 사회가 가진 사회 제도의 문제 지적, 그 문제에 대한 해결 방안 제시 등을 직간접적으로 보여주고 있습니다. 예를 들어, 허생이 번 돈 중 50만 냥을 바다에 버린 것은 우리사회가 백만 냥이라는 큰 돈을 감당하기 힘들것이라는 '경제 구조의 취약함'을 제대로 보여주고 있습니다. 그러면서 우리가 처한 현실 사회의 모순을 해결해나가야 한다며 세 가지 제안을 했습니다. 하지만 이 제안 마저도 받아들여지지 못하고 지배계층의 부조리함과 모순은 해결되지 못한 채 허생은 떠납니다. 이렇게 〈허생전〉은 열린 결말구조 방식으로 끝이 나고, 이는 독자 개개인이 다양한 관점으로 허생에 대해 생각해보라는 계기를 마련해 줍니다. 허생은 현실 사회의 부도덕성과 모순에 지쳐 홀연히 떠난 것인지, 새로운 이상을 향해 찾아간 것인지, 우리 사회를 바꿀 권력 집단과 단판 하러 간 것인지 알 수 없습니다. 작가는 집 나간 '허생'에 대해 독자 스스로 완성 지을 수 있도록 미완의 결말로 남깁니다.

〈허생전〉은 독자에게 다양한 질문을 던집니다. '허생과 아내의 갈등이 보여주는 것은 무엇인가?', '매점매석을 통한 부의 축적으로 허생이 보여주고 싶은 것은 무엇인가?', '빈 섬이 가지는 의미는 무엇인가', '이완에게 제시한 세 가지 방법을 통해 무엇을 말하려 한 것인가?', '허생과 변씨의 한계는 무엇인가?', '허생이 이상적으로 생각하는 사회는 무엇인가?', '허생이 제시한 세 가지 제안을 어떻게 개혁해 나갈 것인가?', '미완의 구조를 통해 허생을 어떻게 바라볼 것인가?', '허생의 창작 배경과 의의는 무엇인가?' 등등 소설 한 편에 담긴 다양한 의미는 음미할수록 더 깊은 가치를 보여주고 있습니다. 여러분은 〈허생전〉을 통해 어떠한 가치를 발견할 수 있고, 어떠한 질문을 던질 수 있는지 생각해 봅시다.

1. 「옥상 위의 민들레꽃」 정답 및 해설

<내신 수능 만점 키우기>

2. 핵심 정리
㉠물질만능 ㉡민들레꽃 ㉢비인간적인 ㉣인물
㉤가치

3. 이 글의 짜임
㉠자살 ㉡대책 ㉢자살 ㉣민들레꽃 ㉤죽음 ㉥생명
㉦사랑

4. 소설의 특성과 전개 과정에 따른 변화 양상
① 주요 인물 소개 및 특성
㉮-㉡, ㉯-㉠, ㉰-㉢, ㉱-㉣, ㉲-㉤

② 사건 전개에 따른 '나'의 심리변화 살펴보기
㉠아프고 안타까워 ㉡흔들릴까봐 ㉢외면적이
고 헛된 ㉣할머니가 왜 살고 싶어 하지 않으셨는지
㉤안 계셨으면 ㉥사랑과 따뜻함 ㉦생명

③ 인물과 공감하기
할머니 안녕하세요.
저는 같은 아파트 O동에 사는 OOO입니다.
할머니께서 죽음을 선택하신 것은 아마도 죽음보
다 더 두렵고 힘들었던 시간을 버티지 못해서였겠
지요. 저는 알 것 같아요. 할머니께서 원하셨던 것
이 돈, 좋은 집, 좋은 옷이 아니었다는 것을요. 할
머니께서 진정으로 원하셨던 것은 가족들의 관심
과 사랑이었을 거예요. 풍족한 환경이지만 가족들
이 할머니께 보내는 말이나 눈치가 '없었으면 좋겠
다'라고 느끼셨을 것을 생각하면 마음이 찢어집니
다. 할머니의 문제가 아니에요. 또한 할머니만의
문제도 아니에요. 우리 사회가 문제고, 가족들이
문제입니다. 우리 사회가 돈이라면 모든 해결할 수
있을 것이라는 분위기를 만들었고, 가족들은 돈

이면 모든 해결할 수 있다고 생각했을 거에요. 하
지만 그건 그들만의 생각이었겠죠.
저도 스스로 아파트에서 뛰어내릴까 생각했던 적
이 있습니다. 하지만 '민들레꽃'을 보고 생명의 소
중함을 깨닫게 되었어요. 할머니가 만약 베란다가
아니라 옥상에서 뛰어내리려고 옥상으로 왔다면
할머니도 분명 '민들레꽃'을 보셨을 거에요. 그 민
들레꽃이 옥상에 올라온 우리들에게 무엇을 말하
려고 했는지 분명 아셨겠죠.
부디, 할머니가 사랑받는 곳에서 오래도록 편안
하고 행복하게 보내시기를 간절히 바랍니다.
행복한 마음을 가득 담아 기도합니다.

OOO올림

5. '나'의 뇌 구조
㉠물질적인 것 보다는 인간적인 애정과 따뜻함이
있었을 거야. ㉡쇠창살 ㉢생명 ㉣사랑

6. 작품 깊이 이해하기
① 문학작품 이론 살펴보기
㉠보조 ㉡원 ㉢사물 ㉣의미 ㉤원 ㉥보조 ㉦스스
로 ㉧추상적 ㉨생명을 향한 의지 ㉩주제

② 작품 살펴보기 (서·논술형)
①남에게 보이기 위한 행복, 외면적인 행복으로 다
른 사람들이 행복하다고 알아줘야 한다.
②어른들이 생각하는 자살 방지책, 단절과 차단,
소외와 폐쇄, 비인간적인 현대인의 삶, 물리적이면
서 강제적인 해결책, 현대 도시의 삭막함 등을 상
징한다.
③삶에 대한 끈질긴 의지, 생명의 소중함, 인간적
인 가치관 등을 상징한다.

8. 토론하기
다음 논제를 파악한 후 주장과 근거를 서술하시오.
[논제] 찬성(중요하다.)
[주장] 인간은 최소한의 경제적 물질은 필요하기 때
문에 '인간의 삶에서 물질은 중요하다.'

근거 • 인간의 생명을 유지하기 위해서는 분명 돈과 기본적인 물질은 중요하다. 그렇기 때문에 여기에서 말하는 '물질'이란 인간의 생명을 이어나가는 최소한의 물질을 의미한다.

• 인간은 사회적 동물이다. 혼자서 살 수 없다. 사회 생활을 하며 여러 사람들을 만나고 모이며 활동을 해야 한다. 그러한 가운데 경제적인 비용은 발생할 수밖에 없다. 아무리 생명이 중요하다고 해도 인간은 사회적 활동을 하지 못하면 삶의 의미가 없어진다. 따라서 경제적 물질은 중요하다.

논제 반대(중요하지 않다.)

주장 인간의 삶에서 물질은 최소한만 필요하며 과도한 부분은 불필요하므로 '인간의 삶에서 과도한 물질은 불필요하다.

근거 • 여기에서 말하는 '물질'은 절대적으로 0이라는 의미가 아니다. 인간이 살면서 필요한 최소한의 경제적 물질은 당연히 필요한 것이며, 그것 외에 과도한 욕심과 욕망으로 얻은 물질은 결국 쓰레기가 될 것이다.

• 인간의 욕망을 통해 누구에게나 잘 보이고 싶은 사람들이 있다. 허세를 통해 자신의 부를 자랑하고 싶은 사람들이다. 그러나 최근 이러한 사람들을 대상으로 하는 범죄가 극성을 부리고 있다. 따라서 인간의 삶에서 물질을 너무 과도하게 자랑하다가는 죽음을 맞이할 수 있다.

<간단히 내용 파악하기>

*다음 문제를 읽고 올바른 내용에는 O, 틀린 내용에는 X 표시를 하시오.

1. X / 궁전 아파트 7층에 사는 할머니가 베란다에서 스스로 떨어진 것에서부터 사건은 시작된다. 하지만 이전에도 다른 할머니가 스스로 목숨을 끊은 사건이 있었다.

2. O / 다른 사람들이 행복하다고 알아줘야 하는 등 외면적이고 헛된 행복을 꿈꾼다.

3. O / 명함에 직위가 있어야 하므로 '회'이름이 필요하다며 격식을 차리고, 어렵고 긴 이름을 좋아하는 것에서 지적 허영심이 있다는 것을 알 수 있다.

4. O / 궁전 아파트 사람들은 아파트 값이 떨어질까 두려워하고, 물질적 가치를 중시하는 사고방식을 지녔다. 또한 겉에서 보기엔 안 좋아 보이는 쇠창살이 달린 궁전아파트를 선호하지 않는다.

5. X / 권위적이고 논리적이며 공격적인 성향을 지녔다. 사건의 원인을 파악하는 논리성, 대답을 기다리지 않고 지적하는 권위적 면모, 딸과 며느리에게 따지듯 말하는 공격적 성향을 보인다.

*다음 문제를 읽고 올바른 답을 간단히 서술하세요.

1. 민들레꽃은 척박하고 삭막한 환경에서도 강인한 생명력을 보이며 꿋꿋하고 아름답게 꽃을 피우는데, '나'는 풍족한 환경에 살면서 쉽게 죽으려고 했기 때문이다.

2. • 시멘트 : 척박함, 삭막함

• 한 줌의 흙 : 따뜻함, 생명력

• 한 줌의 먼지 : 빈약한 삶의 조건

3. 1인칭 관찰자 시점에서는 궁전 아파트 사람들을 관찰했지만, 1인칭 주인공 시점에서는 자신의 경험을 회상하며 독자들에게 이야기를 입체적으로 전달하기 위해서이다.

4. 물질만능주의적 사고를 가진 여성으로 이기적이고 기회주의적이며 계산적이다. 근본적인 사고 방지의 관심보다는 이번 기회로 남편 회사 물건을 팔아보려는 속셈이 드러난다.

5. 순수한 어린 아이의 눈으로 물질적 가치만을 중시하는 어른들의 어리석음을 부각시키기 위해서이다.

<실전 문제로 작품 정리하기>

1. ④ / 이 소설은 작가가 직접 체험한 이야기는 아니며 자전적 소설도 아니다. 다만, 소설 속에서 주인공이 자신의 경험을 이야기하는 내용이 나오며 깨달음을 이야기하고 있다.

2. ② / 이웃간 따뜻한 정은 보이지 않는다. 삭막한

분위기 속에서 이기적인 모습을 보인다.

3. ①, ② / 젊은 아저씨는 가난한 사람들과 다르다는 우월감과 서로 도울 필요 없다는 이기심에 빠져 있다.

4. ③ / 1인칭 관찰자 시점에서 1인칭 주인공 시점으로 바뀐다. 1인칭 관찰자 시점은 현재인 발단, 전개부분으로 궁전 아파트 사람들을 관찰하고, 1인칭 주인공 시점은 과거 회상으로 위기, 절정, 결말에 해당되어 자신의 경험을 서술한다.

<글쓰기>

다음 글쓰기 논제를 읽고, 한 편의 글을 완성하세요.
㉠은 자신들이 가난한 사람들과 다르다는 '우월감'에 빠져있고, '이기적인 모습'을 보이고 있다. 이는 겸손하지 못한 태도이며 자신의 분수에 맞는 삶을 살아야 한다. 경제적인 여유가 있다면 어려운 이웃은 도우며 살고, 타인의 시선을 중시하지 않으며 성실히 사는 것이 중요하다. 신화와 옛 성인들의 이야기에서 허세와 욕심은 늘 인간의 삶에서 타락을 맛보게 하기 때문에 천리에 순응하고 성찰하며 반성하는 삶을 사는 것이 올바른 삶이자, 자신을 더욱 가치 있게 만들어가는 과정인 것이다.

2. 「소나기」 정답 및 해설

<내신 수능 만점 키우기>

2. 핵심 정리
①시골 농촌 ②소나기 ③맑고 순수한 사랑 ④감각적 ⑤심리

3. 이 글의 짜임
①개울가 ②적극적 ③소나기 ④이별 ⑤죽었다는

4. 소년과 소녀의 마음을 표현해주는 소재의 의미 파악하기
① 조약돌 ②꽃묶음 ③호두와 대추 ④얼룩 수탉 ⑤분홍 스웨터

5. 소설의 특성과 전개 과정에 따른 변화 양상
① 주요 인물 소개 및 특성
㉮-㉡, ㉯-㉠

② 사건 전개에 따른 선생님의 심리 변화
① 소녀에 대한 관심과 그리움이라 할 수 있지!
② 열등감과 초라함을 느낀 것이라 볼 수 있어!
③ 자신이 소녀의 행동을 따라한 것에 부끄러움을 느꼈고, 갑자기 소녀에게 들키자 당황한 거지!
④ 자신의 소극적인 행동에 대한 자책감이 들었기 때문이야.

③ 인물과 공감하기
소녀야 얼마나 힘들었니? 정말 고생했어. 좋아하는 사람과 추억을 두고 너는 떠나지만, 다음 생에서는 꼭 좋아하는 사람과 이쁜 추억을 쌓으며 행복하길 바랄게.
지금 하늘에 있을 소녀에게 이승에서의 소년과 지낸 아름다운 추억을 오래오래 기억하길……

6. 소년의 '뇌 구조'에 대해서 알아봅시다.
㉠조약돌 ㉡생채기 ㉢꽃묶음 ㉣원두막 ㉤수숫단
㉥분홍 스웨터

7. 작품 깊이 이해하기
① 문학작품 이론 살펴보기
• 소녀가 소년에게 조약돌을 던진 것
• 소년이 개울가에 앉아 소녀의 행동을 따라하다 소녀에게 걸리자 도망 간 것
• 소년이 주머니속 조약돌을 만지작만지작 거린 것
• 소년이 산에서 꽃묶음을 만들어 준 것
• 소년이 소녀의 생채기를 입으로 빨고 송진을 바른 것
• 도랑에서 소년이 소녀를 업고 건넌 것 등

② 작품 살펴보기 (서·논술형)
①소년과 소녀가 헤어져야 하는 상황을 드러내고,

소년과 소녀가 산으로 놀러가게 되는 계기가 된다. 즉, 사건의 전환을 나타내는 계기가 되면서 두 사람이 이별할 것을 암시한다.

②'도랑'은 앞으로 일어날 사건을 암시하는 복선의 역할로 사건의 필연성을 부여한다. 산에서 돌아올 때 소나기로 인해 물이 불어 소년이 소녀를 업게 된다. 이때 소녀의 분홍 스웨터에 진흙물이 물들게 되고, 소녀가 분홍 스웨터에 묻은 진흙물을 소년과의 영원한 추억으로 남기고자 자신이 죽어 묻힐 때 분홍스웨터도 같이 묻어 달라는 유언을 남기게 된다. 이렇듯 '도랑'은 사건의 필연성을 부여하는 중요한 장소로서의 역할을 한다.

③소나기는 소년과 소녀가 가까워지는 계기가 되면서 위기감과 긴장감을 조성하는 역할을 한다. 그러면서 소녀의 죽음을 나타내는 비극적 결말의 원인이 되기도 한다. 이렇게 '소나기'는 짧은 시간에 거세게 퍼붓고 그치는 속성을 비유하여 소년과 소녀의 짧은 사랑을 상징한다는 의미를 갖는다. 또한 작가가 '소나기'를 내리게 하여 맑고 깨끗한 농촌의 가을 정취를 보여주고, 소년과 소녀의 순수한 사랑을 돋보이게 함으로써 주제를 부각시키고자 했던 것이다.

8. 토론해 보기

다음 논제를 파악한 후 주장과 근거를 서술하시오.

[논제] 소녀는 행복했다.

[주장] 소녀는 추억이 담긴 옷을 입고 눈을 감았기에 그래도 행복했다.

[근거] •소녀는 몸이 좋지 않았음에도 소년이 기다리는 곳에 나갔고, 비록 죽음을 맞이 하였으나 소년과의 추억이 담긴 옷과 함께 묻혔기 때문에 행복했을 것이다.

•누구나 죽음을 맞이한다. 죽음은 인간이 거스를 수 없는 필연적인 것이다. 비록 소녀처럼 어린 나이에 자신의 꿈을 다 이루지 못하고 죽음을 맞이 하는 것은 안타까운 일이지만, 자신이 병을 앓고 있고 시간이 얼마 남지 않았다는 것도 알았을 것이다. 그 시간 안에서 소녀는 소년과 행복한 시간

을 보냈기 때문에 행복했을 것이다.

[논제] 소녀는 불행했다.

[주장] 소녀는 결국 소년과의 사랑에 결실을 내지 못해 불행했다.

[근거] •소녀는 아직 어린 나이이기 때문에 자신의 꿈을 원없이 펼치고 싶었을 것이다. 하지만 그러한 꿈은 현실로 이루어지지 못하고 두려움 속에서 죽음을 맞이 했기 때문에 행복하지 않았을 것이다.

•소나기를 맞고 소녀는 매우 아팠을 것이다. 어떤 병에 걸려 죽음을 맞이 하기 전에는 분명한 고통과 두려움이 따른다. 고통은 인간을 불행하게 하고, 두려움도 인간을 불행하게 하기 때문에 결국 소녀는 불행했을 것이다.

•소년과 소녀는 풋풋하고 순수한 마음에 만남을 이어갔지만 결국 사랑에 결실을 맺지는 못했다. 과연 결실을 맺지 못한 추억이 행복한 것이라고 할 수 있을지 의문이 든다.

<간단히 내용 파악하기>

*다음 문제를 읽고 올바른 내용에는 O, 틀린 내용에는 X 표시를 하시오.

1. O / 이 작품은 소년과 소녀의 맑고 순수한 사랑을 그리고 있다.

2. X / 소녀가 개울가 징검다리에 앉아 있자 소년은 소녀에게 말도 못 붙이고 기다리고, 다음 날은 좀 늦게 개울가로 나온 것은 소녀와 마주치고 싶지 않은 소극적인 성향을 보인다. 반면, 소녀는 소년에게 조약돌을 던지면 '이 바보'라며 불만과 야속함을 표현한 것으로 보아 적극적인 성격이라 할 수 있다.

3. O / 소년이 던진 조약돌을 집어 주머니에 넣었다. 그리고 던진 조약돌을 주머니에서 주무르는 버릇이 생긴 것은 소녀를 그리워 하는 것을 간접적으로 보여주고 있는 것이다.

4. X / 죄책감이라기 보다는 '열등감'과 '초라함' 때문이다.

5. X / 소설의 마지막에 소년의 아버지가 '글쎄, 이런 말을 했다지 않아? 자기가 죽거든 자기 입던 옷을 꼭 그대로 입혀서 묻어 달라고……'라는 말을 소년은 이불 속에 누운채 들었다.

(※ 꽃상여: '상여'는 사람의 시체를 묘지까지 실어 나르는 제구로, 꽃으로 두르고있는 것을 꽃상여라고 한다.)

*다음 문제를 읽고 올바른 답을 단답형으로 작성하시오.

1. [정답] 소나기

[해설] 소년과 소녀가 가까워지는 계기, 위기감과 긴장감을 조성하고 비극적 결말인 소녀의 죽음의 원인이 되기도 한 소재가 바로 이 소설의 제목이기도 한 <소나기>이다

2. [정답] 비단조개

[해설] 소녀는 소년에게 "애, 이게 무슨 조개지?"라며 관심을 보였고, 소년은 자기도 모르게 돌아섰다. 소녀의 맑고 검은 눈과 마주쳤다. 얼른 소녀의 손바닥으로 눈을 떨구었다. "비단조개"라며 말을 시작하게 된 계기가 된다. 본격적인 사건의 시작을 알리는 것이기도 하다.

3. [정답] 갈림길

[해설] '갈림길'은 소년과 소녀가 헤어져야 하는 상황임을 나타내면서 소년과 소녀가 산으로 놀러 가게 되는 계기가 됩니다. 즉, 갈림길이라는 소재의 특성상 하나의 선택이 아닌 두 가지 선택을 통해 결과가 달라지는 것이기도 하면서 각자 각각의 길로 가게 된다면 헤어짐을 상징하게 됩니다.

4. ①삽시간에 주위가 보랏빛으로 변했다.(보랏빛은 불안과 두려움을 나타내는 색이다.), ②소녀의 입술이 파랗게 질렸다. ③꽃묶음 속에서 가지가 꺾이고 꽃이 일그러진 송이를 골라 밭밑에 버린다. ④소녀가 안고 있는 꽃묶음이 망그러졌다.

[해설] 위기에서 산에서 일어난 일들 중 비극적 결말을 암시하는 소재들이 다양하게 나타났다.

5. [정답] 생략법을 활용했다. 생략법을 활용하면 감동과 여운을 남기고 독자의 상상력을 불러일으

킨다. 또한 안타까움과 애틋한 감정을 불러 일으킨다.

<실전 문제로 작품 정리하기>

1. ③ 사실과 의견을 구분하며 읽는 것은 주장하는 글, 논설문 등을 읽는 방식이다.

2. ④ 소녀는 소나기가 내리던 날 소년과 함께 했던 일을 떠올리며 미소를 짓는다. '소녀가 분홍 스웨터 앞자락을 내려다본다. 거기에 검붉은 진흙물 같은 게 들어 있었다. 소녀가 가만히 보조개를 떠올리며 '라는 문장에서 알 수 있다.

3. ① 발단에서 소년에 대한 소녀의 관심을, 전개 이후에는 소녀에 대한 소년의 그리움을 드러낸다. ② 과거와 현재를 오가는 구성이다.

4. ③ '보랏빛'은 어둡고 우울한 느낌을 주는 색으로 비극적 결말을 암시하고, 소녀의 슬픈 운명을 암시한다.

3. 「빨간 호리병박」 정답 및 해설

<내신 수능 만점 키우기>

3. 이 글의 짜임

①관심 ②(강)물 ③호리병박 ④원망 ⑤외할머니 ⑥호리병박

4. 소설의 특성과 전개 과정에 따른 변화 양상

① 주요 인물 소개 및 특성

㉮-㉢, ㉯-㉠, ㉰-㉣, ㉱-㉡

② 사건 전개에 따른 용이의 심리 변화

①내가 잘 하지 못하는 수영을 잘 하는 모습이 멋졌어. 그래서 자꾸 눈이 가더라고. 하지만 쑥쓰러워서 특별히 어떤 행동을 하진 못했어.

②물론 완과 함께 수영도 하고, 섬에서 집을 지으며 놀았던 건 인생에서 가장 즐거운 순간 중 하나였지. 하지만, 완이 섬에서 환상속 친구들과 노는 건 마음이 조금 아팠어.

③정말 믿어왔고, 좋아한만큼 배신감도 엄청났어. 그때는 완이 정말 원망스럽고 미웠어.

④완이 그런 생각을 가지고 있는지 모르고 화만 내서 미안했어. 하지만 사건 이후 그러한 자초지종을 말해줬으면 하는 아쉬움도 남더라.

⑤완이 이사를 가서 정말 슬펐어. 완에게 이야기도 못한 채로 우리가 쌓아온 우정과 신뢰가 그냥 이렇게 끝나는 것인가 싶어 허무하기도 하고. 아직까지도 일찍 만나지 못한 게 후회돼.

③ 인물과 공감하기

완! 안녕? 그곳에서는 친구도 잘 사귀며 잘 지내니? 네가 없으니 강가에서 함께 놀 친구가 없어 조금 쓸쓸해. 네가 저번에 한 행동이 나를 위한 행동이었다는 사실을 알게 되었어. 네가 왜 그랬는지에 대해서 생각해보고 행동했어야 했는데, 무턱대고 화만 내서 미안해. 네 생각처럼 겁이 났을 뿐이지 나는 혼자 수영을 할 수 있었어. 혹시 마음 풀리면 매일 놀던 강가로 놀러와. 같이 수영하고 놀자. 기다릴게.

5. 뉴뉴의 '뇌 구조'

㉠헤엄치는 ㉡수영 ㉢사기꾼 ㉣호리병박 ㉤두려움

6. 작품 깊이 이해하기

① 문학 이론 살펴보기

㉠나 ㉡직접 ㉢나 ㉣성격 ㉤심리 ㉥사건 ㉦내면 ㉧평가 ㉨객관적

② 작품 살펴보기 (서·논술형)

①소설 초반부 뉴뉴에게 강물은 두려움의 대상이다. 그러나 이런 두려움의 대상은 완을 만나고 함께 놀며 순수하고 풋풋한 사랑과 우정을 쌓아가는 공간으로 변하게 된다. 완이 뉴뉴를 물에 빠트린 순간 강물은 다시 두려워진다. 이후 오해를 풀고나서 강물은 더 이상 두려운 공간이 아니게 되고, 소설 마지막에서는 호리병박을 강물에 흘려보내며 아름다운 추억을 머금은 공간이 된다.

②'완'과 의 추억을 호리병박과 함께 흘려 보낸 것이며, 이제는 뉴뉴가 호리병박이 필요 없을만큼 수영실력이 성장함을 나타낸다. 이는 단순히 수영 실력만 성장한 것이 아니라 사춘기 소녀의 생각이 깊어지고, 깨달음을 통해 한층 더 커나아감을 의미한다.

7. 토론하기

다음 논제를 파악한 후 주장과 근거를 서술하시오.

논제 빨간 호리병박을 흘려 보낸다.

주장 뉴뉴는 이제 수영에 두려움을 떨쳐냈기 때문에 호리병박은 필요없게 되어 흘려 보내는 것이 옳다.

근거 •뉴뉴는 두려움을 극복해내며 한층 성장했다. 성장하는 과정에서 과거의 일에 연연할 필요 없이 호리병박을 흘려보내며 앞으로 더 성장할 자신을 생각하는 것이 현명하다.

•추억은 기억과 마음 속에서 간직하면 될 뿐, 굳이 추억을 물건에 의미부여할 필요까지는 없다.

논제 빨간 호리병박을 간직해야 한다.

주장 빨간 호리병박은 수영에서 두려움을 없애게 한 존재이므로 시련이 있을 때 호리병박을 보며 극복해낼 수 있으므로 간직하는 것이 옳다.

근거 •시련은 인간을 더욱 긍정적으로 만들어 주므로 어려움이 생길 때 호리병박을 보며 극복해낼 수 있는 힘을 기른다.

•토인비는 인간에게 좌절을 경험하게 하는 가혹한 환경이 없었다면 인류 문명이 지금처럼 발전할 수 없었을 것이라 주장했다. 즉, 시련이 닥칠 때 그것을 잘 극복해 내며 인류가 성장했듯, 인간도 어떠한 시련에 마주하면 당시에 지녔던 사물, 기억, 환경 등을 꺼내어 보면 극복할 수 있는 힘이 생긴다고 했다.

<간단히 내용 파악하기>

*다음 문제를 읽고 올바른 내용에는 O, 틀린 내용에

는 X 표시를 하시오.

1. O / 이 작품에서 아이들이 호리병박을 지니고 다니는 목적과 빨간 색으로 칠한 이유를 자세히 서술하고 있다.

2. X / 완은 강가에 있는 한 쌍의 눈동자(뉴뉴의 눈동자)가 언젠가는 자신을 쳐다보리라는 사실을 알고 있었다. 그래서 그는 더욱더 힘차게 자신의 수용 실력을 과시하곤 했다. 또한 완의 외모는 깡마른 체구에 가슴 양쪽이 나란히 드러난 갈비뼈가 선명해보일 정도이기는 했다.

3. O / 뉴뉴는 손을 뻗어 강물에 담가 보았다. 시원한 기운이 손가락에서부터 온몸으로 퍼져 나갔다. 완은 뉴뉴에게 손을 뻗어 두려워 하지 말라며 강물속으로 들어올 것을 권한다.

4. X / 가정에서 안 좋은 일이 일어난 것이 아닌, '학교'에서 완의 생활이 힘겨움을 알 수 있다.

*다음 문제를 읽고 올바른 답을 단답형으로 작성하시오.

1. [정답]튜브
[해설]이 작품의 공간적 배경은 중국의 한 농촌 시골 마을이다. 도시의 아이들이 가질 수 있는 인위적인 물질보다는 자연에서 얻는 호리병박같은 것들이 더 자연스럽다.

2. [정답] 잘생기지도 않은 평범한 외향을 가진 인상이 좋지는 않은 인물이었다.
[해설] 완이 헤엄치는 모습은 근사했다. 그러나 완은 확실히 깡마른 체구였다. 가슴 양쪽으로 나란히 드러나 갈비뼈가 선명하게 보일 정도였다.

3. [정답] 매혹
[해설] 이 문장은 물이 사람을 끌어들이는 속성에 대한 '서술자적 논평'으로 서술됐다.

4. [정답] 상상
[해설] 완은 학교에서 친구들과 잘 어울리지 못하고 있다. 힘겨운 학교생활을 하고 있음을 잘 보여주는 대목이다.

5. [정답] 강 한가운데 있는 작은 섬에서 완과 뉴뉴가 함께 지은 집을 모두 불태웠다.

[해설] 완은 상심하고 미안했지만 뉴뉴에게 자신의 마음을 전달하지 못하자 작은 섬에서 함께 지은 집을 불태웠다. 집은 천천히 흩어져 무(無)로 돌아갔다.

<실전 문제로 작품 정리하기>

1. ⑤ 이 글의 갈래는 '소설'이다. 소설은 현실에서 있을법한 일을 작가의 상상력을 통해 지어진 글이다. <①설명문, ②논설문, ③수필, ④시>에 대해 각각 설명한 것이다.

2.② 뉴뉴와 친해지고 싶은 완의 마음이 담긴 소재는 '마름 열매'이다.

3. ④ 완이 호리병박을 빼앗자 뉴뉴는 물속으로 가라앉았다가 튀어 오르며 연신 살려달라는 소리를 쳤다. 뉴뉴의 입으로 물이 쏟아져 들어오고 물을 삼켰다. 정신없이 목구멍을 타고 넘어가는 물에 숨이 막혀 고통스러워 기침을 해댔다. 고통스러움과 두려움이 동시에 몰려왔다.

4. ④ 이 작품은 1960~70년대 중국의 한 시골마을을 배경으로 사춘기 아이들의 아픔과 성장을 서정적으로 그려내고 있다. 한편 이 글의 시점은 전지적 작가 시점으로 작품 밖의 서술자가 인물의 행동과 심리를 서술하고 있다.

<글쓰기>

다음 <보기>를 읽고, (가)와 (나)의 내용이 <빨간 호리병박>과 어떻게 연결되는지 질문에 답해보세요.

1. 한스와 완은 자신들이 가장 편안해하고 즐거울 때는 바로 강물속에서 헤엄칠 때이다. 특히 둘은 학교에서 친구들과의 문제로 혼자가 더 편안하다는 공통점을 가진다.

한편, 한스는 죽음을 맞이한다. 그는 학교생활의 실패, 여자친구와의 결별, 그리고 기계공으로서 고된 노동과 내면의 갈등 속에서 무기력함과 우울증이 더욱 심해진다. 결국 자신이 가장 행복하고 즐거울 때를 생각해보면, 강물 속에 있을 때라는 것을 깨닫는다. 그래서 한스는 스스로 자신의 행복함과 즐거움을 찾기 위해 강물 속으로 들어가게 되고, 자신이 가장 원하는 것을 느끼며 최후를 맞게 된다.

2. '나(구윤희)'와 '뉴뉴'의 공통점은 친구에게 '미안함' 마음을 가진 채 살아간다는 것이다. '나(구윤희)'는 친구들의 오해로 인해 화가 나 수택이에게 깊은 상처를 주었지만 결국 사과하지 못한 채 세월이 지난다. '뉴뉴'도 완이에게 화가 나 다시는 만나지 않았지만 결국 사과하지 못한 채 소설은 끝이 난다.

그러나 둘은 차이가 있다. '뉴뉴'는 완과의 추억이 담긴 빨간 호리병박을 보며 추억을 어딘가 있을 완에게 흘려보낸다. 한편, 뉴뉴가 그 빨간 호리병박을 떠나보낸다는 또다른 의미는 이제 더 이상 자신은 수영에 두려움이 없기 때문에 필요 없어진 것, 즉 '뉴뉴의 성장'을 의미한다. 하지만 '나(구윤희)'는 '신문'을 볼 때마다 수택이에 대한 미안함이 떠오르고, 그 미안함 때문인지 늘 수택이가 어디에서라도 가슴아픈 기억을 지우고 잘 살기를 바라고 있다. 따라서 뉴뉴는 미안함을 포함한 추억과 자신의 두려움 등을 모두 흘려 보냈지만, '나(구윤희)'는 아직 신문을 통해 수택이에 대한 미안함을 간직하고 있다는 차이가 있다.

4. 「하늘은 맑건만」 정답 및 해설

<내신 수능 만점 키우기>

2. 핵심 정리
①일제강점기 ②전지적 작가 ③거스름돈 ④양심 ⑤심리 ⑥갈등

3. 이 글의 짜임
①거스름돈 ②고깃간 집 안마당 ③협박 ④숙모 ⑤양심의 가책 ⑥교통사고 ⑦가벼워

4. 소설의 특성과 전개 과정에 따른 변화 양상
1 주요 인물 소개 및 특성
㉮-㉡ / ㉯-㉠ / ㉰-㉢
2 사건 전개에 따른 동명이의 심리 변화

①두려우면서도 평소에 가지고 싶었던 것을 가질 수 있어서 기뻤어.
②잘못한 일을 하고 삼촌을 속이는 것에 괴로웠고 양심의 가책을 느꼈어.
③마음이 엄청 가벼워졌어. 이젠 다 끝난 거라고 생각했거든.
④불안했어. 조금씩 나를 옥죄어 오는 것 때문에 괴롭기도 했어.
⑤내가 한 일 때문에 점순이가 피해를 입어서 미안했고, 그래서 괴로웠어. 그것 때문에 얼마나 죄책감이 들었는지 몰라.
⑥이제야 정말 속이 후련했어.

3 인물과 공감하기
점순아, 안녕, 나 문기야. 옆집에 사는 문기. 우선 내가 한 행동 때문에 네가 누명을 쓰게 돼서 정말 미안해... 사실, 내가 숙모의 돈을 훔친건데... 용기가 없어서 내가 했다고 나서지 못했어.. 이제야 늦게 문자를 보낸다.. 너무 늦었지만 너에게 사과하고 싶어. 정말 미안해. 거기서는 정말 행복하게 잘 지내기를 바랄게.

5. '문기'의 뇌구조
㉠ 책임 ㉡ 공과 쌍안경 ㉢ 협박

6. 소설의 갈등양상과 해결과정 살펴보기
①돌려줘야 한다. ②용서 ③거짓말 ④실망 ⑤협박 ⑥훔쳐 ⑦점순 ⑧고민 ⑨정직 ⑩담임 선생님 ⑪삼촌 ⑫후련해짐

7. 작품 깊이 이해하기
1 문학 이론 살펴보기
㉠상상력 ㉡관점 ㉢가치 ㉣질서
2 작품 살펴보기 (서·논술형)
①가족들에게 들키면 안 되는 물건이다. 양심을 되찾으려는 행동을 하게 하는 대상이다.
②주인공 문기가 거스름돈을 잘못 받고 잘못된 판단으로 순간적인 욕심을 부리며 양심에 어긋난 행

동을 한다. 그 과정에서 작가는 문기의 내적 갈등, 외적 갈등, 심리변화를 구체적으로 묘사함으로써 우리 삶에서 정직한 삶, 양심을 지키는 삶이 얼마나 중요한지 깨닫게 하고 있다.

③문기는 잘못된 여러 행동과 죄책감으로 자신의 죄를 다 봤을 맑은 하늘을 제대로 쳐다보지 못했다. 이 작품에서 문기의 잘못과 죄책감을 '허물'이라고 표현했다. 그 허물을 벗기 위해 자신의 모든 죄를 양심고백하자 맑은 하늘을 떳떳이 바라볼 수 있게 되었다. 따라서 정직한 삶을 살고, 양심을 지키며 사는 삶이 맑은 하늘을 떳떳하고 자신 있게 볼 수 있다는 의미에서 <하늘은 맑건만>이라는 제목으로 표현한 것이다.

④수만이와 문기는 잘못 받은 거스름돈으로 환등틀을 사서 친구들에게 보여줌으로써 돈을 벌기로 했다. 하지만 문기는 돈을 고깃집 안마당에 던져 조금이라도 양심을 지키려 했고, 이제 남은 돈이 없다고 하자 수만이는 문기의 말을 믿지 않는다. 그리고 수만이는 문기에게 남은 돈을 가져 오라며 갖가지 방법으로 협박했다. 수만이의 협박에 못이긴 문기는 결코 해서는 안 될 일을 함으로써 지금 당장의 위기와 모면을 벗어나려 했다. 즉, 숙모의 돈을 훔쳐 문기에게 가져다 줌으로써 갈등을 해결한 것이다. 이는 잘못을 숨기기 위해 더 큰 잘못을 저지르는 것으로 바람직하지 않은 행동이다. 작은 갈등을 해결하기 위해 '절도'라는 더 큰 문제를 저지르는 것은 분명 잘못됐다.

8. 토론하기

다음 논제를 파악한 후 주장과 근거를 서술하시오.

논제 문기의 잘못과 책임이 더 크다.

주장 수만의 말에 휘둘려 잘못인 줄 알면서 마음대로 거스름돈을 쓴 것은 문기의 판단이 잘못된 것이고, 그 책임이 수만이보다 더 크다.

근거 •문기의 잘못과 책임이 더 큰 것은 그 돈을 가지고 있는 사람이 문기이기 때문이다. 아무리 수만이가 돈을 쓰자고 부추긴다 하더라도 이 돈은 돌려주는 것이 맞다며 올바른 판단을 했어야 했다.

•거스름돈을 제대로 돌려주었다면 문기와 수만이가 어리석은 행동을 하지 않았을 것이다. 그렇기 때문에 애초에 거스름돈을 잘못 받고 돌려주지 않은 문기의 책임이 크다.

•문기가 잘못받은 거스름돈을 돌려주는 것이 맞는데 자신의 합리화와 책임 전가를 통해 쓴 것만으로도 어리석은 행동이다. 애초에 문기가 제대로 된 선택을 했다면 잘못과 책임에 대한 논쟁이 없었을 것이다.

논제 수만이의 잘못과 책임이 더 크다.

주장 수만이는 문기에게 잘못 얻게 된 돈을 마음대로 쓰자고 부추긴 것이 큰 잘못이고, 그 돈에 대한 책임이 문기보다 더 크다.

근거 •수만이가 문기를 부추기지 않았다면 문기는 그 돈을 쓰지 않았을 것이다. 문기는 애초에 돈을 돌려주는 것이 맞다고 생각했기 때문에 돌려줄 의사가 있었고, 비록 돈을 조금 썼지만 나중에 고깃집 안마당에 던진 것을 보면 이 돈에 대한 양심의 가책을 느꼈기 때문에 결국 수만의 부추김이 매우 큰 잘못이고, 책임은 수만이 더 크다.

•돈을 쓴 것은 문기와 수만 모두에게 잘못과 책임이 있지만, 돈을 먼저 쓰자고 부추긴 것은 수만이기 때문이다. 문기는 거절할 수도 있었지만 지속적인 유혹에 어쩔 수 없이 돈을 쓰게 된 이유는 수만의 입김이 더 컸기 때문이다.

•수만은 조종자 역할을 했다. 거스름돈을 쓰고, 숙모의 돈을 훔치는 등 행동으로 보여준 문기의 잘못도 크지만 그 뒤에서 조종하는 수만이 더 큰 잘못이다.

<간단히 내용 파악하기>

*다음 문제를 읽고 올바른 내용에는 O, 틀린 내용에는 X 표시를 하시오.

1. X / 거스름돈을 훨씬 더 많이 잘못 받았기 때문이다.

2. O / 문기는 돈을 쓸 때 '돈을 쓰면 어떻게 되니?'라며 물으며 머뭇거리는 태도를 보이며 순진한 면을 보이지만, 수만이는 '염려 없어. 나 하는 대로만 해.'라고 말하며 대담하고 적극적이며 악의적인 면을 보인다.

3. X / 문기 어머니는 일찍 돌아가시고, 아버지는 제 역할을 다 하지 못하고 있다.

4. X / 문기가 '공'과 '쌍안경'을 버린 이유는 내적 갈등에서 벗어나려는 행동이다.

5. O / 문기와 수만이와의 외적갈등의 원인은 문기가 남은 돈을 주인에게 돌려주자 문기와 수만이가 환등 틀을 사기로 한 약속을 지키지 못하게 된다. 수만이는 문기가 돈을 돌려주었다는 말을 믿지 않고, 친구들에게 이 사실을 알리겠다며 협박한다. 이러한 문기와 수만이의 외적 갈등 해결을 위해 문기는 숙모의 돈을 훔쳐 갈등을 일단락 시킨다. 그러나 문기의 내면 갈등은 더욱 심화되는 원인이 된다.

*다음 문제를 읽고 올바른 답을 단답형으로 작성하시오.

1. [정답] 거스름돈
[해설] 고깃집 주인이 문기에게 거스름돈을 잘못 건네주었고, 잘못 받은 거스름돈이 큰돈이어서 문기는 숙모에게 물어볼 요량이었지만 돌아가는 길에 골목에서 수만이를 만나면서 돈을 쓰게 되어 갈등이 시작된다.

2. [정답] 공, 쌍안경, 만년필, 만화책, 활동사진 구경, 군것질 등
[해설] 문기와 수만이는 공, 쌍안경, 만년필, 만화책 등을 샀고, 활동사진(영화) 관람, 군것질 등을 한 후 나머지 돈으로 환등 기계 틀을 사서 아이들에게 돈을 받고 구경시켜주기로 했다.

3. [정답] 죄책감
[해설] 삼촌은 문기네 집의 좋지 않은 가정형편 때문에 문기를 어려서부터 키워왔다. 삼촌은 어려운 집을 일으킬 사람은 '문기'라며 올바른 사람으로 키우기 위해 책임을 다하려고 한다. 이러한 삼촌의

뜻을 알기 때문에 문기는 삼촌에게 거짓말 한 것이 더욱 죄스럽다.

4. [정답] 첫 번째 허물은 거스름돈을 쓴 것, 두 번째 허물은 숙모의 돈을 훔친 것이다.
[해설] 첫 번째 허물은 고깃집에서 잘못 받은 거스름돈을 마음대로 쓴 것을 말한다. 두 번째 허물은 숙모의 돈을 훔쳐서 수만이에게 준 것이다.

5. [정답] 정직 / 부끄러움이 없는 마음의 상태 / 문기의 마음 상태와 대조적인 의미 / 문기의 죄책감을 강조함 등
[해설] 맑은 하늘은 문기가 저지른 나쁜 행동과 대조적으로 보여주는 것이다. 하늘은 언제나 푸르고 맑은데, 문기의 마음은 그렇지 못하기 때문에 하늘을 제대로 쳐다보지 못하는 것이다.

<실전 문제로 작품 정리하기>

1. ③ 이 글의 갈래는 '소설'이다. 작가의 사상과 정서 등이 반영되기는 하나, 허구적 이야기인 소설에서 작가의 행적을 파악하는 것은 적절한 감상 방법이 아니다.

2. ② 이 소설은 1930년대 일제강점기를 배경으로 하고 있다. '지전', '수신'등의 단어를 통해 당시의 시대를 알 수 있다.

3. ① 문기는 부정한 방법으로 산 공과 쌍안경을 버림으로써, 죄책감에서 벗어나고자 한 것이다.

4. ③ 문기를 협박하고 문기가 훔친 돈을 가지고 달아나는 모습에서 수만이는 겁이 없고 대담한 성격임을 알 수 있다.

5. ④ 문기는 갈등을 겪고 해결하는 과정을 통해 양심을 속이지 말고 정직하게 살 것을 다짐하였을 것이다.

<글쓰기>

자신이 '문기'라고 생각하고, 이 소설의 결말 이후 자신이 혼자 병원에 남아 일기를 써봅시다.
⑩ 다른 친구들은 이렇게 썼어요!

한영중학교 1학년 김O송

2023년 7월 15일 토요일 날씨 : 흐리고 비

 비가 며칠 동안 내렸다. 무거운 마음처럼 하늘의 구름도 무거웠는지 주룩주룩 비를 흩뿌렸다. 내가 차에 치어 정신을 잃고 깨어나기까지 암흑의 시간을 보낸 것 같았다. 그 암흑의 시간에서도 나의 잘못은 가려지지 않았다. 내 눈앞에 나타난 작은아버지의 모습은 마치 나를 살리러 온 천사와 같았다. 당장 나의 잘못을 말하지 않으면 천사의 손을 놓칠 것 같았다. 그래서 살아야 겠다는 마음으로, 용서를 빌고 목숨을 건져야 한다는 마음으로 결국 작은 아버지께 모든 사실을 말했다. 나를 속이고 다른 사람을 속인다는 것은 결코 할 짓이 못 된다. 나로 인해 피해를 본 모두에게 속죄하는 마음으로 병원에서 하루하루를 보냈다. 손에 들어온 그 몇 푼의 돈이 나와 많은 사람들을 이렇게 힘들게 하다니 하늘을 우러러 한 점 부끄럼 없기를 바라는 마음으로 모든 죄를 털어놓고 나니 속이 다 후련했다.

 이제 내 양심을 속이지 않고, 정직함으로 사는 것이 얼마나 중요한지 깨달았다. 그 어떤 작은 거짓도 이제는 하지 않겠다는 다짐도 했다. '소 잃고 외양간 고친다'는 말처럼 거짓말로 나의 신뢰를 잃고 난 후에 후회해도 소용없는 것이다. 나는 앞으로 맑은 하늘을 바라보며 진실로 진실로 살 것을 다짐했다.

5. 「이상한 선생님」 정답 및 해설

2. 핵심 정리
①풍자 ②1인칭 관찰자 ③기회주의자 ④기회주의적 ⑤어린아이 ⑥풍자

3. 이 글의 짜임
①외모 ②일본 ③조선 ④패망 ⑤대립 ⑥찬양

4. 소설의 특성과 전개 과정에 따른 변화 양상
①주요 인물 소개 및 특성
㉮-㉠, ㉯-㉡

② 사건 전개에 따른 윤희의 심리 변화
①화가 났습니다. 평소 박 선생님께서 조선말 대신 일본 말을 사용하는 것도 마음에 안 들었는데 어떻게 선생이라는 작자가 아이들에게까지 일본 말을 강요할 수 있습니까?

②저는 의도적으로 일본 말 대신 조선말을 사용합니다. 일제에 동조하지 않고 제 나름대로 일제에 저항하면서 민족정신을 지키려는 행동이었습니다.

③드디어 우리에게도 이런 일이 오는구나 하고 너무나도 행복했습니다. 역시 언젠가는 일본이 패망할 줄 알았습니다. 일본에 얽매였던 것에서 풀려나는 해방감이 느껴졌습니다.

③ 인물과 공감하기

강 선생님, 이렇게 훌륭하신 분이 학교를 떠나게 되다니 유감입니다.

박 선생님은 일제 강점기에 일본을 찬양했던 것처럼, 지금은 미국을 찬양하고 있습니다. 미국 말을 열심히 공부한 까닭도 광복 이후 미국의 영향력이 점차 커지자 미국에 협력하여 개인적인 이익을 얻고자 했기 때문인 것 같습니다.

강 선생님이 일제에 저항하면서 민족정신을 지키려는 행동을 보며 학생들이 애국심을 키웠었는데...

하루빨리 강 선생님을 교단에서 다시 뵙고 싶은 마음 뿐입니다.

6. 박선생님의 '뇌 구조'에 대해서 알아봅시다.
㉠일본말 ㉡패망 ㉢양복, 통조림, 과자 ㉣대통령

7. '박 선생님'과 '강 선생님'의 특징을 비교해봅시다.
박선생님
① 화 ②조선 ③일본 ④동조 ⑤친일적인 ⑥패망
⑦미국
강선생님
㉠ 성/화 ㉡ 조선 ㉢민족의식 ㉣파면
A. 박선생님

8. 작품 깊이 이해하기

1 문학 이론 살펴보기

1. 웃음 2. 특성 3. 비판 4. 주제

1 ① 일본 정치 때에, 혈서로 지원병을 지원했다가 체격 검사에 키가 제 척수에 차지 못해 낙방이 되었다면, 그래서 땅을 치고 울었다변, 얼마나 작은 키인지 알 일이다.

② 그런 작은 키에 몸집은 그저 한 줌만하고. 이 한 줌만한 몸집, 한 뼘만한 키 위에 깜짝 놀랄 만큼 큰 머리통이 위태위태하게 올라앉아 있다. 그래서 박 선생님 또 하나의 별명은 대갈 장군이라고도 했다.

③ 뒤통수와 앞머리가 툭 내솟고, 내솟은 좁은 이마 밑으로 눈썹이 시꺼멓고, 왕방울 같은 두 눈은 부리부리하니 정기가 있고도 사납고, 코는 매부리 코요, 입은 메기입으로 귀 밑까지 넓죽 째지고, 목소리는 쇠꼬챙이로 찌르는 것처럼 쨍쨍하고.

④ 하나는 한 뼘난 한 키에 그 무섭게 큰 머리통을 한 얼굴을 바싹 대들고는 사나움이 좔좔 흐르면서

⑤ 뺌박 박 선생님은 미국에는 덴노헤이까는 없고, 덴노헤이까보다 훌륭한 '돌멩이'라는 양반이 있다고 대답했다.

2 ① 독자에게 웃음을 유발한다.
② 박 선생님의 부정적이고 기회주의적인 모습을 강조하고 있다.
③ 박 선생님을 비판적으로 바라보게 한다.
④ 이 소설의 주제를 부각하는 효과를 나타낸다.

2 작품 살펴보기 (서·논술형)

① 관료나 특별한 위치에 있는 사람들은 평상시 조선 사람끼리 만나도 일본말을 하는 것을 알 수 있다. 그러나 보통 사람들은 일본 사람과 만났을 때를 제외하고는 대부분 조선말을 사용했다. 하지만 보통 사람들도 일본인을 만나면 일본말을 했다는 것에서 조선말을 자유롭게 사용할 수 있는 처지는 아니었다. 따라서 일제 탄압으로 조선말을 자유롭게 사용하기 어려웠던 당시 시대 상황을 짐작할 수 있다.

②1) 직접제시 (서술자가 직접 말하는 방식)
대석 언니는 똑똑하고 기운 세고 싸움 잘하고, 그러느라고 선생님들한테 꾸지람과 O는 도맡아 맞고, 반에서 성적은 제일 꼴찌인 천하 말썽꾼이었다.

2) 간접제시 (서술자가 인물의 행동이나 대화, 외양 묘사 등으로 보여주는 방식)
- 강 선생님은 키가 크고, 몸집도 크고, 얼굴이 너부룻하고, 얼굴이 검기는 해도 순하여 사나움이 든 데가 없고, 눈은 더 순하고, 허허 웃기를 잘하고, 별로 성을 내는 일이 없고, 아무하고나 장난을 잘하고……(강 선생님의 외양묘사를 통해 순한 성격을 짐작할 수 있음)

- 뒤통수와 앞이마가 툭 내솟고, 내솟은 좁은 이마 밑으로 눈썹이 시꺼멓고, 왕방울 같은 두 눈은 부리부리하니 정기가 있고도 사납고, 코는 매부리 코요., 입은 메기입으로 귀밑까지 넓죽 째지고, 목소리는 쇠꼬챙이로 찌르는 것처럼 쨍쨍하고 (박 선생님의 외양묘사를 통해 옹졸하고 화를 잘 내는 성격임을 알 수 있음)

③'해방'이라는 말의 뜻을 잘 이해하지 못하고 아직 상황 판단이 미성숙한 단계로 어린아이임을 알 수 있다. 또한 박선생님이 전쟁에서 이길 것이라고 했던 일본이 전쟁에 패망한 것이 의아스러운 것도 어린아이의 모습이다. 어린 아이의 순진무구한 눈으로 선생님들의 모습을 그대로 서술한 것은 독자들에게 웃음을 유발하는 효과뿐 아니라 인물(박 선생님)의 부정적인 면모를 부각하여 풍자의 효과를 높이기 위해 어린아이를 서술자로 설정했다.

④소설 속 인물을 통해 기회주의적인 태도를 희화화 하고 비판함으로써 '박 선생님'과 같은 기회주의자를 풍자하고 비판하여 사회적 혼란기에 편승하여 살아가는 지식인들을 비판하고자 했다. 특히 어린이의 눈으로 관찰함으로써 자신의 이익을 좇는 기회주의자적인 면모를 부정적으로 인식하게 하고 비판적으로 살펴보게 하는 기회를 제공하고

있다.

8. 토론하기

다음 논제를 파악한 후 주장과 근거를 서술하시오.

논제 정당하다.

주장 자신의 이익을 위해 시대적 흐름에 따라 강한 쪽에 붙어 개인의 이익을 취하는 '박 선생님'의 태도는 정상이다.

근거 •인간은 이기적인 동물이라서 누구나 자신의 이익을 우선적으로 생각하며 살아간다.

•혼란스러운 시대 상황에서 살아남기 위해서는 어쩔 수 없이 강자에게 붙어야 한다. 소설 속 상황에 처했다면 '박 선생님'의 태도를 보이는 사람들이 대부분일 것이다.

논제 정당하지 않다.

주장 자신의 이익보다 공동의 이익을 위해 노력해야 한다.

근거 •해방 전에는 일본을 추종하고 해방 후에는 일본을 비난하며 미국을 찬양하는 '박 선생님'의 태도는 지양되어야 한다. 자신의 이익을 위해 공동의 목표는 전혀 생각하지 않는 태도는 옳지 않다.

<간단히 내용 파악하기>

---

*다음 문제를 읽고 올바른 내용에는 O, 틀린 내용에는 X 표시를 하시오.

1. O / 박 선생님의 키 작고 머리크며 웅졸하고 화를 잘 낸다는 점에서 부정적으로 보고 있고, 강 선생님의 키 크고 몸집이 크며 잘 웃고 온순한 모습에서 긍정적인 모습으로 바라보고 있다.

2. O / 강 선생님은 의도적으로 일본 말 대신 조선말을 사용함으로써 일제에 저항하고 민족정신을 지키려고 한다.

3. X / 박 선생님은 친구들끼리 싸우는 것을 혼내는 것이 아니라 조선말을 쓰는 것만 나무란다.

4. X / 일본을 맹신한 것은 강 선생님이 아니라 박 선생님이다. 또한 일본을 맹신한 박 선생님은 일본의 항복 소식을 듣고도 믿지 않았다. 빠르게 승복

하지는 않았다. 나중에 미국을 칭송하게 된다.

5. X / 박 선생님의 모함 때문에 강 선생님이 파면당한 것이다.

*다음 문제를 읽고 올바른 답을 단답형으로 작성하시오.

1. ㉠일본 ㉡미국

[해설] 박 선생님은 기회주의자적인 면모를 보인다. 따라서 일제 강점기 시절, 해방 전에는 친일을 택했으나 일본이 패망하자 미국에 편승하였다.

2. [정답] 일본 말을 쓰지 않고, 조선말을 썼기 때문이다.

[해설] 박 선생님은 해방 전 친일파였기 때문에 일본을 찬양하였으므로 일본어를 쓰도록 강요했다.

3. [정답] 기가 죽고 맥이 빠졌다.

[해설] 박 선생님은 일본을 맹신했기 때문이다.

4. [정답] 일본이 패망했지만 일본에 대한 미련을 버리지 못했기 때문에 친일에 대한 비판적 태도를 보인 것이다.

5. [정답] 광복 전에는 일본을 찬양했다가, 광복 후에는 미국을 찬양하는 모습이 이랬다저랬다 하는 모습에서 이상함을 느꼈기 때문이다.

<실전 문제로 작품 정리하기>

---

1. ③ 인물들의 대비는 보이지만, 갈등 심화는 보여지지 않는다.

2. ⑤ 서술자인 '나'는 박선생님의 인물 묘사를 통해 부정적인 면모를 부각하고 있다.

3. ④

[해설] ① 해방 후 박 선생님이 미국을 칭송한다.
② 강 선생님이 일본에 반감이 있지만 겉으로 특히 드러내지는 않는다. 학생들이 일본말로 물어봐도 조선말로 대답하는 행동을 보인다. (해방전)
③ 박 선생님은 해방 전 친일파였으므로 학생들의 일본말 사용에 호의적이다.
⑤ 박 선생님이 강 선생님을 모함하여 파면하는 데 큰 역할을 했다.

4. ④ 미국이 조선을 속국으로 삼으려는 의도는 보이지 않는다.

5. ②

[해설] ② 견원지간(犬猿之間) : 개와 원숭이처럼 원수지간을 비유적으로 나타냄

① 역지사지(易地思之) : 상대방의 입장에서 생각해보라는 의미

③ 사필귀정(事必歸正) : 모든 일은 반드시 바른 길로 돌아간다는 의미

④ 인과응보(因果應報) : 전생에 지은 선악에 따라 현재의 행과 불행이 있고, 현생에서의 선악의 결과에 따라 내세에서 행과 불행이 있다는 의미

⑤ 허장성세(虛張聲勢) : 실속이 없으면서 큰소리치거나 허세를 부림

<글쓰기>

다음 지문 (가)~(다)를 읽고, 공통점을 한 문장으로 작성하고, 공통적 속성이 어떻게 해당되는지 그 이유를 각 지문마다 구체적으로 서술하시오.

(가)~(다)의 제시문에 나타난 공통점은 '각 지문에 나타난 인물이 권력을 지향하며 시대 변화를 재빠르게 읽고 시류에 편승하는 기회주의자적 인물들이 등장한다.'는 것이다.

(가)에서 '박 선생님'은 해방 전과 후의 태도가 각기 다르다. 해방 전에는 친일적 성향을 극도로 보이며 절대적으로 일본말만 사용하게 한다. 학생들 싸움보다 조선말 사용에 혼을 낼 정도이다. 일제 정책에 적극 동조하는 친일적 태도를 보인 반면, 해방 후에는 일본은 나쁜 나라라며 시류 변화에 적응하여 일본을 적대시 한다. 또한 조선을 칭송하며 미국에 협력적으로 변모한다. 그리고 미국 병정으로부터 양복, 통조림, 과자 등 자신의 이익을 취하는데 주력한다.

(나)에서 '이인국 박사'는 일제 강점기 친일파로 활동하며 돈 있는 사람들만 치료한다. 그러나 광복이 되자 북한에서 소련군에 접근하여 자신의 목숨을 이어나가고, 월남 후에는 미군정 인사에 붙어 부와 명예를 지키려는 시류 변화에 적응하는 기회주의자적인 인물이다.

(다)에서 '두꺼비'인 지방의 탐관오리는 강자인 백송골, 즉 중앙의 고위 관료에게는 꼼짝도 하지 못하지만, 힘없는 백성을 나타내는 파리를 괴롭힌다. 강자에게 꼼짝 못하고, 약자를 괴롭히는 이기주의적이면서 기회만 엿보는 이중적 성향을 나타내고 있다.

6. 「책상은 책상이다」 정답 및 해설

<내신 수능 만점 키우기>

2. 핵심 정리
①전지적 작가 시점 ②의사소통 ③사회성 ④자의성 ⑤묘사

3. 이 글의 짜임
①평범 ②언어 ③언어 ④소통 ⑤고립

4. 소설의 특성과 전개 과정에 따른 변화 양상

1 주요 인물 소개 및 특성

① ㉠평범, ㉡싫증, ㉢변화, ㉣단어, ㉤소통

② '맨 꼭대기 층'은 더 이상 올라갈 수 없는 일종의 '고립된 공간'을 설정한 것이다. '거리 끝 모퉁이'로 설정한 것도 이와 유사한 이유일 것이다.

2 사건 전개에 따른 남이의 심리 변화

①반복되는 삶 속에서 지루함을 느꼈지요.

②제 지루한 일상을 바꿔줄 재미있는 일거리가 생겼다고 생각했습니다. 아주 신이 났지요.

③네. 타인과 소통이 되지 않는 제 모습을 보며, 두려움이 느껴졌습니다.

3 인물과 공감하기

남자에게,

안녕하세요? 당신의 이야기를 듣고 편지를 쓰게 되었습니다. 당신이 언어의 이름과 의미 사이에 무조건적인 관계를 가지고 있지 않다는 사실은 흥미로웠습니다. 실제로 남자라는 우리말을 영어로는 man, 프랑스어로는 homme라고 하니까요. 하지만, 당신은 언어란 사회적 약속이라는 점을 잊었습

니다. 사회적 약속을 깨는 경우, 다른 사람과의 의사소통이 불가능하게 되지요. 하루라도 빨리 이 사실을 깨달아 일상으로 돌아가기를 바랍니다.

2000년 ○○월 ○○일

○○○씀

5. 소설 속 인물의 갈등과 해결

①소설 속 노인은 기존 인간관계에 대한 언급이 크게 없고, 평범하며 무료한 생활을 하다가 사물의 명칭을 바꿔봄으로써 즐거움을 느낀다. 결국 스스로 고립과 단절을 선택함으로써 무료함 속에서 작은 행복을 찾아 문제를 해결한다.

②소설 속 노인은 스스로 사물의 명칭을 바꾸며 즐거움을 찾는다. 그러나 점차 언어의 사회적 약속을 어김으로써 타인들과의 의사소통이 되지 않자 점차 관계가 소홀해진다. 그리고 고립과 단절이라는 결말로 이어지며 자연스레 인간관계는 끊어진다.

6. '늙은 남자'의 뇌 구조

㉠삶 ㉡기대감 ㉢바꿔 ㉣의사소통 ㉤단절 ㉥고립

7. 작품 깊이 이해하기

1 문학 이론 살펴보기

①㉠전달력 ㉡긴장감 ㉢여운

②㉠자의성 ㉡사회성

2 작품 살펴보기 (서·논술형)

① '회색'은 나이 많은 남자의 단조로운 삶과 반복적이고 일상적이며 평범한 느낌을 부각시키기 위한 장치이다.

② 외롭고 단조로운 일상을 극복하고자 한 남자의 선택(언어를 바꾼 행동)이 오히려 더 안 좋은 결과를 가져왔기 때문이다.

8. 토론하기

다음 논제를 파악한 후 주장과 근거를 서술하시오.

[논제] 긍정적이다.

[주장] 전 세계인이 소통할 수 있게 된다.

[근거] 세계화가 진행되어 우리는 외국인들과 소통을 하며 살아가게 되었다. 지금은 외국인들과의 소통을 위해 언어를 배워가야 하지만, 세계적으로 하나의 언어만을 하게 되면 이러한 과정을 거칠 필요가 없어진다. 이렇게 된다면 언어로 인한 소외나 불편함을 해결할 수 있다. 예를 들면, 에스페란토는 전세계인이 소통할 수 있는 인공어이다.

[논제] 부정적이다.

[주장] 문화 획일화 현상이 나타나게 된다.

[근거] 언어라는 것은 그 민족의 문화를 담고 있다. 한글은 세종대왕이 백성을 사랑하는 애민정신과 우리 것을 만들어내자는 자주성에서 그 창제 정신을 살필 수 있다. 그러나 우리의 것을 아무리 지킨다 해도 언어가 혼재되어 사용하다보면 문화의 정체성이 약해지고, 점차 획일화되어갈 것이다. 또한 모든 사람이 새로운 언어를 배우는 것은 어렵기 때문에 하나의 언어로 소통하는 것은 불가능하다.

<간단히 내용 파악하기>

*다음 문제를 읽고 올바른 내용에는 O, 틀린 내용에는 X 표시를 하시오.

1. X / 그의 방은 맨 꼭대기 층에 있다.

2. O / 시계가 언제나 똑딱거리는 것은 평범하고 단조로운 삶을 의성어로 표현한 것이다.

3. X / 언어의 사회성을 무시한 것이다.

4. O / 그래서 그는 원래의 진짜 단어들을 자기의 파란 노트에서 찾아보지 않으면 안 되었다. 그러자 그는 사람들과 이야기 하는 것이 두려워졌다.

5. O / '그러나 이 이야기는 우스꽝스럽거나 재미난 이야기가 아니다. 이 이야기는 슬프게 시작되어 슬프게 끝나는 이야기다.'라는 부분에서 편집자적 논평을 살펴볼 수 있다.

*다음 문제를 읽고 올바른 답을 단답형으로 작성하시오.

1. 직접제시

[해설] 인물의 제시 방법에는 직접제시와 간접제시가 있다. 직접제시는 인물의 성격, 특징, 심리 상태 등을 직접 말하는 방식이며, 간접제시는 대화나 행동묘사를 통한 보여주기 방식이다.

2. 분노

[해설] 남자는 변화하고 싶은데, 여전히 아무것도 변한 것이 없자 분노가 치밀어 올랐다.

3. 사회성

[해설] 언어의 사회성은 '약속'입니다. 약속을 지키지 않으면 의사소통이 되지 않으며 사회 생활이 어렵습니다.

4. 세우다-올리다 / 쳐다보다 - 시리다 / 올리다 - 누워있다. / 시리다 - 서다

5. 언어의 사회성을 무시한 결과로 볼 수 있다. 사람들과의 단절, 의사소통의 불가를 보여준다.

<실전 문제로 작품 정리하기>

1. ② 인물 간의 갈등이 구체적으로 제시되지는 않았다. 다만, 남자는 무료함을 이겨내기 위해 노력하고 있다.

2. ① 한 남자의 평범한 삶을 소개하고 있다.

3. ⑤ '시계는 언젠 그렇게 똑딱 거리기만 한다'라며 의성어로 표현하고 있다.

4. ④ 남자는 변화하고 싶었다. 지루함에서 기대감으로 변화했지만 자신의 방은 너무나도 그대로여서 분노에 치밀었다.

5. ②

[해설] ① 범위가 확장되고 있다. / ③ 무분별하게 단어의 이름을 바꾸어 가기 시작했다. /④ 전지적 작가 시점이다. / ⑤ 남자의 언어관은 무너져 내렸다.

<글쓰기>

<책상은 책상이다> 내용 바꿔 써보기를 해봅시다. 다음 상황 중 하나를 골라 작성해보세요.

⑩ 다른 친구들은 이렇게 썼어요!

명일중학교 1학년 이○○

남자가 남들과 소통이 되지 않자 절망에 빠졌다. 남자는 언어를 자신이 함부로 바꿀 수 없다는 사실을 깨닫고야 만 것이다. 언어는 역사의 산물이다. 남자의 고조할아버지의 고조 할아버지가 살던 시절보다 더 아득한 옛날, 사람들이 모인 태초의 사회에서 만들어낸 약속이 바로 언어이다. 이러한 역사적 흐름을 한 명의 개인이 바꿀 수는 없다는 것을 직접 경험하게 된 것이다. 평범해 보이는 자기의 삶 또한 실로는 역사의 흐름 속의 일로 돌아가고 있는 톱니바퀴인 셈이다. 이러한 웅장한 작업 속에 자신이 들어가 있다는 사실을 알게 된 남자는 더 이상 인생을 지루하게 여기지 않았다. 그는 그의 언어적 작업을 멈추고 일상 속으로 돌아갔다.

7. 「허생전」 정답 및 해설

<내신 수능 만점 키우기>

2. 핵심 정리

①풍자 ②비판 ③무능력함 ④실천 ⑤비판 ⑥실학

3. 이 글의 짜임

①집을 나감 ②변씨 ③빈 섬 ④이완 ⑤허례허식 ⑥떠남

4. 소설의 특성과 전개 과정에 따른 변화 양상

① 주요 인물 소개 및 특성

㉠-㉣, ㉡-㉢, ㉢-㉤, ㉣-㉡

② 사건 전개에 따른 길동의 심리 변화

①생면부지의 상인을 찾아가서 만냥이라는 큰 돈을 빌려달라고 한 것을 보면 이인(異人)다운 면모를 지니고 있다고 생각했어.

②허생은 유교의 덕치주의(덕으로 백성을 지도·교화함을 정치의 요체로 하는 중국의 옛 정치 이념.)를 지향하고 있어.

③우두머리를 찾아간 것은 뜻을 이루기 위해 과

감하고 대범하게 행동한 것이고, 도둑을 몽땅 쓸어간 것은 이상이 아닌, 현실적으로 사회 문제를 해결하려는 적극적인 실천성을 보이고 있어.

④가정을 기반으로 하는 농경 사회 실현과 해외 무역을 통해 경제적으로 풍족한 사회를 생각하고 있어. 또한 허례허식과 공리공론을 타파하여 실용적인 사회를 만들고자 했어. 즉, 모두가 행복하게 살 수 있는 이상적 사회를 만들고 싶었던 거야.

③ 인물과 공감하기

허생님, 지금은 어디에서 무엇을 하고 계실까요? 부조리한 사회가 보기 싫어 눈 감고, 귀 닫으며 살고 계시는 것은 아닌지 걱정스럽습니다.

저는 허생님이 생각하는 바람직한 정치 이념에 동감하며 함께 부조리한 이 사회를 타파해보고 싶습니다.

이 나라의 기득권층들은 참 허술하고 허례허식과 모순으로 가득차 있습니다. 그래서 능력에 따른 인재 등용과 기득권의 횡포를 막고 나라의 실리를 위해 주변국을 잘 활용하는 것이 좋은 방법이라 생각합니다. 그래서 이용후생과 경세치용을 바탕으로 한 부국강병을 만들어 가는데 저도 꼭 보탬이 되고 싶습니다.

꼭 돌아오시기를 바라겠습니다.

5. 허생의 뇌 구조
㉠척결 ㉡개혁안/대안 ㉢세 ㉣부국강병

6. 작품 깊이 이해하기

1 문학 이론 살펴보기

㉠고통/문제 ㉡비판 ㉢고발/제안 ㉣소통 ㉤공감

2 작품 살펴보기 (서·논술형)

①첫째, 기본적인 윤리를 바탕으로 한 농경사회를 구현하고자 했다. 즉, 전통적 윤리 사상에 입각한 백성들의 질서 유지로 농경을 통한 자급자족 사회를 만들고 싶었다.

둘째, 해외 무역으로 경제적으로 풍요로운 사회를 구현하고자 했다. 즉, 농업 생산력을 높여 잉여생산물은 무역을 통해 이윤을 창출하고 백성들이 풍족하게 살기를 바란 것이다.

② 허생은 상인들을 '장사치'로 낮춰 표현하였다. 이는 자신은 장사꾼이 아닌 양반이라는 것을 강조한 것이다. 비록 자신이 변씨에게 돈을 빌려 장사하고, 큰 돈을 벌었지만 '사농공상'의 전통적 계급 의식에서 벗어나지 못했다는 한계를 보여준다.

③ 첫째, 올바른 인재 등용

둘째, 부패 척결 촉구

셋째, 청나라와의 문물교환을 통한 부국강병 강조

7. 토론해 보기

다음 논제를 파악한 후 주장과 근거를 서술하시오.

논제 경험이 더 중요.

주장 책으로 공부만 한다고 돈이 나오지 않는다. 실천하는 행동이야말로 내가 살아가는 경제적 원천이 되고, 지혜가 된다.

근거 •허생은 7년 간 앉아서 책을 읽었지만 가난을 면치 못했다. 아내의 등살에 못이겨 결국 돈을 빌러 나온다. 아내의 바느질로도 입에 풀칠하기가 빠듯했다는 것을 보면 결국 조선 시대 양반은 책만 읽는다고 돈이 나오는 것은 아니었다.

•허생은 밑천을 빌리기는 했지만 그 빌린 돈으로 더 큰 돈을 벌게 된다. 공부만 한다고 다 되는 것이 아니라 행동으로 실천해야 경제적으로 풍요로움을 얻을 수 있는 것이다.

논제 책으로 배우는 공부가 더 중요.

주장 무턱대고 경험만 쌓는다고 모두 성공하는 것은 아니다. 책으로 배우는 지식과 지혜가 선행되어야 성공할 수 있다.

근거 •허생이 변씨에게 돈을 빌려 큰 돈을 벌 수 있었던 것은 책으로 배운 여러 지식들 때문이다. 경제학적인 이해, 사람을 다룰 수 있는 리더십과 지혜가 모두 책으로 공부한 것 덕분이었다.

•책으로 배운 지식이 없었다면 아무리 실천한다 하더라도, 경제적인 풍요로움을 만족하지 못했을 것이다. 도둑을 모조리 쓸어간 것, 과일을 매

점매석한 것 모두 철저한 지식과 계획 덕분이므로 책으로 배우는 공부가 경험보다 우선시 되어야 한다.

<간단히 내용 파악하기>

*다음 문제를 읽고 올바른 내용에는 O, 틀린 내용에는 X 표시를 하시오.

1. X / 허생의 아내는 허생이 나가서 공장(工匠) 노릇이라도 하기를 바라고, 도둑질이라도 해서 궁핍한 삶에서 벗어나고자 한다.

2. O

[해설] 변씨가 생면부지 허생에게 돈을 빌려준 것은 비록 외모는 누추하지만 그 말이 간단했고 그 시선은 오만했으며 부끄러워하는 기색이 조금도 없었기 때문이다. 이는 재물에 대한 욕심이 없어 스스로의 처지에 만족하고 있는 사람이기 때문에 한번 해보고자 하는 일도 결코 작은 일은 아닐 것이라 믿었기 때문이다.

3. X / 빈 섬에서의 이상적 사회 구현 시도를 말한다.

4. O / '허생은 못들은 척하며 말하기를…….', '허생은 대꾸하지 않았다.', '허생은 자리에 앉은 채 일어나지 않았다.' 등에서 이완에 한 행동은 집권층에 대한 반감으로 볼 수 있다.

5. X / <허생전>은 미완의 결말구조이다. 즉 열린 결말구조로, 독자에게 여운을 남기고 허생의 이인다운 모습을 부각시켰으며, 허생의 개혁안이 현실적으로 수용되지 않았음을 보여주고 있다.

*다음 문제를 읽고 올바른 답을 단답형으로 작성하시오.

1. 7년 간 집에서 책만 읽었기 때문이다.

[해설] 허생은 양반으로 10년 간 집에서 책을 읽는 것이 계획이었고, 7년째 책을 읽어왔다. 그만큼 집 밖으로 나가지 않았고 접촉한 이들이 없었으므로 아는 이가 하나 없었다.

2. 빈 섬

[해설] 허생은 사람의 발길이 닿지 않은 풍요로운 곳, 이상향을 꿈꾸며 빈 섬을 찾아 자신의 이상을 시험하고자 한다.

3. 장군

[해설] 도적들은 허생의 말이 비현실적이어서 비웃었으나 배에 삼십만 냥의 돈을 싣고 온 것을 보고 모두 놀라 허생에게 크게 절을 하고는 '장군의 명령을 따르겠습니다.'라며 허리를 숙였다.

4. ㉠갈등 ㉡사실성 ㉢주제

[해설] 이완은 실존 인물로 이야기의 사실성을 높일 뿐 아니라 허생과 이념이 달라 갈등의 대상이 되며, 작가의 사회 비판을 위한 주제 의식 부각 등을 표현하기에 좋은 등장인물이다.

5. ①인재 등용 ②부패 척결 ③반청세력과 결탁

<실전 문제로 작품 정리하기>

※ 다음 문제를 읽고 알맞은 답을 고르시오.

1. ④ 이 소설은 전지적 작가시점이지만 서술자의 개입은 나타나지 않는다. ①'묵적골'이라는 공간적 배경이 구체적으로 명시되었고, ②허생과 이완의 외적갈등이 드러나며, ③몰락한 양반과 신흥 부자 상인이 등장하며 신분질서에 대한 변화가 보인다. ⑤등장인물에 대한 설명이 구체적이다.

2. ③ 대명(大明: 중국의 명나라를 높여 이르던 말)을 위해 북벌을 진행하는 것과 조심스럽게 예법을 지키는 것은 관련이 없다. 허생은 "대명을 위해 원수를 갚겠다고 하면서 딴에 예법을 지킨다고?"라고 말하며 형식적인 북벌론에 대해 비판하고 있다.

3. ② 허생은 덕치주의를 '지향'하고 있다. '지양'은 더 높은 단계로 오르기 위하여 어떤 것을 하지 않음을 뜻하고, '지향'은 어떤 목적으로 뜻이 쏠리어 향함. 또는 그 의지나 방향을 뜻하는 말이다.

4. ⑤ 이 소설의 결말로, 이완의 비수용적 태도를 비판하고 거부하는 심리는 엿볼 수 없다. 미완의 결말로 독자의 호기심을 자극하고 있다.

<글쓰기>

<허생전>에서 「'허생의 삶'의 긍정적인 면과 부정적
인 면」을 여러분의 다양한 관점으로 서술하세요.

⑩ 다른 친구들은 이렇게 썼어요!

　　　　　　　　　　　○○중학교 1학년 권○기

허생의 삶에서 긍정적인 면은 크게 세 가지다.

첫째, 조선 시대 사회가 가진 큰 문제를 찾고, 그것을
극복하기 위한 해결책을 제시했다. 지배층들의 부패
를 척결하고 올바른 인재 등용을 위해 적극적으로 노
력해야 한다고 제시했다. 또한 청나라와 문물 교류를
통해 부국강병 해야 한다고 강조하며 당대가 가진 문
제점 지적과 해결 방안을 제시했다.

둘째, 재물에 얽매이지 않고 자신만의 도를 지키는 태
도를 보였다. 변씨에게 만냥을 빌려 빈 섬에서 큰 부를
축적했지만, 바다에 50만 냥을 버리고 변씨에게 빌린
돈의 10배를 갚는 등 허생 자신은 재물을 탐하지 않
았다.

셋째, 빈 섬을 근거로 자신의 이상을 실천해 성과를
얻게된 것이다. 농업을 중심으로 공동체의 이상국 건
설에 힘썼으며, 해외무역을 통해 백성들의 생활을 안
정시킬 수 있는 제도적 장치를 마련했다. 이로써 백성
들의 경제적 안정을 꾀하려고 했다.

반면, 허생의 삶에서 부정적인 면은 크게 세 가지다.

첫째, 신분의 한계를 극복하지 못했다. 상인을 장사치
라고 낮춰 말함으로써 자신은 장사치가 아니라 양반
임을 강조했다. 그럼으로써 신분의 계급의식을 벗지
못했다는 한계는 허생의 삶에서 부정적인 면으로 볼
수 있다.

둘째, 문제에 대한 제안을 세 가지 제시하지만, 그것
을 해결하기 위한 노력은 하지 않는다. 어찌보면, 노력
을 하지 않는 것이 아니라 노력하고 싶어도 하지 못하
는 것일 수 있다. 허생의 제안은 결코 개인의 노력만으
로 할 수 있는 것은 아니었다.

셋째, 허생의 처에게 가정의 평화와 경제적 안정을 제
대로 주었는지 알 수 없다. 즉, 실용적 사고를 하지 못
했다는 한계가 있다. 허생의 처는 궁핍한 삶 때문에

허생에게 무슨 일이라도 해서 밥은 먹고 살아야 한다
고 했다. 아내의 실용적 사고를 엿볼 수 있다. 그러나
허생은 아내의 말에 책 읽기 10년을 약속했으나 고작
7년밖에 못했다며 아쉬움을 표했고, 소설이 끝날 때
까지 아내에게 경제적 안정을 주었는지는 알 수 없다.